2f50
LES NOUVEAUX EXPLOITS DE CHANTECOQ
La Maison Hantée
PAR ARTHUR BERNÈDE
Collections hebdomadaires du Livre National
ROMANS CÉLÈBRES DE DRAME ET D'AMOUR
ÉDITIONS JULES TALLANDIER
75, Rue Dareau, PARIS (XIVe)

ROMANS CELÈBRES DE DRAME ET D'AMOUR

ARTHUR BERNÈDE

LES NOUVEAUX EXPLOITS DE CHANTECOQ

La Maison Hantée

ÉDITIONS DU LIVRE NATIONAL
75, Rue Dareau, PARIS (XIVe)

PRÉAMBULE

L'histoire que nous allons vous raconter nous a été inspirée par des faits rigoureusement authentiques que Camille Flammarion, l'illustre savant, nous a révélés il y a quelques années, dans son livre profondément captivant, Les Maisons hantées : « *En marge de la mort et du mystère* ».

Ceux de nos lectrices et de nos lecteurs qui seraient tentés de qualifier d'invraisemblables les événements que nous allons décrire n'auront qu'à consulter ce très bel ouvrage pour se convaincre que nous sommes restés au contraire dans le domaine absolu de la vérité.

Combien de fois, en lisant dans un journal le récit d'un de ces drames étranges, mystérieux, déconcertants, qui bouleversent l'opinion publique, ne nous sommes-nous pas écriés :

— Jamais nous n'oserions écrire un roman pareil, inventer une situation aussi formidable!

Et, pourtant, cela est!

Beaucoup plus fréquemment qu'on ne le suppose, la vie nous fournit des exemples aussi contradictoires qu'inattendus et beaucoup plus remplis de complications de toutes sortes que les récits dûs uniquement à l'imagination d'un écrivain, si fertile soit-elle. Et ce qui est le plus frappant, c'est lorsqu'on veut se donner la peine de fouiller ces véridiques et sensationnelles aventures, d'en rechercher les causes ainsi que les mobiles qui en ont fait agir les personnages ; on y retrouve toujours soit quelques notes et souvent toute la gamme du clavier qui met en jeu les passions humaines et parfois même on y découvre beaucoup plus de vérité que dans les analyses subtiles et les dissertations psychologiques qui peuvent de temps en temps valoir à certains écrivains la faveur des snobs et même leur ouvrir les portes de l'Académie Française, mais ne leur font jamais conquérir les suffrages du grand, du vrai public.

ARTHUR BERNÈDE.

LA MAISON HANTÉE

I

UNE HISTOIRE DE REVENANTS

— Docteur, encore un peu de café ?

— Non, merci, chère madame, bien qu'il soit délicieux, mais si j'en acceptais, je ne fermerais pas l'œil de la nuit, et, demain matin, je ne serais pas en forme pour soigner mes malades.

— Et vous, cher ami ?

— *Yes.*

Yvette Lachesnaye, une charmante jeune femme de vingt-deux ans, remplit la tasse en faïence de Quimper que lui tendait James Wilbright, solide gaillard d'une trentaine d'années, au type très pur d'Anglo-Saxon, et qui portait avec plus de désinvolture que d'élégance un costume sport, marqué au coin d'un bon faiseur.

Puis, se tournant vers son mari, un grand beau garçon, très Français, lui, au regard clair, loyal, à la figure souriante et bien faite pour attirer immédiatement la confiance et la sympathie, elle fit :

— Et toi, mon Jean ?

— Avec plaisir, chérie.

Ils échangèrent un rapide coup d'œil d'allégresse, dans lequel il y avait tout le bonheur, tout l'amour.

— Quel couple adorable ! murmura le docteur Le Bosser, à l'oreille de James Wilbright, qui, assis près de lui sur un divan, envoyait vers le plafond de la haute et vaste pièce en forme d'atelier, la fumée d'un très pur havane.

— Adorable ! répéta machinalement l'Américain, dont les yeux se portèrent vers une large baie qui donnait sur la mer, dont on entendait le grondement ininterrompu et très rapproché.

La nuit était superbe. Un magnifique clair de lune nimbait d'une clarté aux reflets d'argent l'immense nappe liquide au milieu de laquelle se détachaient, çà et là, quelques petits îlots de rochers que recouvraient presque constamment d'écume les vagues qui accouraient de l'horizon, comme une interminable galopade de moutons affolés.

Yvette, souple, gracieuse, et dont les lèvres, naturellement carminées s'entr'ouvraient en un délicieux sourire, s'approcha d'une table en bois sculpté qui avait dû, jadis, orner la sacristie de quelque vieille église bretonne, ainsi que les remarquables panneaux du coffre Renaissance accrochés aux murs... Elle y déposa la cafetière, et se tournant vers ses invités, elle leur demanda :

— Fine, calvados, vieux marc, armagnac, chartreuse, bénédictine ?

— Fine ! lança l'Américain.

— Calvados ! réclama le docteur.

— Armagnac ! désigna le maître de la maison.

Mme Lachesnaye remplit trois verres à dégustation avec les liqueurs demandées, et elle les apporta sur un plateau à chacun de ces messieurs, dont elle reprit les tasses qu'elle reporta sur la table... tout cela avec une grâce, une simplicité qui la rendaient plus captivante encore.

— Vous regardez la mer ?... dit-elle à James Wilbright...

L'Américain fit un signe de tête affirmatif...

Puis, sans quitter des yeux l'admirable panorama qui s'étendait devant lui, il scanda :

— Je l'ai rarement vue aussi belle que ce soir.

— Le fait est qu'elle est splendide, déclarait Jean Lachesnaye en s'approchant de la baie...

Et, avec l'enthousiasme d'un pur artiste, il continua :

— Ce n'est pas la nostalgique immobilité des calmes plats, miroir lisse des phares rayonnants et des lueurs d'étoiles...

« Ce n'est pas non plus la colère des flots qui courent à l'assaut du continent et s'en viennent émousser leur colère sur des rochers millénaires, qu'au cours des siècles ils parviennent à peine à entamer... C'est plutôt comme un léger remous de fête, une chanson locale, une mélopée sans fadeur, ni sauvagerie, tendre sans mièvrerie, forte sans brutalité et magnifiquement humaine.

« Ah ! docteur, quel beau pays que le vôtre ! Combien vous avez raison d'en être fier et de l'aimer !

— Vous aussi, vous l'aimez, notre presqu'île ! s'exclamait Le Bosser avec cordialité.

— C'est-à-dire... déclarait Lachesnaye, que notre meilleur temps, à ma femme et à moi, est celui que nous vivons ici... N'est-ce pas, Yvette ?

— Moi ! s'écriait Mme Lachesnaye... mais je ne demanderais qu'à y passer toute l'année.

— Vous n'auriez pas peur de vous ennuyer ? insinuait le médecin.

— Mon cher docteur, protestait Yvette, permettez-moi de vous répondre qu'une femme ne s'ennuie jamais quand elle a près d'elle un mari à choyer et un tout petit enfant à élever.

— Bravo ! approuvait Le Bosser... Vous, au moins, vous n'êtes pas moderne pour un sou... Je vous en félicite et je félicite surtout notre cher ami Lachesnaye d'avoir rencontré sur sa route une femme qui, non seulement, en vrai compagne de peintre, d'artiste, admire passionnément la nature, mais comprend aussi ce que doit être et ce que vaut un foyer.

— Rougis, ma chère Yvette, appuyait Lachesnaye, mais je suis obligé de reconnaître que le docteur a cent fois raison.

Et avec un entrain juvénile et un accent de franchise entraînante, il poursuivit :

— Figurez-vous, mes amis, qu'à vingt-cinq ans, au cours d'un dîner que mes camarades s'étaient crus obligés de m'offrir à mon retour de Rome, où, en ma qualité de pensionnaire de la villa Médicis j'avais passé deux belles années, je fis le serment solennel de ne jamais me marier.

« Pourquoi ?... Je n'en sais trop rien au juste.

« Est-ce parce que, contrairement à mon habitude, j'avais bu un peu trop de champagne, ou bien parce que j'étais imbu de ce procédé ridicule et qui coûte parfois si cher, plus tard, à ceux qui n'ont pas su s'en dégager, à savoir qu'un artiste ne doit jamais s'embarrasser d'une femme ? Je n'en sais rien. Je jurai !...

« Un an après, j'épousai Yvette, une fille d'ex-bourgeois, bien pire, d'industriels.

« Ce fut, dans mon petit clan, un véritable scandale... On n'osa pas m'accuser d'avoir fait un mariage d'argent, puisque mes parents m'avaient laissé une fortune qui me donnait l'indépendance...

« On murmura que je m'étais laissé chambrer, embobiner.

« Mais lorsque ceux qui me blâmaient ou me blaguaient connurent celle qui m'avait fait manquer si rapidement à ma parole, — *rerougis*, mon Yvette, — ils comprirent tout, et, non contents de m'excuser, ils m'approuvèrent avec un enthousiasme unanime.

Avec une gentille émotion, Yvette interrompait :

— Jean, je t'en prie, tais-toi !

Et, toute rose, elle ajouta :

— Je vais voir si Baby s'est bien endormi.

Légère comme une hirondelle, elle disparut dans une pièce voisine.

Le Bosser, un homme de quarante-cinq ans environ, aux allures de marin beaucoup plus que de docteur, et qui n'avait quitté son cher pays de Quiberon que le temps de faire de très bonnes études au lycée de Nantes, puis sa médecine à Paris, définissait :

— Une vraie Française, celle-là.

Et il ajouta ce compliment, que son orgueil tout de terroir l'empêchait de prodiguer :

— Elle est digne d'être Bretonne.

Quant à James Wilbright, après avoir avalé d'un trait son verre d'alcool et allumé un second cigare, il dirigea de nouveau son regard calme, froid, impénétrable, vers la baie, qui, largement ouverte, laissait pénétrer dans le large hall les âpres effluves de la mer.

Lachesnaye reprenait :

— Bretons, mon cher docteur, ma femme et moi, nous le sommes d'adoption et de cœur. Et savez-vous comment tous deux nous le sommes devenus ? Oh ! c'est bien simple !

« Figurez-vous que la première année de notre mariage, nous avions voulu, en gens chics que nous avions la prétention d'être, passer trois semaines à Deauville, au mois d'août, bien entendu.

« Nous y sommes restés trois jours.

— Pourquoi ? questionnait Le Bosser, dont le visage hâlé s'éclairait de deux yeux bleus d'une luminosité superbe.

Lachesnaye ripostait :

— Parce que nous nous sommes vite aperçus de tout ce qu'avait de vide, d'artificiel, de malsain et même de ridicule cette existence qui consiste à *étaler*, à se montrer et à pratiquer assidûment tous ces exercices de plaisirs forcés auxquels vous condamnent ceux que l'on pourrait appeler *les meneurs du jeu*.

« Toutes ces manifestations exhibitoires d'un snobisme exacerbé, nous écœurèrent, Yvette et moi, et nous décidâmes d'entonner à l'unisson le chant du départ.

« Mais où aller ?

« Je me rappelai qu'un de mes bons amis, le peintre américain James Wilbright, ici présent avait fait construire une très jolie villa dans la presqu'île de Quiberon, face à la mer sauvage, où il venait pendant de longues semaines, et même parfois l'hiver.

« Je me souvins également qu'il m'avait vanté avec éloquence, car Wilbright est très éloquent chaque fois qu'il daigne parler, les beautés grandioses d'un site qu'il n'hésitait pas à qualifier d'incomparable... Je dis à ma femme :

« — Si nous allions rendre visite à Wilbright ?

« — Entendu.

Le lendemain matin, nous partîmes en auto dès la première heure.

« Après avoir traversé la belle campagne normande, nous déjeunâmes à Rennes. L'après-midi, nous filions sur Vannes, Auray, déjà émerveillés par ce pays si pittoresque, si spécial, au décor si bien approprié à ses troublantes légendes, dont chacune ressemble à un petit chapitre d'histoire locale ou traditionnelle.

« Au fur et à mesure que nous avancions, nous nous sentions pris, attirés, fascinés, conquis par ce Morbihan que tant de touristes dédaignent, soit par pose, soit par ignorance, et qui serait à la fois l'une des plus belles et des plus agréables parties de la France, si l'administration préfectorale daignait faire pour ses routes le même effort qui a été réalisé dans la plupart des autres départements.

« Quand, après avoir traversé le curieux et charmant bourg de Plouharnel, nous nous élançâmes dans la presqu'île et que nous arrivâmes en vue du fort Penthièvre, qui, de sa masse imposante, domine l'océan, un cri simultané d'admiration nous échappa.

« A notre droite, le large, la mer immense, grise, agitée, venait battre la grève dorée qui s'étend au pied de la route.

« A gauche, la baie aux eaux calmes, azurées comme celles d'un lac italien.

« Nous nous arrêtâmes, tant c'était beau, inattendu, captivant, féerique... puis nous nous remîmes en marche...

« Après avoir franchi un village, puis un bourg, Kerhostin et Saint-Pierre, nous suivîmes encore un peu la grande route de Quiberon.

« D'après l'indication d'un poteau, nous prîmes à droite le chemin qui conduit au village de Kerné. C'était près de là que Wilbright avait sa propriété... Nous l'atteignîmes enfin... Vous la connaissez, docteur, cette vieille maison du pays que notre ami a su aménager avec tout le confort moderne sans rien lui enlever de son caractère.

« Nous y fûmes accueillis à bras ouverts.

« Le jour même, après nous avoir fait les honneurs de son agréable logis, James voulut nous faire aussi celui des alentours. Notre impression, à Yvette et à moi, fut parmi celles qui ne s'effaceront jamais. Je ne vous décrirai pas, cher docteur, les beautés d'un pays que vous connaissez infiniment mieux que moi. Je vous dirai seulement que le spectacle admirable de cette côte aux rochers gigantesques et formidablement tailladés, de cette mer sans cesse changeante, de cet horizon au ciel tour à tour radieux d'azur et tourmenté de nuages, de ces couchers de soleil ébouriffants, feux d'artifice dont jamais l'un ne ressemble à l'autre, et par-dessus tout cette ambiance de sortilège à la fois très violente et très douce qui se dégage de cette nature si puissante et restée si elle-même, nous empoignèrent à un tel point que nous décidâmes d'imiter notre ami James et de nous installer là, définitivement... pendant chaque belle saison.

« N'était-ce pas le *coin rêvé* pour un peintre? La mer d'abord, et quelle mer!... Et puis les environs fourmillaient de motifs adorables. Le joli coudoyait le sublime!... Et quels éclairages! quelles couleurs!... Il me fallait donc un home avec un atelier tel que Wilbright s'en était fait installer un dans un grand hangar en pierre qui s'accotait contre sa maison. Mais c'était la maison qui manquait...

« Ou bien, les propriétaires, pour des raisons aussi péremptoires que respectables, refusaient de vendre les leurs, ou celles que j'aurais pu acquérir ne répondaient pas à la destination que j'avais résolu de donner à ma future habitation estivale... ou bien encore, elles n'étaient pas situées ou orientées ainsi que je le désirais.

« Nous résolûmes donc de faire construire, ce qui facilita notre choix à l'emplacement.

« Nous jetâmes notre dévolu sur un vieux fortin abandonné sur la côte, à quelques cents mètres de la fameuse grotte dite le *Trou du souffleur* et pour une somme relativement peu élevée, mais non sans de grandes difficultés, nous l'achetâmes à l'Etat.

« Un architecte de nos amis voulut bien,

sur nos indications, dresser les plans de notre futur domaine.

« Nous nous adressâmes à un entrepreneur de la région...

« Soit dit sans vous offenser, mon cher docteur, on ne construit pas très vite, dans votre pays. La maçonnerie, ça va... la charpente... il n'y a encore trop rien à redire. Mais quand vous arrivez à la menuiserie, à la serrurerie, à la plomberie et à la peinture, — je reconnais qu'il en est ainsi un peu partout, — cela devient d'une lenteur désespérante.

« On a coutume de dire que lorsque le bâtiment va, tout va ! Eh bien, le bâtiment devrait bien aller un peu plus vite.

« Bref, nous n'avons pu prendre possession de notre maison, que nous avons, conformément à l'usage breton, baptisée du nom de Ker-Yvette, qu'au bout de deux ans de patience, c'est-à-dire au début du mois de juin dernier.

« Inutile de vous dire que nous nous y plaisons tellement, que nous n'osons pas songer à l'instant où l'automne nous contraindra à regagner Paris... et si nous ne craignions pas pour Baby, — songez qu'il n'a pas encore six mois, — la rigueur des grands vents qui soufflent à l'époque des tempêtes, je crois que ma femme et moi, nous serions restés ici tout l'hiver.

— Le fait est, déclarait le médecin, que vous eussiez profité, du haut d'un si merveilleux observatoire, de représentations à grand orchestre telles que seule sait en donner une mer en furie.

Et tandis qu'un sourire un peu sceptique errait sur ses lèvres, que surmontait une courte moustache d'un blond qui commençait à s'argenter, il ajouta :

— Mais peut-être eussiez-vous été troublés par les visites de quelques revenants qui, pendant les nuits de décembre et de janvier, évoluent dans ces parages.

— Comment, docteur, s'écriait Lachesnaye, vous, un homme de science, vous croyez aux revenants ?

— Après tout, répliquait Le Bosser, est-ce que la science elle-même, surtout depuis un demi-siècle, n'a pas suscité des prodiges qu'en des temps plus reculés on n'eût pas manqué d'attribuer à des causes exclusivement surnaturelles ?

— C'est très juste, admettait le jeune artiste, mais jusqu'à ce jour je ne vois pas que la science ait affirmé ni prouvé qu'il existait des fantômes...

— Cependant, objectait le docteur, il se trouve des gens de très bonne foi, dénués de toute fausse crédulité et de toute espèce de superstition, pour affirmer qu'ils en ont rencontré sur leur route.

— Et vous, docteur, interrogeait Lachesnaye, en avez-vous vu ?

— Jamais.

— Et vous... James ?

— Des revenants ?... précisait l'Américain, qui, depuis un moment, prêtait une oreille de plus en plus attentive aux propos qu'échangeaient Lachesnaye et le docteur.

Et, lentement, il articula :

— Je n'en ai jamais *vu...* mais *j'en ai entendu !*

— Oh ! racontez-nous cela ! s'écriait Yvette, qui venait de reparaître dans l'atelier.

— A quoi bon ? éludait James, dont le visage s'était assombri.

La jeune femme insistait :

— J'adore les histoires de revenants... et je les adore d'autant mieux que je n'y crois pas... Mais le soir, par un beau clair de lune comme celui-ci, pendant que l'on se sent bercé par la chanson des flots et que l'on est bien en sécurité dans une maison toute neuve, et qui, par conséquent, ne contient aucune cachette, aucun recoin secret et ne peut-être, ainsi que les vieilles demeures, un lieu de rendez-vous pour les âmes qui éprouvent le besoin de se réincarner,

Wilbright, de plus en plus fermé, répliquait, en un français teinté d'un accent yankee assez prononcé :

— Je préfèrerais ne point parler de ces choses.

— Pourquoi ?

— Parce que je craindrais de vous effrayer.

— Moi ! protestait Yvette. Demandez à mon mari si je suis poltronne.

— Pas assez ! souriait le peintre.

La jeune femme reprenait avec vivacité :

— Je vous assure, Wilbright, que si je me trouvais tout à coup en face d'un fantôme, je n'aurais pas peur, mais pas peur du tout, et je crois même que j'en profiterais pour obtenir de lui quelques renseignements sur ce mystérieux au-delà sur lequel nous ne possédons que des notions si vagues et si imprévues.

— En ce cas, chère amie, décidait l'Américain, dont le visage avait repris son expression habituelle, je n'hésite pas à vous donner satisfaction, sous réserve, naturellement, de l'autorisation de votre mari.

— Autorisation que je vous accorde très volontiers, souscrivait Lachesnaye.

— Eh bien, voici, attaquait James Wilbright.

Et sans hâte, ni fièvre, paisiblement, comme s'il narrait à ses auditeurs l'histoire la plus simple du monde, il révéla :

— L'hiver dernier, j'étais venu réveillonner à Kerné avec quelques amis... Nous étions réunis dans mon atelier... Nous achevions de souper... nous étions tous très gais, mais pas un de nous n'avait bu outre mesure... cela vous étonne de la part d'Américains qui n'ont pas adhéré au régime sec, et c'est pourtant la vérité.

« Deux charmantes femmes qui nous accompagnaient, vous les connaissez, Lachesnaye : Mrs. Barton et sa cousine, miss Silkins, nous demandèrent alors de les faire danser.

« Je plaçai sur mon phonographe un disque de *one step* et j'allais déclencher le mouvement, lorsque, tout à coup, un violent coup de sonnette résonna à la porte d'entrée.

« Ayant renvoyé les domestiques dans leurs chambres, je m'en fus ouvrir, tout en pestant contre l'importun ou le malotru qui se permettait de venir nous déranger à pareille heure.

« J'ouvris donc... *Il n'y avait personne au dehors.*

« Persuadé que je venais d'être victime d'une mystification de la part d'un mauvais plaisant, je refermai la porte et, après avoir donné un tour de clef à la serrure, je rejoignis mes invités.

« Nous nous mîmes à danser.

« Cinq minutes après, nouveau coup de sonnette encore plus prolongé que le précédent.

« Je me précipitai, avec un de mes amis.

« Dans l'antichambre, j'empoignai une canne, bien décidé à administrer une correction sévère à l'auteur de cette farce stupide. J'ouvris la porte. Toujours rien.

« Nous nous élançons dans le jardin...

« Nous constatons que le portail d'entrée est toujours fermé aux verrous et qu'il est impossible que ce mystérieux sonneur ait eu le temps de franchir le mur de clôture haut de quatre mètres et dont le faîte est hérissé de tessons de bouteilles qui rendent une escalade extrêmement périlleuse.

« Sans doute est-il caché dans les tamaris qui bordent le mur.

« Pendant que mon camarade s'en va chercher une lanterne, je reste en faction, l'œil et l'oreille aux aguets.

« Mon ami revient avec mes autres invités... Les deux dames, que cette aventure semble beaucoup amuser, se sont jointes à eux.

« Tous, les uns armés de falots, les autres de lampes électriques, fouillent les bosquets... Rien ! absolument rien !

« Nous prenons le parti de réintégrer mon atelier, d'autant plus qu'il souffle un vent très froid...

« Pour se réchauffer, les uns boivent du whisky, les autres se mettent à danser au son du phonographe... lorsqu'un quart d'heure après, de grands coups retentissent contre les volets.

« Nous nous arrêtons tous... les coups s'arrêtent aussi... mais pour reprendre de plus belle au bout d'un instant.

« On eût dit qu'une sorte de catapulte lançait de gros galets contre les panneaux de bois.

« J'escalade quatre à quatre l'escalier qui conduit directement de mon studio à ma chambre.

« La fenêtre est ouverte... Je prends dans ma poche mon browning, que je ne quitte jamais...

« Les coups continuent, ébranlent la maison...

« Je me penche à l'extérieur... *Je n'entends plus rien... et je ne vois rien.*

« J'attends quelques secondes... Le phénomène se reproduit à l'est de la maison... Je cours dans une pièce voisine, qui donne de ce côté...

« A peine y ai-je pénétré, qu'un des carreaux vole en éclats... Et pourtant, j'en suis sûr, aucun projectile ne l'a atteint.

« A peine suis-je revenu de ma surprise, que j'entends plusieurs voix lancer à la fois :

« — James Wilbright !... James Wilbright !

« J'ai l'impression très nette que ces voix proviennent de l'atelier.

« Vite, je redescends auprès de mes invités... je leur demande pourquoi ils m'appellent ainsi... Tous me déclarent que, pendant mon absence, ils n'ont pas ouvert la bouche... Je vois à leurs visages qu'ils ne me mentent pas. Ceux des hommes sont empreints de gravité, ceux des femmes, de frayeur.

« Et voilà que, tout à coup, s'élèvent des gémissements qui semblent jaillir des entrailles du sol et se transforment bientôt en sanglots déchirants, en cris éperdus dominant le tumulte de la mer subitement déchaînée.

« Mrs. Barton s'évanouit, miss Silkins se laisse choir dans un fauteuil et se cache la tête entre les mains. Un grand coup de tonnerre, et puis, plus rien : le silence.

Et l'Américain de conclure :

— Ne croyez pas que j'ai eu l'intention de vous faire passer le petit frisson en vous racontant un conte à l'Edgar Poë que j'aurais inventé de toutes pièces...

« Non, ce que je viens de vous narrer est l'exacte, l'absolue vérité.

« Dès le lendemain, j'ai rédigé un procès-verbal de ces singuliers événements. Il porte les signatures de tous ceux qui en ont été les témoins... Voilà pourquoi, à partir de ce jour, j'ai cessé de nier le surnaturel.

Très intriguée, mais nullement effrayée par cette histoire que James Wilbright avait racontée avec un accent de conviction indéniable, Yvette Lachesnaye demandait :

— Ces phénomènes se sont-ils reproduits ?

— Pas à ma connaissance, déclarait l'Américain.

— Il se peut, émettait le peintre que vous ayez tous été victimes d'une sorte d'autosuggestion.

— Je ne le pense pas, déniait Wilbright... Les débris de verre répandus sur le parquet de la chambre et les traces très nettes des coups que je relevai le lendemain matin sur les volets, démontraient clairement que nous n'avions pas été l'objet d'une hallucination collective.

— Alors, comment expliquez-vous ce mystère ? interrogeait Yvette.

— Je ne l'explique pas, avouait James.

« Les bonnes gens du pays m'ont raconté

que non loin d'ici gisaient, profondément enterrés dans le sol, un nombre assez considérable de chouans qui, sous la Révolution, lors de l'expédition de Hoche dans la presqu'île de Quiberon s'étaient réfugiés dans le fort sur l'emplacement duquel a été construite cette maison et avaient été impitoyablement fusillés par les soldats républicains.

« Les vieux, les très vieux, ceux qui transmettent les légendes aux générations suivantes, prétendent que ce sont ces malheureux qui viennent réclamer des prières au moment des grandes fêtes religieuses, celles de la Toussaint, de Pâques, de la Pentecôte, du 15 août...

— Le 15 août !... répétait Yvette.

— La fête de la Vierge, précisait Le Bosser.

— Mais c'est aujourd'hui le 15 août, constatait la jeune femme.

Et tout en riant, elle ajouta :

— Voyez-vous que nous soyons alertés, nous aussi, par des fantômes ?

— Je ne vous le souhaite pas, déclarait James avec gravité, car je ne me rappelle pas avoir vécu une nuit plus abominable que celle dont je viens de vous retracer les péripéties.

Il alluma un troisième cigare.

M. Le Bosser, qui avait écouté en silence le récit de Wibright sans laisser apparaître sur son visage la moindre trace d'approbation ou de désaveu, se leva en disant :

— C'est le cas où jamais de rééditer ce vieil aphorisme : « Comme le temps passe vite en aimable compagnie » et d'y joindre celui-ci : « Il n'est pas de meilleure société qui ne se quitte. »

— Docteur ! faisait observer Yvette, il n'est que vingt-deux heures.

— D'accord, chère madame, mais, d'ici Quiberon, il y a un bon bout de chemin. Je suis venu à pied, il faut que je m'en retourne de même.

— Voulez-vous que je vous reconduise en auto ? proposait Jean.

— Pas du tout ! déclinait le médecin. Cela me fera beaucoup de bien de rentrer *pedibus cum jambis*. La marche est le meilleur des sports, surtout lorsqu'on a, comme moi, une certaine tendance à l'embonpoint.

— Docteur, je vous accompagne, décidait l'Américain... J'aime beaucoup me promener la nuit, surtout quand il fait un temps aussi beau que ce soir... Si vous le voulez bien, nous longerons la côte... C'est si magnifique, par un clair de lune.

— Entendu ! acquiesçait M. Le Bosser.

Tout en prenant congé de ses hôtes, il recommanda :

— Surtout, n'allez pas rêver que des vieux chouans vous tirent par les pieds.

— Docteur, affirmait gaiement Yvette, je suis tout à fait tranquille. Ils ne viendront pas. Et, s'ils viennent, je les recevrai de mon mieux et je leur demanderai même de me raconter des histoires.

Ce fut un échange de cordiales poignées de mains.

Les Lachesnaye reconduisirent leurs amis jusque dans le jardin clôturé par un mur bas, surmonté de piquets en ciment armé reliés entre eux par des fils de fer assez rapprochés, à l'abri duquel toute une rangée de tamaris nains s'efforçaient déjà de grandir.

Ils regardèrent le docteur et l'Américain franchir la barrière, et, dans la clarté de la lune, ils les virent gagner le sentier qui suivait la falaise et s'éloigner d'un même pas allègre et bien rythmé.

Un instant, ils s'attardèrent au dehors, goûtant le charme nocturne de ce sublime ensemble de ciel, d'eau et de rochers que leur offrait la nature.

Jean s'écria :

— Il n'est pas tard, nous aurions pu leur faire un bout de conduite.

— C'est vrai, appuyait Yvette.

— Veux-tu que nous allions jusqu'au « Trou du souffleur » ?

— Oui, je veux bien, chéri... Une seconde, le temps de donner un tour de clef à la porte.

— Ici, ce n'est vraiment pas la peine, observait le peintre... nous ne sommes pas dans la banlieue de Paris. Nous n'avons pas à craindre les cambrioleurs.

— C'est juste ! reconnaissait la jeune femme.

Et dans un joli éclat de rire, elle scanda :

— Ici, il n'y a que des revenants !

II

OU NOUS VOYONS SE PRODUIRE DANS LA DEMEURE LA PLUS CALME QUI SOIT AU MONDE, DES PHÉNOMÈNES AUSSI MYSTÉRIEUX QU'INQUIÉTANTS.

Jean et Yvette s'en furent, bras dessus bras dessous... en amoureux et gagnèrent la falaise toute voisine.

A deux cents mètres à peine, on entendait un souffle puissant, celui de la mer, qui s'engouffrait dans un vaste couloir pratiqué au milieu d'un titanesque amoncellement de roches et qui bientôt disparaissait sous terre.

C'était le fameux « Trou du souffleur ».

A mesure que Jean et Yvette s'en approchaient, il leur semblait que ce murmure désespéré, ce ronronnement gigantesque des flots pénétrant dans une insondable caverne, perdait peu à peu de sa lugubre monotonie.

Par intervalles, de véritables hululements, pareils à ceux du vent du large, surgissaient de l'abîme, dominant la basse sonore en pédale que formait le ronronnement continu de l'eau envahissant comme un interminable couloir.

Lorsqu'ils furent tout près du gouffre, Yvette fit, en s'appuyant plus fort au bras de son mari :

— On dirait des sanglots, pareils à ceux dont Wilbright nous parlait tout à l'heure.

Les sanglots longs des violons,

chantonna Lachesnaye, qui avait une jolie voix de baryton.

— Ecoute, Jean, invitait la jeune femme, tu n'entends pas comme des pleurs, des cris? C'est vraiment très impressionnant.

« Parbleu ! les voilà, les revenants... Du côté de la villa de notre ami, il doit y avoir une fissure souterraine dans le genre de celle-ci... Et voilà ce que ses amis et lui ont entendu.

« Quant au reste, il a beau dire qu'ils n'avaient pas bu outre mesure... Tels on connaît ses saints, tels on les honore. Je suis persuadée, au contraire, qu'ils avaient dû tous absorber une quantité de cocktails et de champagne assez abondante pour leur faire perdre à tous un peu la boule. N'est-ce pas ton avis, mon Jean chéri ?

— Mais si, ma belle... maintenant, veux-tu que nous rentrions ?

— Laisse-moi écouter encore... C'est si empoignant... On a beau avoir du cran, ça vous donne tout de même un peu la chair de poule.

Yvette écouta encore un moment l'étrange mélopée... véritable chant désespéré, d'autant plus troublant qu'il semblait proféré par des voix humaines.

Puis, brusquement, elle décida :

— Et maintenant, allons faire dodo.

Ils regagnèrent Ker-Yvette, dont la silhouette toute blanche sous la caresse de la lune, se profilait tel un décor cinématographique sous la clarté d'un immense *sunlight* qu'on eût dit braqué dans le ciel.

— Tiens ! remarquait Lachesnaye, il n'y a plus de lumière... Pourtant, le lustre de l'atelier et la lanterne du vestibule étaient restés allumés.

— En effet, déclarait Yvette.

Et, tout en plaisantant, elle ajouta :

— C'est peut-être un fantôme qui nous aura coupé l'électricité.

— Dis plutôt Nounou.

— Elle était couchée lorsque je suis allée embrasser notre petit bonhomme.

— Alors, Françoise la femme de chambre.

— Ou le chauffeur, ou la cuisinière.

— Cela n'a d'ailleurs aucune importance.

— Aucune.

Ils rejoignirent leur maison. En y pénétrant, Lachesnaye fit fonctionner un commutateur, mais la lanterne du vestibule ne s'alluma pas.

— C'est une panne, fit-il.

— Heureusement que nous avons des bougies, s'écriait Yvette, mais c'est bien ennuyeux tout de même.

— Il n'y a pas trop à se plaindre, déclarait Jean... Depuis deux mois et demi que nous sommes ici, c'est la seconde fois seulement que nous sommes privés de lumière.

Il enflamma un briquet de poche, poussa le verrou de la porte d'entrée et rejoignit sa femme au moment où elle s'engageait dans l'escalier en pitchpin verni qui conduisait au premier étage.

Pour la parfaite compréhension des événements qui vont suivre, on nous permettra de faire une description aussi brève que possible de la villa Ker-Yvette.

Bâtie sur les fondations d'un ancien fortin qui datait du dix-septième siècle, et dont les nouveaux propriétaires avaient fait disparaître le remblai, les travaux avancés et le vieux mur d'enceinte, aux trois quarts écroulés, qui leur eussent caché l'horizon, Ker-Yvette se composait d'un sous-sol pour lequel on avait utilisé les vieilles casemates transformées en cuisine, en buanderie, soute à charbon, etc..., et où l'on avait découvert un puits d'eau douce qui, paraît-il, ne tarissait jamais.

Au-dessus, un vaste rez-de-chaussée, de vingt mètres de façade sur quinze de profondeur et qui renfermait l'atelier et une salle à manger, communiquant directement avec un salon intime.

Ces trois pièces, qui donnaient toutes sur le vestibule, avaient été décorées avec un goût délicieux, dans le style local, et chaque meuble, chaque objet, s'y harmonisait à merveille.

Au premier étage, la chambre du jeune ménage séparée par un vaste cabinet de toilette de la nursery, où se trouvait le berceau du petit Jackie...

Puis, deux autres chambres d'amis.

Au deuxième, le logement des domestiques.

A vingt mètres de la maison, un garage fort bien compris et muni d'une chambre où couchait le chauffeur.

Tout cela formait un ensemble agréable à l'œil, confortable, attrayant, où la vie devait être et était charmante, puisqu'elle était celle de deux cœurs qui n'avaient qu'un désir : celui de s'aimer, et qu'un souci : rendre heureux leur entourage.

C'était vraiment la maison du bonheur.

Yvette et Jean avaient donc regagné leur chambre...

La lune, si belle jusqu'alors, commençait à se voiler... Quelques gros nuages noirs, subitement apparus, léchaient l'horizon.

On eût dit d'immenses panaches de fumées, échappées aux cheminées d'un transatlantique invisible.

— Comme le temps change vite ici... constatait Yvette.

— C'est ce qui fait l'un des agréments de ce pays, appréciait le peintre.

— On dirait qu'un grain se prépare. Pourvu que ce bon docteur et ce cher Wilbright ne reçoivent pas une averse sur le dos.

— Bah ! plaisantait Jean, ils en ont l'habitude.

Yvette reprenait :

— N'as-tu pas trouvé que, ce soir, notre ami James était tout particulièrement morose ?

— James ! observait Lachesnaye, n'est jamais très gai.

— J'ai toujours supposé qu'il devait y avoir un grand chagrin dans son existence.

— Pourquoi ?

— Jeune, riche, élégant, non démuni de talent, absolument créé pour la vie moderne, il est étrange qu'il ne se soit pas marié, et qu'au lieu de vivre à Paris dans le brillant et mouvementé qui paraissait si bien lui convenir, il ait préféré s'isoler ici huit ou dix mois sur douze et y demeurer seul pendant la plus grande partie de l'hiver.

— Son art.

— Son art !... Dans son atelier, j'ai retrouvé les mêmes toiles inachevées que j'y avais vues la saison dernière.

Et Mme Lachesnaye conclut :

— A mon avis, Wilbright a une peine, une grande peine d'amour.

— Après tout, c'est possible... admettait l'artiste... mais comme il n'a pas jugé utile de me faire ses confidences, je me garderai bien de les provoquer.

— Et tu auras raison.

Brusquement, Lachesnaye interrogeait :

— Ne trouves-tu pas, ma petite Vonvon, qu'il fait très chaud ?

— En effet, le temps s'est très alourdi,

— Cela ne te gênerait pas que j'ouvre un peu ?

— Au contraire.

La jeune femme se dirigeait vers la fenêtre lorsque, tout à coup, elle s'arrêta :

— Tu as entendu ? fit-elle, un peu émue.

— Quoi donc ?

— On dirait que l'on a sonné.

— Où cela ?

— Dans le vestibule.

— Mais non.

— Je t'assure que si.

— C'est Wilbright avec ses histoires de revenants.

— Pas du tout... Ecoute, encore...

Lachesnaye prêta l'oreille. Il tressaillit légèrement. Il venait de percevoir à son tour le bruit de la sonnette que, du dehors, l'on faisait fonctionner avec la main et avertissait qu'un visiteur était là.

— Ah ! c'est trop fort ! s'écria-t-il.

S'emparant d'une bougie allumée, plantée dans un chandelier, Jean s'élançait au dehors.

— Prends ton revolver, lui cria Yvette.

Mais déjà son mari dégringolait l'escalier.

Naturellement brave, elle le suivit sans la moindre hésitation.

Comme ils atteignaient le vestibule, la sonnette retentit par trois fois comme si elle eût été agitée, secouée par une poigne vigoureuse.

Lachesnaye se précipita vers la porte, repoussa le verrou, ouvrit le battant et se pencha au dehors.

Il n'y avait personne.

Un coup de vent souffla la bougie qu'il tenait à la main, et, comme il se retournait, un pot de cuivre, placé dans le vestibule sur une table, tomba sur les dalles aux pieds d'Yvette, comme s'il eût été projeté par une main invisible.

Cette fois, la jeune femme, malgré tout son courage, laissa échapper un cri d'angoisse.

Impossible, en effet, de croire à une mystification.

Si un mauvais plaisant s'était avisé de tirer sur le cordon de la sonnette, il n'aurait pas eu le temps de disparaître, avant que Lachesnaye eût ouvert la porte.

En outre, dans l'enclos qui contournait la maison, aucun arbre, aucun massif, aucun accident de terrain ne lui eût permis de se cacher.

Et ce pot de cuivre qui dégringolait d'une façon si bizarre, par qui avait-il été lancé à terre ? Par un chat endormi et réveillé en sursaut ?

Il n'y en avait pas dans la maison, et, s'il s'en était faufilé un, Jean et Yvette eussent certainement entendu le bruit de sa retraite.

Lachesnaye, qui avait regagné le vestibule et refermé la porte, enflamma un briquet de poche et ralluma la bougie.

Remarquant que sa femme était un peu pâle, il lui dit :

— Tu n'as pas peur ?

— Mon Dieu, non... articula la jeune femme d'une voix un peu hésitante.

Regardant le pot de cuivre qui gisait à terre, il fit :

— C'est toi qui as renversé cela ?

— Non, ce n'est pas moi.

— Pourtant...

— J'étais au moins à deux mètres de lui et je suis sûre de ne pas l'avoir touché.

— C'est étrange, fit Lachesnaye en ramassant le pot de cuivre, et en le remettant à sa place.

Au moment où il le replaçait sur la table, un coup formidable retentit au premier étage. On eût dit qu'on venait de heurter une porte avec une violence inouïe.

Instinctivement, Yvette se rapprocha de son mari... Elle était devenue toute blanche.

Bien que Jean fût doué d'un sang-froid remarquable et d'un cran à toute épreuve, — il avait fait son service militaire dans l'aviation, — il se sentit au cœur un léger pincement, annonciateur d'une prochaine angoisse.

Mais, se défendant contre le trouble qui commençait à l'envahir, il fit :

— Est-ce que nous rêvons, ou bien sommes-nous éveillés ?

Un second coup aussi fort que le précédent se faisait entendre, non plus, cette fois au premier étage, mais au second...

Il avait dû être frappé contre la porte de l'une des chambres où couchaient la femme de chambre et la cuisinière.

— Ce sont bien les phénomènes que nous décrivait tout à l'heure James Wilbright, murmura l'artiste.

Dominant l'effroi qui s'était emparé d'elle, Yvette s'écriait :

— Je vais voir si Baby n'est pas réveillé... Cette pauvre nounou doit avoir une frayeur atroce.

Elle se dirigea vers l'escalier... Lachesnaye la suivit.

Des cris d'enfant, maintenant, leur parvenaient, et, comme ils atteignaient le palier, ils entendirent la voix de la nurse qui lançait, terrorisée, à travers l'entre-bâillement de la porte :

— Au secours ! monsieur, madame, au secours !

De là-haut, la cuisinière et la femme de chambre clamaient :

— Au voleur ! A l'assassin !

— Du calme ! conseillait Lachesnaye avec autorité... S'il y a un malfaiteur dans la maison, je vais lui régler son compte.

— Ah ! monsieur, madame, si vous saviez !... geignait la nurse.

Yvette, la bousculant à moitié, courut vers son petit, qui, réveillé dans son berceau, les poings serrés, criait à moitié pâmé.

La jeune maman le saisit et, le serrant contre sa poitrine, le berça doucement en lui murmurant des paroles maternellement câlines.

La nurse, en proie à une frayeur intense, s'était effondrée sur une chaise.

— Recouchez-vous, Anne ! conseillait Mme Lachesnaye.

— Si Madame savait !... se lamentait la nurse, toute tremblante.

D'un pas chancelant, elle regagna son lit sur lequel elle se laissa tomber comme une masse...

L'enfant s'était tu... puis rendormi. Yvette

le reposa dans son berceau. Et, revenant à la nurse, elle lui dit :

— Voyons, remettez-vous, Anne... nous sommes là, Monsieur et moi.

Et, redevenue très maîtresse d'elle-même, elle fit :

— Vous voyez, moi, je n'ai pas peur !

— C'est que Madame n'a pas entendu.

— Quoi donc ?

— Un coup frappé contre la porte... On aurait dit que la maison allait s'écrouler... Je ne dormais pas encore... Vite, je suis sautée à bas de mon lit. J'ai voulu ouvrir... mais la porte me résistait comme si quelqu'un de très fort l'avait retenue... Elle a enfin fini par céder...

« Alors, j'ai vu...

Anne se cacha la tête entre les mains... comme si le rappel de la vision qu'elle venait d'avoir quelques instants auparavant, la plongeait dans une indicible épouvante.

— Qu'avez-vous vu, Anne ? insistait Yvette.

— Oh ! madame... madame...

— Un revenant ?

— Oui, peut-être, je ne sais pas.

— Précisez, ma fille.

— J'ai vu, madame, comme une boule de feu qui descendait l'escalier du deuxième et qui sautait de marche en marche, j'ai cru que c'était le tonnerre, qu'il allait éclater... Mais la boule a disparu tout à coup... sans bruit, comme une bulle de savon qui crève dans l'air.

« Ah ! madame, madame, qu'est-ce que cela veut dire, tout cela ? qu'est-ce que cela veut dire, tout cela ? qu'est-ce que cela veut dire ?

Yvette allait s'efforcer de rassurer la malheureuse nounou, lorsqu'un nouveau coup de sonnette retentit dans le vestibule.

Elle courut sur le palier et se croisa avec son mari qui sortait de sa chambre où il avait été prendre son revolver.

Là-haut, Françoise et Marie continuaient à appeler au secours.

Dans le vestibule, la sonnette s'agitait désespérément. L'enfant, réveillé de nouveau, faisait entendre des cris perçants...

La villa Ker-Yvette, d'ordinaire si paisible, était le théâtre d'un indicible affolement.

Lachesnaye, résolument, ouvrit la porte d'entrée... Cette fois, il y avait quelqu'un... un homme, le chauffeur Pierre Rebillard, un grand gaillard de vingt-huit ans, à la carrure d'athlète... En bras de chemise, vêtu d'un pantalon qu'il avait dû enfiler à la hâte, pieds nus, le visage convulsé, il bégayait :

— Monsieur, monsieur, je crois qu'il y a des revenants dans le garage.

— Allons, entrez, ordonnait le peintre.

A peine avait-il prononcé ces mots que le lustre de l'atelier et la lanterne en fer forgé suspendue dans le vestibule se rallumaient comme par enchantement.

Rebillard bégayait :

— Si Monsieur téléphonait à la gendarmerie ?

— Mon garçon, observait Lachesnaye, vous avez complètement perdu la tête.

« Voyons, vous savez bien qu'ici, le téléphone ne fonctionne pas la nuit.

— C'est vrai, je n'y pensais plus. Que Monsieur m'excuse.

— Allons, remettez-vous et dites-moi ce qui s'est passé.

Rébillard expliquait :

— Je dormais profondément lorsque je fus réveillé par un grand coup qui fit trembler la porte du garage... Je sautai à bas de mon lit et courus à la fenêtre. il n'y avait personne. Je crus que j'avais rêvé et j'allais me recoucher, lorsqu'un coup, encore plus fort, me fit sauter !

« — Cette fois, me dis-je, sûr que la porte doit être enfoncée. Je voulus me rendre compte de ce qui s'était passé, et bien que je ne fusse pas très rassuré, je descendis dans la cour, persuadé que c'étaient des voleurs qui cherchaient à barbotter l'auto...

« Mais va te faire fiche, il n'y avait personne en bas...

« Je pensai qu'en m'entendant venir, mes voleurs s'étaient débinés et qu'ils se cachaient derrière le garage...

« Je m'apprêtais à le contourner lorsque je vis... oh ! monsieur, les cheveux m'en dressent encore sur la tête, une boule de feu grosse comme une citrouille, qui se dirigeait vers moi en bondissant sur le sol...

« Je me jetai à plat ventre, la figure contre le sable... Je m'attendais à être frappé comme par la foudre... mais, n'entendant aucune détonation, je relevai la tête. Je ne vis plus rien... Alors, je me relevai et courus vite prévenir Monsieur.

Et Pierre Rebillard, fils de campagnards vendéens, qui croyait un peu au bon Dieu, mais pas du tout au diable, conclut :

— La mère Leport, du village de Kerné, m'avait bien raconté qu'il y avait des revenants sur la côte... mais je ne l'avais pas cru.

« Oh ! je ne dis pas qu'il y en a, car je ne suis tout de même pas un idiot, la preuve que j'ai été artilleur... mais, tout de même, il y a quelque chose de pas naturel là-dessous... Et si c'est une blague qu'on nous a faite... Eh bien, moi, je la trouve mauvaise.

— En effet, appuyait le jeune peintre sans trop de conviction... ça ne peut être qu'une plaisanterie, mais elle coûtera cher à ses auteurs. Pour l'instant, c'est tout ce que je puis vous dire. Allez, mon garçon, allez vous coucher. Vous avez votre revolver ?

— Oui, monsieur.

— Eh bien, si le tapage recommence et si vous apercevez quelqu'un, tirez en l'air... d'abord et après en plein corps... si vous le pouvez.

— Bien, monsieur.

— Mais je crois que, pour cette nuit, nous en avons fini avec ces manifestations ridicules.

Lachesnaye se trompait.

A peine avait-il prononcé ces mots, que des plaintes, des gémissements, des sanglots, des cris de douleur s'élevaient, très rapprochés...

On eût dit qu'ils provenaient de la cuisine.

Son browning au poing, le jeune artiste s'élança dans l'escalier qui descendait au sous-sol... Rebillard lui emboîta le pas...

Lachesnaye manœuvra un commutateur qui fit s'allumer les lampes de la cuisine et de la buanderie.

Instantanément, les bruits s'éteignirent.

Pas plus que devant la porte de la maison et près de celle du garage, il n'y avait personne... ni vivants, ni fantômes !

Mais soudain, le chauffeur s'écriait, en désignant du doigt le couloir obscur qui aboutissait à la soute à charbon :

— La boule de feu... la boule !

Alors, Lachesnaye aperçut à son tour une sorte de ballon incandescent qui roulait lentement sur le sol et s'évapora subitement en une vaste lueur éblouissante.

— Monsieur ! monsieur ! fit Rebillard, dont la voix s'étranglait dans sa gorge... voulez-vous que je vous le dise... votre villa... eh bien, c'est une maison hantée !

III

QUEL EST CE MYSTÈRE ?

Nous exagérerions singulièrement si nous affirmions que cette nuit-là on dormit beaucoup à la villa Ker-Yvette.

La vérité est que l'on ne dormit pas du tout.

Bien que les phénomènes : coups de sonnette ou dans les portes, boules de feu, sanglots ou cris divers, eussent complètement cessé, la peur avait continué de régner dans le logis bouleversé.

Seul, Lachesnaye avait conservé son sang-froid. Il s'efforçait de rassurer chacun de son mieux et n'y parvenait guère, sauf auprès de sa femme, que ses paroles de tendresse encore plus que sa courageuse attitude réussirent à réconforter.

Vers neuf heures du matin, le peintre, laissant sa maison sous le garde du chauffeur, qui, avec la lumière du jour, avait retrouvé sa vaillance habituelle, se rendait chez Wilbright dont la propriété était située environ à un kilomètre de la sienne.

Il trouva son ami au lit avec la fièvre.

— Hier soir, fit l'Américain, en revenant de conduire le docteur Le Bosser, j'ai reçu un grain sur le dos, et je crois que je tiens une petite bronchite... Mais ça ne sera rien... Asseyez-vous, je vous en prie, cela me fait un grand plaisir de vous voir.

Remarquant le visage soucieux et les traits tirés de son voisin, James ajouta :

— On dirait que ça ne va pas... Vous avez tout à fait la physionomie d'un homme qui aurait passé une nuit blanche.

Et tout en souriant, il demanda :

— Est-ce que vous auriez, par hasard, reçu la visite de quelque revenant ?

Gravement, Lachesnaye ripostait :

— J'ignore s'il s'agit de morts ou de vivants mais tout ce que je peux vous dire c'est que la nuit dernière, ma maison, à peu de chose près, a été le théâtre des mêmes phénomènes qui se sont produits ici le soir du réveillon.

— Allons donc ! s'exclamait Wilbright en se dressant sur son séant.

Et vivement intéressé il fit :

— C'est infiniment curieux. Racontez-moi cela bien vite.

— Vous êtes souffrant. Je crains de vous fatiguer.

— Une légère indisposition, affirmait l'Américain, et vraiment trop peu importante pour m'empêcher de prêter l'oreille à un récit qui, d'avance, surexcite ma curiosité.

Lachesnaye regarda son ami. Sauf que ses yeux étaient légèrement cernés, il avait l'aspect d'un homme dont la santé n'inspire aucune inquiétude.

N'hésitant plus à se confier à lui, le jeune artiste lui raconta, dans tous les détails, les incidents qui avaient commencé à se dérouler une demi-heure environ après son départ. Et, sans y ajouter aucun commentaire, il conclut :

— Mon cher James, que pensez-vous de tout cela ?

L'Américain ripostait :

— Mon bon ami, voilà une question à laquelle il m'est bien difficile de vous répondre.

« Bien des fois, depuis cette étrange nuit de Noël, je me suis posé le même problème et je vous avouerai franchement que j'ai été impuissant à le résoudre.

« Certes, jusqu'alors, je n'avais jamais cru aux esprits... J'étais même, ainsi que vous le savez, plutôt matérialiste qu'idéaliste et j'avais toujours nié ces manifestations de l'au-delà que j'attribuais à l'échauffement collectif d'imaginations déraisonnables ou à une sorte d'auto-suggestion, qui vous fait voir des choses et entendre des bruits qui n'existent pas.

— Je suis tout à fait de cet avis... approuvait Lachesnaye.

— Cependant, poursuivait Wilbright, je ne vous cacherai pas que, depuis Noël dernier, j'ai changé d'avis.

« Peu à peu, malgré moi, sans en être d'ailleurs absolument convaincu, j'en suis arrivé à me demander si, tout de même, ces faits mystérieux inexplicables, n'étaient pas provoqués par des forces dont nous ne connaissons pas encore l'origine pas plus que la nature.

« Ce que vous venez de me raconter est

bien fait pour me confirmer dans cette opinion... Et je ne vois guère d'autre explication à cette énigme qui, je le comprends fort bien, vous impressionne autant qu'elle m'a bouleversé moi-même.

— Sans aller aussi loin que vous dans vos conclusions, reprenait Lachesnaye, je reconnais volontiers que je ne sais à quoi attribuer ces véritables prodiges.

« Une mystification ! C'est la thèse que j'ai soutenue devant ma femme et mes domestiques, afin d'apaiser le véritable affolement qui s'était emparé d'eux... mais je n'y crois pas.

« Ou bien il faudrait que cette sombre farce ait été organisée par des gens qui auraient intérêt à nous faire quitter cette villa... Je ne vois pas pourquoi d'ailleurs...

« En tout cas, ils seraient d'une habileté prodigieuse... Et puis, comment auraient-ils réussi à sonner sans être vus, à pénétrer chez moi, à donner de grands coups dans les portes, à lancer des boules de feu dans la cour, dans l'escalier, dans le couloir de la cave... et à organiser sous terre un véritable concert de hurlements capables de me faire dresser les cheveux sur la tête?

— Le fait est que ce serait bien invraisemblable ! soulignait l'Américain.

— N'est-ce pas ? s'écriait le jeune artiste. Aussi, je me demande ce que je dois faire.

— Attendre ! conseillait Wilbright.

— Que les revenants recommencent leurs farces ?

— Si revenants il y a, martelait James, ils n'ont jamais renouvelé chez moi leurs plaisanteries. Il est possible qu'il en soit de même pour vous.

— Ce qui importe avant tout, déclarait Lachesnaye, c'est de rassurer ma femme et mon personnel.

« Ce matin, à la première heure, j'ai procédé à une vérification de toutes les portes, à une visite de tous les lieux.

« Je n'ai rien remarqué de suspect... aucune trace d'effraction. Les coups formidables frappés contre les volets et les portes, ont seulement écaillé légèrement la peinture.

« N'y a-t-il pas là de quoi rendre dément l'homme le mieux équilibré ?

« J'ai offert à Yvette de quitter la maison, de nous en aller à l'hôtel, à Quiberon, ou à Saint-Pierre... Elle a refusé... Mais, si cette nuit, le vacarme recommence, je me demande ce que je vais devenir avec toutes ces femmes épouvantées, d'autant plus que je ne puis guère compter sur mon chauffeur... La peur qu'il a manifestée la nuit dernière me l'a suffisamment prouvé.

— Voulez-vous que je reste avec vous ? proposait l'Américain.

— Je vous remercie infiniment de cette nouvelle marque d'amitié, ripostait Lachesnaye, mais je ne peux que vous prier instamment de demeurer ici très tranquille. Vous êtes souffrant... vous avez de la température.

— Presque rien ! protestait Wilbright, 38°7.

— Mais c'est beaucoup, s'effarait le peintre... Et je m'en voudrais si, par suite d'une imprudence dont j'aurais été la cause, votre bronchite dégénérait en pneumonie.

— D'ici ce soir, j'irai certainement mieux.

— James, encore un coup, je vous défends de sortir. D'abord, je ne crains rien, ni pour les miens, ni pour moi.

— Je sais que vous êtes la bravoure même.

— Non ! j'ai un peu de cran, voilà tout.

— Dites beaucoup, ainsi, d'ailleurs, que tous les Français.

— Pour calmer les appréhensions, somme toute, fort légitimes de mon entourage, je vais me rendre à Quiberon, raconter ce qui s'est passé aux gendarmes et leur demander de venir cette nuit à Ker-Yvette afin d'y monter avec moi une garde vigilante.

— C'est, en effet, tout ce que vous avez de mieux à faire, approuvait l'Américain.

Lachesnaye reprenait :

— Il suffit parfois d'enfermer un matou dans un grenier pour que rats et souris rentrent immédiatement dans leurs trous.

« Si mes perturbateurs sont des êtres vivants et malfaisants, la présence de ces dignes représentants de la loi suffira pour les empêcher de recommencer leurs extravagances.

— Et si ce sont des esprits ? insinuait Wilbright.

— Eh bien, eh bien... hésita le jeune peintre.

Puis, il lança tout d'un trait :

— Il me restera la ressource de demander à un prêtre de venir bénir ma villa.

Gravement, James émettait :

— C'est peut-être par là que nous aurions dû commencer.

— Voyons, je plaisantais, s'écriait Jean.

— Pas moi ! appuyait fortement l'Américain.

— Comment ! vous, un incrédule ! un athée !...

— Les événements peuvent parfois modifier...

— Alors, s'étonnait Lachesnaye, vous croyez que ce sont des revenants ?

— Je ne vous ai pas dit cela, se dérobait son ami... Je ne sais pas... je cherche, et, comme votre grand auteur Montaigne, je doute.

— Enfin, nous verrons bien ! concluait le peintre en se levant.

— Encore une fois, s'excusait l'autre, je regrette de ne pas pouvoir vous accompagner dans vos démarches. Mes hommages à votre femme.

— Merci, mon cher James.

— Tenez-moi au courant, demandait l'Américain, mais j'espère bien qu'il ne se produira rien de fâcheux la nuit prochaine et que tout est déjà rentré dans l'ordre.

Lachesnaye s'en fut. Il retourna tout de suite à Ker-Yvette où, pendant son absence, il ne s'était rien produit d'anormal.

Il remarqua seulement que Françoise, la femme de chambre, Marie la cuisinière, et Rébillard le chauffeur avaient tous trois la figure grave, compassée, de gens qui s'apprêtent à prendre une importante décision.

Et il se dit :

— Je parie qu'ils vont vouloir s'en aller.

Quant à la nurse, elle s'occupait, comme d'habitude, des soins qu'elle donnait chaque matin au petit Jackie sous l'œil vigilant de la jeune maman.

Toutes deux paraissaient tranquillisées.

Pour ne pas réveiller leurs transes qui n'étaient sans doute qu'assoupies, le peintre se garda bien de faire la moindre allusion aux événements vraiment fantastiques qui s'étaient déroulés la nuit précédente.

Affectant, au contraire, une grande sérénité, et même une allure dégagée, il dit à sa femme :

— Je viens de chez Wilbright... Il est un peu souffrant et nous ne le verrons pas aujourd'hui. Il m'a chargé pour toi de tous ses hommages.

— Rien de grave ? lança Yvette.

— Un simple refroidissement, mais comme il a un peu de température, il vaut mieux qu'il garde la chambre.

— Tu lui as raconté ? fit la jeune femme dont le visage prit subitement une expression d'inquiétude.

— Oui, répliqua laconiquement Lachesnaye.

— Et que t'a-t-il dit ?

— Comme moi, il estime qu'il ne faut pas attacher à ces faits plus d'importance qu'ils ne le méritent... mais comme je n'ai pas envie que nous passions une nuit aussi agitée que celle-ci, je m'en vais me rendre à Quiberon, mettre les gendarmes au courant de tout et les prier de monter cette nuit, avec moi, la garde dans notre maison.

« De cette façon, vous pourrez dormir tranquilles.

« Cependant, ma chérie, si cela t'effraie de

rester ici, je te renouvelle l'offre que je t'ai déjà faite, c'est-à-dire d'aller vivre à l'hôtel, tant que ce mystère n'aura pas été éclairci.

Yvette ne répondit pas tout de suite. Sans doute était-elle assez perplexe. Tour à tour, elle regarda son enfant et son mari. Celui-ci crut qu'elle allait accepter sa proposition, mais d'une voix qu'elle s'efforçait d'affermir, elle fit :

— Mieux vaut que nous ne quittions pas la villa. Si ce sont de mauvais plaisants, ainsi que tu le supposes, en constatant qu'ils n'ont pas réussi à nous intimider, ils cesseront leurs farces stupides.

« Si comme le prétendent certaines gens du pays, c'étaient des fantômes, qu'aurions-nous à craindre d'eux ? Ni toi, ni moi, nous n'avons jamais fait de mal à personne.

Anne, qui avait de la religion, déclarait :

— J'ai une petite bouteille d'eau bénite dans le tiroir de ma commode... Il paraît que cela chasse les esprits. Elle est à la disposition de Monsieur et de Madame.

Satisfait de constater qu'autour de lui on semblait s'être quelque peu ressaisi, Lachesnaye prit son auto et s'en fut seul à Quiberon.

En arrivant dans le pays, il dépassa le docteur Le Bosser qui revenait, à bicyclette, de voir ses malades.

Il fréna et interpella le médecin qui s'arrêta, sauta lestement au bas de sa bécane et s'approcha de la voiture.

Après l'échange d'une cordiale poignée de main, le peintre lui fit le récit de ce qui s'était passé la nuit précédente.

Le docteur l'écouta avec beaucoup d'attention, puis il lui demanda :

— Qu'allez-vous faire ?

— Prévenir la gendarmerie.

Le Bosser reprit :

— Voulez-vous me permettre de vous donner un conseil ?

— Je vous en prie.

— N'en faites rien. J'ai l'impression que cette affaire ne relève pas de la maréchaussée, et que vous avez été l'objet d'une hallucination collective provoquée par le récit de notre ami James Wilbright.

— Je me suis tenu ce raisonnement, déclarait nettement Lachesnaye, mais tout de suite j'ai pensé que ni la cuisinière, ni la femme de chambre, ni le chauffeur, n'avaient eu connaissance de cette histoire.

— Vous en êtes sûr ?

— Absolument sûr.

— Etes-vous aussi certain qu'ils n'avaient pas entendu raconter qu'il y avait des revenants dans les parages ?

— Si... A plusieurs reprises, la mère Leport de Kerné, en avait parlé devant eux... Mais ils avaient été les premiers à en rire.

Le docteur reprenait :

— Tout cela, néanmoins, a pu établir un courant de pensées analogues associées, et créer une atmosphère d'illusion dont vous avez tous été les dupes.

« Je ne vois pas d'autres explications à ce mystère qui, je le comprends fort bien, n'a pas été sans vivement impressionner Mme Lachesnaye ainsi que votre personnel.

« Après tout, si vous n'êtes pas tranquilles, si cela doit vous rassurer, voulez-vous que je me rende avec vous à la gendarmerie ?... Je connais le brigadier. C'est un garçon très à la page, fort débrouillard et qui n'a pas froid aux yeux.

— J'accepte volontiers votre offre, déclarait le jeune artiste, car je veux absolument tirer cette affaire au clair.

— Soit ! puisque vous y tenez ! acquiesçait M. Le Bosser, mais voulez-vous faire un pari avec moi ?

— Lequel ?

— C'est qu'il y a quatre-vingt dix-neuf chances, que dis-je, cent chances sur cent, pour que désormais vos nuits ne soient plus jamais troublées par des fantômes.

— Je vois, docteur, que vous vous

en tenez à votre théorie d'auto-suggestion.

— Parfaitement. Ce n'est pas la première fois que j'observe de pareils cas.

« Ayant fait, pendant ma jeunesse, un voyage aux Indes, avec mon père, qui était capitaine au long cours, j'ai assisté aux prétendus prodiges accomplis par des fakirs.

« J'ai vu des plantes grimper le long des murs avec la rapidité d'un reptile... des arbres surgir de terre et grandir en l'espace de quelques minutes, des fleurs jaillir du sable et s'épanouir en couleurs merveilleuses, des ruisseaux, et même des rivières, remonter à leurs sources, des hommes marcher dans le vide, etc., etc...

« Je n'étais pas le seul à constater ces phénomènes, nous étions là plus de mille personnes, indigènes, européens, appartenant à toutes les classes de la société et parmi nous, il y avait certainement autant d'incrédules que de croyants.

« *Et tous, nous avions vu, de nos yeux vu...* ce qui n'était que dans notre imagination, qui, soit par le fluide qui se dégageait des fakirs, soit, et c'est plutôt mon avis, par la perte momentanée de tout contrôle de nous-mêmes, nous avait fait prendre pour une vérité tangible ce qui n'était qu'une sorte de rêve comparable à ceux que nous inspire l'opium.

« Et dans notre pays, les miracles qui pendant si longtemps ont dérouté la science et provoqué, même parmi certains athées endurcis, des conversions sensationnelles ne sont-ils pas des phénomènes aussi extraordinaires que ceux dont nous parlons ?

Lachesnaye approuvait de la tête.

Le docteur poursuivit :

— Certes, je ne voudrais froisser les convictions religieuses de personne. Libre penseur, je le suis dans toute l'acception du mot, mais je ne le suis pas que pour moi, je le suis encore pour les autres, et nul plus que moi n'est respectueux de la foi, lorsqu'elle est sincère.

« Mais il n'en est pas moins vrai, qu'à l'heure présente, les guérisons extraordinaires ne nous apparaissent plus comme des prodiges que seule pouvait expliquer une intervention divine, mais comme des événements dus, la plupart du temps, à des réactions morales incontestées, provoquant des réactions physiques incontestables.

« Il n'y a donc pas d'énigmes indéchiffrable. Seule la faiblesse de notre entendement nous interdit de les pénétrer, et si tout ici bas, ou plutôt presque tout est mystère, c'est uniquement parce que nous ne sommes pas doués des facultés nécessaires pour comprendre, discerner et en analyser les causes.

« Rappelez-vous, mon cher, le vieux vers latin que vous avez dû, comme moi, apprendre jadis au lycée.

Felix qui potuit rerum cognoscere causas.

« Heureux celui qui a pu connaître les causes secrètes des choses », traduisit le jeune artiste.

— Eh bien, reprenait M. Le Bosser, celui-là n'a encore soulevé qu'un tout petit coin du voile qui cache le grand mystère.

« Qu'est-ce que nous savons ? Rien, presque rien, puisque nous ignorons d'où nous venons, où nous allons, puisque nos plus grands génies se sont toujours heurté le front aux barreaux de cette cage d'où aucun humain n'a encore réussi à s'évader et que, dans leur impossibilité de comprendre ils ont appelé de ce nom si vague, si nébuleux : l'*infini.*

« Pardonnez-moi mon cher ami, ce cours de philosophie scientifique en plein vent. Et, ceci dit, allons trouver nos bons gendarmes... C'est d'ailleurs à deux pas d'ici. La première rue sur votre main droite ! !

« Mais je vous le répète, je doute que ces braves gens nous aident à percer ce mystère.

IV

DANS L'ATTENTE DES ÉVÉNEMENTS

Lachesnaye remit sa voiture en marche... Le docteur Le Bosser enfourcha sa bicyclette et tous deux arrivèrent en même temps devant la gendarmerie.

Le docteur demanda à parler au brigadier Le Guérec. Celui-ci se trouvait précisément dans son bureau, en train de rédiger un rapport... Il reçut tout de suite avec empressement le médecin qui lui présenta son ami Lachesnaye et lui expliqua en quelques mots l'objet de sa démarche.

Le brigadier l'écouta avec une attention qui se transforma presque instantanément en un visible intérêt.

— Ce n'est pas la première fois, fit-il, que l'on me raconte qu'il se passe de drôles de choses de ce côté-là.

« Jusqu'alors, je n'avais guère prêté l'oreille à ces histoires... car presque toujours, c'étaient des vieilles bonnes femmes ou des gamins qui me les racontaient.

« Mais avec vous, monsieur, cela devient sérieux, et cela vaut la peine qu'on s'en occupe tout de suite... Aussi, monsieur le docteur, je demanderai à votre ami de bien vouloir me raconter tout au long son affaire, car il suffit quelquefois d'un petit détail de rien du tout pour vous mettre sur la bonne route. Je vous écoute donc, monsieur Lachesnaye.

Avec une netteté parfaite, méticuleuse même, le jeune artiste narra son aventure au brigadier qui le laissa parler sans l'interrompre une seule fois.

Quand ce fut terminé, Le Guérec reprit :

— Voulez-vous savoir mon opinion là-dessus, messieurs ?

— Très volontiers, déclarait le docteur.

— Je suis même très anxieux de la connaître, affirmait le peintre.

Le brigadier, un grand gaillard solide, aux épaules carrées, au regard clair, très ouvert et qui révélait un caractère franc autant qu'un esprit peu compliqué, déclarait avec un sourire entendu :

— Dans tout cela il n'y a pas plus de fantômes que de goujons dans la mer.

— Alors, interrogeait Lachesnaye, vous croyez à une farce ?

— Pas du tout !

Et avec un air grave, convaincu, Le Guérec articula :

— C'est une histoire de contrebandier.

A son tour le docteur Le Bosser questionnait :

— Puis-je vous demander, mon cher brigadier, ce qui vous inspire une pareille hypothèse ?

— Je vais vous le dire, tout de suite, monsieur le docteur, répliquait Le Guérec...

« Il y a quelques années, j'étais simple gendarme à Audierne, lorsqu'il nous fut signalé que, sur la côte, chaque nuit, des revenants venaient flanquer des pierres dans une villa située tout à la pointe de Lervily. Un soir, nous nous cachâmes dans des rochers avec des douaniers et des pêcheurs, des gas qui, pendant la grande guerre, avaient fait la chasse aux sous-marins et n'avaient pas froid aux yeux.

« Eh bien, messieurs, nous ne tardâmes pas à les pincer, les revenants. Et savez-vous ce que c'était ?

« Des contrebandiers que la construction d'une villa tout près de l'endroit où ils avaient l'habitude de « travailler » gênait dans leurs coupables habitudes.

« Pour en faire déguerpir son propriétaire et empêcher celui-ci de louer ensuite sa villa, ils avaient inventé ce truc. C'était bien simple, n'est-ce pas ?

« Eh bien, monsieur Lachesnaye, c'est le

même coup qui recommence chez vous, et pour les mêmes raisons.

« Aussi, ne vous en faites pas ! Ce soir, je serai là, avec le gendarme Lendie, un auquel on n'en remontre pas, et puis solide comme un dolmen.

« Laissez-moi organiser tout ça... et vous pouvez être tranquille, ainsi que votre dame et toute votre maisonnée, cette vermine-là ne tardera pas à être sous les verroux.

Le docteur déclarait :

— Je n'avais pas songé à cela. Mais je trouve l'explication du brigadier entièrement plausible.

« Il est certain que si contrebandiers il y a, ces messieurs ont dû être extrêmement gênés par la construction de la villa de James Wilbright et de la vôtre. La preuve, c'est qu'avant la vôtre, Wilbright avait reçu la visite de ces plus que problématiques fantômes.

— Parbleu ! appuyait Le Guérec, très satisfait de voir un homme aussi savant que M. Le Bosser entrer aussi complètement et aussi rapidement dans ses vues.

— Vous croyez, observait Lachesnaye, que des contrebandiers auraient assez d'audace pour se livrer à d'aussi extraordinaires manifestations ?

— Ah ! là là ! s'écriait le brigadier, vous ne les connaissez pas, ces gens-là, c'est capable de tout !

— Même de faire rouler des boules de feu dans les couloirs et dans les escaliers ?

— Ils ont toutes les ruses. Ce sont des gaillards à la coule.

« Il n'y a pas longtemps, dans la Manche, auprès de Roscoff, on en a pincé toute une bande qui naviguait avec un sous-marin et dont le chef était un ancien ingénieur qui était sorti autrefois l'un des premiers de l'Ecole Polytechnique, un vrai savant, qui connaissait tous les trucs, y compris celui d'endormir les douaniers avec un pistolet à gaz (1), ce qui valait mieux que de les assassiner à coups de couteau et de revolver, comme cela s'est vu tant de fois sur nos côtes.

— Décidément, concluait Le Bosser, je crois que nous pouvons nous écrier, comme dans la célèbre chanson de Nadaud :

Brigadier, vous avez raison.

— Alors, c'est entendu... promettait Le Guérec, ce soir, après le dîner, nous monterons jusqu'à votre villa.

— Ker-Yvette.

— Je connais.

Et tout en laissant retomber sa main large et puissante sur la table qui gémit et résonna, le brigadier martela :

— Et si ces messieurs de la contrebande recommencent cette nuit leur raffût, eh bien, je leur prédis qu'ils tomberont sur un joli bec de gaz.

Lachesnaye reprenait :

— Il ne me reste plus qu'à vous remercier et à vous dire à ce soir.

— A ce soir, monsieur.

Le Bosser et Lachesnaye se retirèrent après avoir échangé avec le représentant de la maréchaussée une cordiale poignée de main.

Une fois dans la rue, le jeune artiste dit au médecin :

— Alors, bien vrai, vous croyez que ce brave homme ne se trompe pas ?

— En tout cas son raisonnement me semble extrêmement logique. Il ne soulève en mon esprit aucune objection de principe.

« Rappelez-vous que votre villa a été bâtie sur un vieux fortin déclassé, abandonné. Qui nous dit que les contrebandiers en question n'en avaient pas fait un entrepôt ?

« Qui nous prouve également qu'ils n'ont pas découvert quelque passage secret qui leur a permis de pénétrer chez vous sans être remarqués ?

Rigoureusement authentique. Voir la *Police des Mers*, par le commandant B. Z.

— Lorsqu'on a construit la maison, l'entrepreneur ou les ouvriers n'ont rien trouvé qui puisse justifier une pareille hypothèse.

— Ne m'avez-vous pas dit que vous aviez conservé dans le sous-sol un puits d'eau douce qui, jadis, avait été creusé dans l'une des casemates.

— Parfaitement, mon bon docteur. Sans doute vous dites-vous que ce puits pouvait communiquer avec l'extérieur par un conduit souterrain que les contrebandiers auraient découvert et dont ils se seraient servis pour se glisser chez moi et en sortir.

— On a vu parfois des choses plus extraordinaires, posait le médecin.

— Dans les romans d'aventures.

— Et aussi dans la réalité.

« Pas très loin d'ici, à Serzeaux, il est arrivé à un de mes oncles une histoire analogue.

« Il habitait, à l'entrée du bourg, une vieille gentilhommière du seizième siècle, tout ce qu'il y a de pittoresque.

« Vieux garçon, retraité de la marine, il vivait là, avec une vieille servante depuis plusieurs années, sans qu'il se fût produit le moindre incident, lorsqu'un soir d'hiver, en rentrant dans la pièce qui lui servait de cabinet de travail et où il avait laissé sa lampe allumée, il trouva celle-ci éteinte.

« Ce ne pouvait être l'effet du vent, car les fenêtres étaient fermées, ainsi que les auvents et aucun courant d'air n'était possible.

« Mon parent n'attacha d'ailleurs aucune importance à la chose.

« Or, le lendemain, le fait se renouvelait d'une façon absolument identique.

« Naturellement la vieille bonne en attribua la paternité à un revenant... mais mon oncle, un vieux loup de mer, qui avait bourlingué à travers tous les océans n'en crut pas un mot, et il attendit patiemment son heure.

« Régulièrement la lampe continua à s'éteindre dès qu'il s'éloignait de son bureau. Puis, les phénomènes s'accentuèrent... Un matin en se réveillant il trouva une tête de mort sur sa table de nuit. Un autre jour, en revenant de Vannes où il était allé voir des amis, il aperçut, attachée à la place de la suspension de sa salle à manger, une cage qui contenait deux corbeaux vivants.

« Sa servante lui jura ses grands dieux que, non seulement elle n'était pour rien dans l'apport de ces volatiles, mais encore qu'elle n'avait pas quitté la maison de toute la journée, et qu'elle était certaine que personne n'en avait franchi le seuil.

« Folle de terreur et de plus en plus persuadée que la demeure de son maître était hantée, elle s'en fut se réfugier chez une de ses cousines qui demeurait à la Roche-Bernard.

« Mon oncle, après avoir fait semblant lui aussi, d'abandonner les lieux, se terra dans sa gentilhommière, attendant les événements, patiemment caché dans son cabinet de travail derrière un paravent, un revolver à la main.

« Quelle ne fut pas sa surprise, lorsque vers huit heures du soir, il entendit dans la cheminée une sorte de grincement semblable à celui que produiraient deux vieilles chaînes rouillées que l'on frotterait l'une contre l'autre.

« Puis, ce fut un bruit sec, sonore, comme un morceau de fonte qui heurterait brusquement une pierre...

« L'oreille aux aguets, prêt à s'élancer, il attendit encore... Presque aussitôt, des pas très légers et que l'on cherchait à étouffer, résonnèrent tout près de lui.

« Bondissant hors de sa cachette, il entrevit dans l'ombre, une silhouette qui s'avançait vers la bibliothèque placée à l'autre extrémité de la pièce.

Tonton Robert, — c'est ainsi que nous l'appelions dans la famille, — avait gardé une partie de son agilité, et presque toute sa force.

« En trois enjambées, il rejoignait l'intrus, et avant que celui-ci n'eût le temps de se mettre sur la défensive, il l'empoignait au collet et lui appuyait le canon de son revolver sur la tempe, en disant :

— A nous deux, mon gaillard !... Et maintenant, raconte-moi un peu qui tu es, d'où tu viens, et ce que tu viens faire chez moi.

Une voix tremblante, angoissée, lui répondit :

— Ne me faites pas de mal... Lachez-moi... Je vais tout vous dire...

Tonton Robert desserra son étreinte. Un cri de stupeur lui échappa.

A la lueur de la lune qui se dégageait des nuages et projetait son rayonnement à travers les interstices des persiennes closes, mon vieux parent venait de reconnaître le fils de l'un des châtelains du voisinage qui venait de terminer ses études au collège de Redon.

« — Comment, c'est vous, monsieur Alain de la Rocheverdière, s'écriait-il... Alors, vous avez voulu vous payer ma tête ?

« Le jeune hobereau, déjà dégonflé, s'écroula, et entrant immédiatement dans la voix des aveux, il raconta à Tonton Robert que, poursuivant un lièvre à travers les ruines d'un vieux château qui dressait son donjon aux trois quarts démoli, tout près de Sarzeaux, il avait découvert, tout à fait par hasard, l'entrée d'un souterrain dissimulé sous des broussailles.

« Gardant pour lui seul le secret de sa trouvaille, il était revenu dès le lendemain et muni d'une lampe électrique, il s'était engagé dans un escalier en pierres croulantes et avait gagné un couloir voûté qui aboutissait à une plaque de fonte rouillée, munie d'une poignée assez bien conservée.

« Le jeune Alain était arrivé, au prix de grands efforts, à faire remuer la plaque, puis à l'entr'ouvrir, et il avait constaté que la seconde partie du souterrain donnait dans la cheminée qui chauffait le cabinet de travail de mon oncle.

« Ce fut alors que lui vint l'idée plutôt saugrenue de mystifier ce brave homme. Mais il avait eu affaire à plus malin que lui, et justifié une fois de plus le vieux dicton : « Tel est pris qui croyait prendre. »

« Inutile d'ajouter quele Tonton Robert, après avoir taucé vertement le dernier rejeton des La Rocheverdière, lui pardonna sa méchante plaisanterie, à la condition qu'il irait tout raconter à sa servante. Ce qui fut fait... et la brave femme, rassurée, consentit à reprendre sa place.

M. le Bosser acheva :

— Si je vous ai raconté cette anecdote, c'est parce que je tenais à vous démontrer que parfois les choses les plus étonnantes, les événements les plus déconcertants, ont parfois des causes extrêmement simples et naturelles.

— Cette nuit, nous verrons bien ! posait Lachesnaye qui semblait conserver tout au fond de lui une arrière pensée.

« En tout cas, mon cher docteur, laissez-moi vous dire combien je vous suis reconnaissant de l'intérêt que vous me portez... et croyez que je serais enchanté si je trouvais l'occasion de vous prouver, à mon tour, ma bien sincère amitié.

Brusquement, le médecin s'écriait :

— Voulez-vous me faire un grand plaisir?

— Je ne demande que cela ! ripostait le jeune artiste avec élan.

— Eh bien, permettez-moi de passer la nuit prochaine à Ker-Yvette.

— Je n'osais vous le demander.

— Alors c'est entendu ?

— C'est entendu.

— Vous m'en voyez ravi ! déclarait Le Bosser... Il est possible, après tout, qu'il ne se passe rien. Mais s'il se passait quelque chose, je serais désolé d'avoir manqué un spectacle qui ne peut être que fort intéressant.

— Nous vous attendrons pour dîner.

— Je m'en voudrais d'abuser.

— Voyons, ma femme sera enchantée.

— Alors, j'accepte.

— A ce soir, sept heures.

— A ce soir.

Le docteur et le peintre se séparèrent, l'un pour continuer ses visites, l'autre pour regagner sa villa.

En rentrant chez lui, Lachesnaye apprit par sa femme, que la femme de chambre, la cuisinière et le chauffeur avaient décidé, d'un commun accord, de quitter la maison le jour même.

— Ils m'ont avoué qu'ils avaient peur, expliquait Yvette et qu'ils ne voulaient pas rester dans une habitation où l'on n'est pas en sûreté. J'ai cherché à les raisonner, mais il n'y avait rien à faire... Ils sont butés !

— Eh bien, qu'ils s'en aillent ! s'écriait nerveusement Lachesnaye.

Et il ajouta :

— Et moi qui ai invité le docteur à dîner.

— Je m'en arrangerai très bien ! affirmait Yvette... et je préfère ne plus avoir auprès de moi des gens qui ne sont bons qu'à semer la panique.

— D'autant plus, reprenait le peintre, qu'il se pourrait fort bien que tout se découvrit plus tôt qu'on ne serait tenté de le croire.

Et il raconta à sa femme la double entrevue qu'il avait eue avec le docteur Le Bosser et le brigadier de gendarmerie.

Yvette parut très satisfaite des explications que lui donnait son mari.

Tout de suite elle fit :

— Cette version des contrebandiers, cherchant à nous effrayer et à nous faire partir, parce que nous les gênons, me paraît beaucoup plus vraisemblable que celle des revenants. Il n'y a qu'à tenir bon, voilà tout.

« Ayons donc confiance en ces braves gendarmes pour nous délivrer de ces désagréments qui ne peuvent être que passagers.

Lachesnaye s'écriait :

— Tu ne peux t'imaginer combien je suis enchanté de t'entendre raisonner ainsi. Mais veux-tu me causer une joie plus grande encore ?

— Laquelle, mon chéri ?

— Consens à passer la nuit prochaine à Quiberon, à l'hôtel de France, avec Baby et nounou.

— Pourquoi ?

— Je serai plus tranquille.

— Mon Jean, c'est impossible ! déclarait la jeune femme avec un accent de ferme résolution.

— Pourquoi donc ?

— Pour deux raisons : la première, c'est qu'en ce moment la saison bat son plein et que pas plus à l'hôtel de France qu'ailleurs, il nous sera possible de trouver une chambre disponible.

« Tu sais bien que tous ces jours-ci, de nombreux touristes ont été obligés de repartir faute d'avoir trouvé un gîte et que quelques-uns ont même dû coucher dans leurs autos.

Lachesnaye insistait :

— On pourrait peut-être s'arranger avec des personnes du pays.

— Non, mon chéri, c'est inutile, refusait Yvette... car ainsi que je viens de te le dire, il y a deux raisons, et la seconde est encore plus forte que la première : « Je ne veux pas te quitter. Je ne vivrais pas, te sachant ici sans moi ! »

— Je ne serai pas seul !

— Je le sais, mais qu'importe !

Et tout en enlaçant amoureusement son mari, Yvette poursuivit :

— Je veux rester avec toi. Tu vas te moquer de moi, m'accuser de faiblesse, de lâcheté... de sottise, mais laisse-moi te dire... J'ai le pressentiment que si, cette nuit, je me séparais de toi, ne fût-ce que quelques heures, il nous arriverait malheur à tous les deux.

Le jeune artiste, tendrement, reprochait :

— Voyons, mon aimée, comment peux-tu avoir de pareilles pensées !

— C'est stupide, je le sens bien, reconnaissait Yvette, dont les beaux yeux commençaient à s'embuer de larmes... Mais c'est plus fort que moi. J'ai beau lutter contre cette idée fixe, m'efforcer de l'éloigner... Impossible ! Elle me domine, m'obsède, m'écrase, me torture à un point que je ne saurais t'exprimer.

« Ce matin, quand tu es parti pour Quiberon, j'ai été sur le point de me précipiter vers toi, de te barrer la route... j'étais à moitié folle... Je me figurais qu'il allait t'arriver malheur... J'imaginais toutes les catastrophes... J'ai réussi à m'imposer silence, mais quand tu n'as plus été là, je me suis mise à sangloter éperdument.

« Je souffrais, mon Jean, comme si je t'avais perdu... et je n'ai vraiment respiré que lorsque je t'ai vu reparaître.

— Ma pauvre petite !

— Il ne faut pas m'en vouloir si je suis devenue subitement aussi nerveuse. Mais je t'aime tant. Mon cœur forme un tel bloc avec ton cœur, que je ne suis vraiment tranquille et heureuse que lorsque je le sens battre à côté du tien.

— Mon Yvette, mon adorée, murmurait Jean en approchant ses lèvres de celles que lui offrait, en un sourire d'extase et de prière, l'être adorable qui était tout son amour, tout son bonheur, toute sa vie.

. . . .

Le reste de la journée se passa sans incident.

Vers seize heures, les domestiques s'en furent dans une carriole qu'ils avaient louée à un cultivateur qui demeurait au village de Kerné.

— Dès demain, fit Lachesnaye, je téléphonerai à Paris pour qu'on m'en envoie d'autres.

« Seulement nous serons peut-être obligés d'attendre quelques jours. A cette époque, il n'est pas facile de recruter du personnel.

— Nous nous tirerons toujours d'affaire, affirmait Yvette, qui avait retrouvé toute sa sérénité.

« L'essentiel est que Nounou soit restée à cause de notre cher petit.

« Pour le reste, je me débrouillerai.

— Tu pourras toujours demander à la fille de la mère Leport de te donner un coup de main.

— Mais oui, elle fait très bien le ménage... Quant à la cuisine, je m'en acquitterai, je l'espère, à ton goût. N'oublie pas que j'ai été élevée par une maman qui était très bourgeoise et qui avait tenu à ce que ma sœur et moi nous fissions un stage à l'Ecole ménagère.

« Souvent elle nous répétait :

« — Par le temps, on ne sait jamais ce qui peut arriver.

« Aussi, il ne faut jamais être dans la dépendance de personne. »

« Comme elle avait raison, n'est-ce pas ?

— Mais oui, ma chérie...

A la suite de l'exode des trois domestiques, le calme semblait être revenu dans la villa. Vers dix-sept heures, Harold, le valet de chambre de James Wilbright, se présenta à la villa.

Son maître allait mieux, et il priait Lachesnaye de lui prêter le dernier livre de Louis Dumur, cet extraordinaire *Dieu protège le Tsar*, où l'auteur de *Nach Paris*, de *Verdun*, des *Défaitistes* nous offre une peinture puissamment évocatrice de la Russie pendant les premiers mois de la Grande Guerre.

Le peintre remit à Harold le volume en question.

— Dites à M. Wilbright, fit-il, qu'ici tout va bien et que demain, à moins d'un incident imprévu, j'irai dans la matinée lui rendre une petite visite.

« Qu'il m'excuse s'il ne me voit pas ce soir. Cela m'est malheureusement impossible.

Harold allait s'éloigner, mais le jeune artiste le retint :

— Ah ! j'oubliais, pensez à dire aussi à M. James que le docteur Le Bosser dîne ce soir ici. S'il avait besoin de lui, vous n'auriez qu'à nous prévenir.

— Je ne le pense pas, déclarait le valet de chambre, car, tout à l'heure, quand je l'ai quitté, Monsieur n'avait presque plus de température. Il s'était levé et se sentait même assez bon appétit.

« Ce soir, il m'a commandé pour son dîner un potage au lait et au tapioca et un filet de sole. Demain, il ira tout à fait bien.

— Allons, tant mieux.

Le domestique partit. Lachesnaye s'en fut rejoindre sa femme, qui, transformée en cordon bleu, était en train de retirer d'une marmite un superbe homard à la carcasse écarlate comme la robe d'un cardinal.

Apercevant une belle pièce de bœuf qui s'étalait, parée et prête à mettre à rôtir, Jean s'exclama gaiement :

— Sapristi, nous ne mourrons pas de faim.

—Et ce n'est pas tout ! affirmait la jeune femme, que l'exercice de ces fonctions inattendues semblait beaucoup divertir.

— Qu'est-ce ce qu'il y a encore ?

— Ah ! voilà ! une surprise.

— Quoi ?

— Je ne te le dirai pas.

— Un entremets.

— Inutile d'insister. Et puis, ne me trouble pas. Maintenant, il faut que je prépare ma mayonnaise.

— Quel dommage, ma chérie, que je ne puisse pas t'aider.

— Tu le peux très bien, au contraire.

— En quoi faisant ?

— En allant mettre le couvert. Tu trouveras du linge blanc dans le placard qui est à gauche de la nursery. Tout le reste, assiettes, verres, argenterie, est serré dans le grand bahut de la salle à manger.

— Nursery... grand bahut... c'est casé...

— Ça ne t'ennuie pas, au moins ?

— Peux-tu dire !... Tu fais la cuisinière, moi je peux bien faire le maître d'hôtel.

Il effleura d'un baiser la nuque de sa femme, qui, tout en éclatant de rire, s'écria :

— Chut ! chut ! monsieur ! si nos patrons nous voyaient !

A ce moment, Jean et sa femme étaient bien deux amoureux qui jouaient à la dînette.

Les fantômes et les contrebandiers, ils n'y pensaient même plus.

En remontant, Lachesnaye se croisa dans le vestibule avec la nurse, qui ramenait Baby de la promenade.

Elle lui dit :

— Je suis rentrée un peu plus tôt, car la brise commençait à souffler... et l'air est déjà si fort dans ce pays.

— Vous avez bien fait, affirmait le papa.

Et tout en enveloppant d'un regard de légitime orgueil paternel le superbe poupon que la nurse portait dans ses bras d'un air triomphant, Lachesnaye scanda :

— Est-il assez beau... notre petit Jackie.

— Et vif, et remuant... ajoutait Anne. On dirait qu'il a du vif argent dans les veines...

« C'est le quatrième bébé que j'allaite... Eh bien, c'est le plus vivace de tous... Et pour six mois, ce qu'il a déjà de la connaissance... Je suis sûre qu'à un an il dira papa et maman et qu'il commencera à se tenir sur ses petites guibolles.

« Et puis, intelligent... Ça n'a pas six mois et ça vous a déjà une volonté... Ça fera un homme solide comme Monsieur... Monsieur peut en être sûr... Ah ! ce n'est pas un raté, celui-là !

Tandis que l'excellente fille exprimait toute l'admiration que lui inspirait son nourrisson, celui-ci, bien droit, bien éveillé, fixait son papa, de ses grands yeux clairs, bleus comme ceux de sa maman.

Jean le prit dans ses bras avec précaution,

et l'embrassa doucement, très doucement... Jackie exquissa un sourire d'ange.

Le papa le rendit à la nurse, qui l'embrassa, elle aussi avec presque autant de tendresse que s'il eût été vraiment son petit.

Lachesnaye reprit :

— C'est très bien à vous, Anne, d'être restée.

La brave fille protestait :

— Il n'aurait plus manqué que je me sauve... Moi je ne suis pas une froussarde comme Marie, Françoise, et ce grand nigaud de Robillard. Et quand bien même il y aurait du danger ! Quitter Monsieur et Madame, et ce chérubin ! ça, jamais !...

« Quand j'aime les gens et qu'ils ont besoin de moi, ils me trouvent !

— Soyez tranquille, Anne, scandait le jeune peintre, nous n'oublierons pas, Madame et moi, la preuve d'attachement que vous nous donnez là, et nous saurons récompenser votre dévouement.

— Je n'ai pas besoin de récompense, déclarait la nurse... On connaît son devoir et puis v'là tout ! D'ailleurs, je n'ai pas grand mérite à faire le mien, car vrai, pour rencontrer de meilleurs, et même d'aussi bons patrons que Monsieur et Madame, je crois qu'il faudrait faire au moins le tour du monde et même on ne serait pas sûr d'en rencontrer sur son chemin.

Et elle ajouta en s'adressant au baby, qui continuait à sourire :

— N'est-ce pas, mon trésor, qu'ils peuvent revenir... les revenants... on les attend tous les deux... Ah ! mais...

Le hasard voulut qu'à ce moment Jackie serra ses petits poings avec une énergie naissante et proféra quelques cris inarticulés qui avaient tout l'air d'approuver avec enthousiasme les dernières paroles de sa nourrice.

L'effet était si franchement comique, que Lachesnaye partit d'un grand éclat de rire.

— Toi, tu seras un as ! dit-il à son fils en l'embrassant encore.

Puis il grimpa au premier étage, s'en fut chercher dans le placard qu'Yvette lui avait indiqué, une jolie nappe et trois serviettes de couleur, redescendit dans la salle à manger, et avec une simplicité charmante, commença à mettre le couvert.

Un peu plus tard, comme il revenait de la cave d'où il remontait un panier contenant des bouteilles de cidre bouché et du vieux bordeaux, on sonnait à la porte.

Il s'en fut ouvrir. C'était le docteur Le Bosser.

— Je suis un peu en avance, s'excusa-t-il, mais j'avais besoin de vous parler en particulier.

— Soyez le bienvenu, mon cher docteur, accueillait cordialement le peintre.

Le médecin, gaiement, s'exclamait :

— Ah çà ! vous voilà donc transformé en sommelier !

— Il le faut bien, répliquait Jean. Sauf la nounou, mes domestiques m'ont plaqué !

— Et moi qui me suis presque invité à dîner !

« Je ne sais trop comment je vais pouvoir m'excuser auprès de Mme Lachesnaye.

— Ma femme est ravie, au contraire. En ce moment elle joue au cordon bleu... ce qui l'empêche de songer à ce qui s'est passé la nuit dernière et pourrait se passer la nuit prochaine. D'ailleurs, elle s'est entièrement ressaisie et fait preuve d'un cran magnifique.

— Bravo !

D'un air un peu mystérieux, le docteur interrogeait :

— Alors, votre charmante femme est à la cuisine ?

— Oui.

— Je voudrais profiter de ce que nous sommes seuls pour vous dire certaines choses.

— Entrez donc dans mon atelier. Le temps de déposer ce panier dans l'office et je suis à vous.

Le Bosser s'en fut dans le studio. Sa figure,

ordinairement si placide, si sereine, avait une expression préoccupée.

Il se prit à grommeler :

— Je voudrais bien être plus vieux de quelques heures.

Jean revenait :

— Docteur, fit-il, je vous écoute.

Remarquant l'air grave de son interlocuteur, il fit, subitement alerté :

— J'espère que vous n'allez pas m'annoncer une mauvaise nouvelle.

— Non ! ripostait aussitôt M. Le Bosser... un simple contretemps... un peu ennuyeux... et auquel il est trop tard pour parer. Ce soir, nous n'aurons pas les gendarmes.

— Ah ! pourquoi ?

— Le brigadier Le Guérec et le gendarme Lendic sont tous les deux assez gravement indisposés.

— Que me dites-vous là ? s'étonnait le jeune artiste. Ce matin, ils étaient en parfait état de santé.

— D'accord ! aussi n'ai-je pas été moins surpris que vous, lorsque, après déjeuner, on est venu me dire qu'ils avaient été pris tous les deux, en même temps, de douleurs d'estomac.

« Je me suis rendu immédiatement auprès d'eux, et j'ai constaté qu'ils souffraient, l'un et l'autre, d'une intoxication qui, sans être mortelle, était cependant assez grave pour nécessiter des soins très énergiques et suivis de plusieurs jours de repos.

— Ah çà ! s'inquiétait Jean... Qu'est-ce qui a bien pu leur arriver ?

Le docteur Le Bosser déclarait :

— Ils présentent les symptômes d'un empoisonnement sans doute causé par des moules qu'ils avaient absorbées à leur repas de midi. Je m'empresse de vous répéter qu'ils ne sont nullement en danger, mais malgré leur bonne volonté, il leur est matériellement impossible de se rendre ce soir à Ker-Yvette.

« Alors je me suis adressé au brigadier des douanes... Il a été entendu qu'il nous enverrait ce soir deux de ses hommes, déguisés en pêcheurs et qu'ils se cacheraient dans la maison...

« Lui, avec trois autres de ses subordonnés, se dissimuleraient sur la côte, derrière les rochers au pied desquels il suppose que les contrebandiers doivent atterrir. De cette façon, si ces mystérieux personnages recommencent leurs farces, ils trouveront à qui parler.

— Docteur, vous avez très bien manœuvré.

— J'ai fait de mon mieux.

— En tout cas, nous voilà à l'abri de toute surprise.

— Je l'espère.

— Vous n'avez pas l'air entièrement rassuré.

— Si... mais...

— Pourquoi ces hésitations... ces réticences... Vous pouvez tout me dire.

Et avec force, le jeune artiste martela :

— Je ne suis pas homme à me laisser intimider.

— Je le sais, ponctuait Le Bosser... mais je ne voudrais pas vous alarmer inutilement... Cependant...

— Parlez, je vous en prie.

Gravement, le médecin proférait :

— Je me demande si le brigadier Le Guérec et le gendarme Levidic ont été réellement intoxiqués par des moules.

— Alors ?

— Alors !...

Le docteur se tut. Yvette venait d'apparaître, apportant triomphalement sur un plat un homard vraiment magnifique.

Avec son plus gracieux sourire, elle lança :

— Bonsoir, docteur, comme c'est aimable à vous d'être venu.

— Madame, je suis confus... Deux soirs de suite...

— Messieurs, invitait la jeune femme, vous pouvez vous mettre à table.

V

OÙ LA COMÉDIE SE TRANSFORME EN UN DRAME AUSSI TERRIBLE QU'INATTENDU

Le dîner se terminait... Il avait été cordial, charmant et même gentiment animé. Le docteur Le Bosser et Jean Lachesnaye avaient fait largement honneur aux mets excellents préparés par Yvette et notamment à la surprise annoncée par elle, c'est-à-dire au délicieux soufflé au kirsch, dont le docteur et le peintre se régalèrent en fins gourmets...

Cette bonne chère et la grâce de celle qui l'avait préparée avaient créé autour des convives une atmosphère de bonne humeur d'où toute contrainte était bannie.

On eût dit que tous trois avaient entièrement oublié les incidents de la veille...

Pas une seule fois, dans les propos qu'ils échangèrent, ils n'y firent la moindre allusion, jusqu'au moment où, en passant dans l'atelier et en constatant qu'il était près de vingt et une heures, M. Le Bosser observa :

— Je suis surpris que nos deux douaniers ne soient pas encore là.

— Sans doute, remarqua judicieusement Lachesnaye, ont-ils préféré qu'il fît tout à fait nuit pour nous rejoindre.

— C'est infiniment probable, acquiesçait le médecin, en s'installant dans le studio pour le café, les liqueurs, les cigares... Ce fut l'exacte répétition de la soirée de la veille, sauf que Wilbright n'était pas là.

Une heure se passa, pendant laquelle la conversation continua toujours empreinte d'une gaîté franche et de bon aloi...

Elle fut interrompue par un coup de sonnette dans le vestibule.

Yvette tressaillit légèrement.

— Ah çà ! fit-elle avec un sourire un peu contraint, est-ce que cela va recommencer comme hier ?

— En tout cas, ponctuait Jean, *ils* s'y prennent de bien bonne heure.

— Ce sont nos douaniers, pronostiquait M. Le Bosser.

— Je vais les recevoir, décidait le jeune artiste.

Il s'en fut aussitôt, pour revenir quelques instants après... il semblait soucieux.

— Ce ne sont pas les douaniers, annonçait-il, mais Harold, le valet de chambre de Wilbright, qui vient demander au docteur Le Bosser s'il ne pourrait pas venir près de lui... Il paraît qu'il a de nouveau une assez forte température.

— Tiens... tiens ! grommela le médecin, pourvu qu'il ne nous fasse pas une fluxion de poitrine.

Et, s'adressant à Yvette, il ajouta :

— Vous permettez, madame ?

— Certainement, docteur.

— D'ailleurs, ce ne sera pas long. A tout à l'heure.

Jean reconduisit son invité jusque dans le jardin.

Il le vit s'éloigner avec Harold dans la direction du village de Kerné.

La nuit était tout à fait tombée, une nuit lourde, opaque, chargée de gros nuages noirs et bas.

Très au loin, au-dessus de l'île de Groix, des éclairs illuminaient l'horizon, précurseurs d'un prochain orage. La mer, que l'on devinait plutôt qu'on ne l'apercevait, était presque calme... Le vent était complètement tombé, et c'est à peine si l'on entendait, à intervalles réguliers, le choc très atténué des vagues sur les brisants.

Jean rejoignit sa femme, qui n'avait pas quitté l'atelier.

Il la trouva pensive... L'expression joyeuse qui, un instant auparavant, éclairait son visage, avait disparu...

D'une voix nuancée d'hésitation et de timidité, elle articula :

— Je crois que, maintenant, les douaniers ne viendront plus.

Le peintre eut un geste évasif.

Elle ajouta :

— Nous n'avons plus qu'à attendre le retour du docteur.

— C'est cela, approuvait Lachesnaye.

Après un bref silence, il reprit :

— Si tu me faisais un peu de musique ?

Yvette avait une fort jolie voix et chantait en s'accompagnant elle-même.

— Je veux bien, fit-elle, en se dirigeant vers le piano.

Au moment où elle allait s'y installer, elle dit :

— J'y songe. Nous n'avons pas de domestiques, je ferais mieux de profiter de ce que M. Le Bosser n'est pas là pour desservir la table... Ce sera du travail en moins pour demain matin.

— Très juste ! approuvait Jean... Je vais t'aider.

— Mais non, mon chéri... Reste là, bien tranquille, à lire.

— J'ai mis le couvert, je peux bien l'enlever.

— Comme tu voudras.

Ils s'en furent tous deux dans la salle à manger...

Un quart d'heure après, les verres les assiettes, les plats, les bouteilles, tout avait disparu successivement dans le monte-charge qui fonctionnait de l'office à la cuisine.

— Demain, décidait Jean, j'irai chercher la fille de la mère Leport, qui fera le gros du ménage.

— C'est cela ! approuvait Yvette. Tu vois, mon chéri, que je ne m'en suis pas trop mal tirée.

— Dis, à merveille.

— N'exagérons rien...

Maintenant, retournons à l'atelier, et, puisque cela te fait plaisir, je vais te chanter quelque chose.

— Quoi ?

— Ce que tu voudras.

— Du Schumann ?

— Si tu veux.

Ils rejoignirent le studio. Yvette se mit au piano, préluda par quelques arpèges brillants, afin, comme elle le disait, de se faire un peu les doigts.

Puis, ce furent quelques accords lents, profonds, harmonieux... Enfin, sa voix s'éleva, très pure, interprétant avec beaucoup de sensibilité et de goût les admirables *Amours d'une femme*, où le maître allemand a sublimement fait frémir toute l'ardeur de la passion, tous les frissons de la volupté, tous les élancements de la souffrance.

Jean l'écoutait, doublement charmé...

En même temps qu'il entendait sa femme, il la voyait, parcourant le clavier de ses doigts souples, agiles, chantant par cœur, la tête légèrement relevée, éclairée par la lueur discrète et enveloppante des deux petites lampes placées de chaque côté du piano, et dont les abat-jour, légèrement teintés de rose, tamisaient doucement la clarté.

Le visage d'Yvette reflétait si fidèlement, si sensiblement les sentiments qu'elle exprimait, qu'on eût dit que l'âme du musicien s'était incarnée en elle.

C'était mieux que de l'art étudié, c'était de l'inspiration même qui faisait de cette jeune femme l'interprète rêvée du grand compositeur qui a si bien su traduire en ses œuvres immortelles toute la douleur humaine.

Cette véritable communion, sous l'espèce du beau, les empêchait de s'apercevoir que le temps s'écoulait.

Quel ne fut pas leur étonnement, lorsque Yvette, s'étant arrêtée, ils entendirent sonner onze heures à la vieille horloge de campagne qui se dressait à l'un des angles de l'atelier.

— Déjà ! s'exclama Yvette.

— Déjà ! répéta Jean.

Et il ajouta :

— Je croyais qu'il était dix heures à peine... Je sais bien, ma chérie, que lorsque tu chantes, c'est pour moi le paradis... et voilà pourquoi le temps a passé si vite.

La jeune femme, spontanément, enlaça son mari et laissa retomber sa tête sur son épaule.

Jean, tendrement l'embrassa.

Elle reprit :

— Pourquoi le docteur n'est-il pas revenu ?

Et, sans attendre la réponse de Lachesnaye, elle ajouta aussitôt :

— Pourvu que notre ami Wilbright ne soit pas plus mal.

— J'en ai peur, déclarait Jean, et il est fort possible que M. Le Bosser ait été obligé de retourner à Quiberon chercher des médicaments pressés.

— C'est fort possible, en effet... Attendons.

Yvette prit un journal qui traînait sur une table et en commença la lecture... Jean alluma une cigarette et s'étendit à moitié sur un divan.

La jeune femme qui, d'un œil distrait parcourait la feuille, fit, au bout d'un instant :

— Il est regrettable qu'on ne puisse pas téléphoner pendant la nuit. Nous eussions été tout de suite fixés.

— Le fait est, reconnaissait le jeune artiste, qu'en France, et surtout en province, nous sommes bien mal servis.

— Pourtant, nous payons des impôts assez considérables.

— A qui le dis-tu !

— A quoi cela tient-il ?

— Ah ! ma pauvre chérie, à un tas de raisons qui demanderaient beaucoup de temps à développer, et à l'une surtout, c'est-à-dire à cette inertie dont les gouvernés semblent aussi profondément atteints que les gouvernements.

« Chez nous, vois-tu, la grande devise : « Pas d'histoires », qui, pendant si longtemps était restée à peu près exclusivement celle de l'administration, est devenue peu à peu celle de « M. Tout le Monde ».

« On a renoncé à réclamer, parce que l'on s'est aperçu, à la longue, que les réclamations n'aboutissaient jamais à rien, et l'on vit ainsi pressurés, gênés, persécutés même, au nom de la liberté, l'égalité et la fraternité, par une collection sans cesse revue et augmentée de tyranneaux embusqués derrière les inexpugnables cartons verts de leurs bureaux.

« Mais arrêtons-nous sur cette pente dangereuse, car elle nous entraînerait trop loin.

« Soyons philosophes, et nous pouvons l'être d'autant plus, ma chérie, que nous n'avons pas à nous plaindre de la vie et que les petites misères quotidiennes dont nous souffrons et qui sont le lot de nos contemporains, sont bien peu de chose à côté des grandes douleurs qui bouleversent tant de cœurs, des sombres catastrophes qui s'abattent sur tant de foyers... Aussi...

Un coup de sonnette interrompit Lachesnaye.

— Cette fois, fit-il, c'est le docteur.

Il voulut gagner le vestibule... Impossible !... La porte lui résista... comme si elle était fermée hermétiquement.

Et pourtant, il n'y avait pas de verrou au dehors, et la serrure intérieure fonctionnait librement.

Malgré tout son courage, le jeune artiste sentit quelques gouttelettes de sueur apparaître subitement sur ses tempes.

Saisie, elle aussi, d'inquiétude, Yvette interrogea :

— Tu ne peux pas ouvrir la porte ?

— Non ! répliquait d'une voix sourde Jean, qui avait renouvelé sa tentative. Je ne sais pas ce qu'il y a !

Au même instant, l'électricité s'éteignit. La jeune femme eut un cri de frayeur... La sonnette s'agitait désespérément... Des coups retentissaient à l'étage supérieur, aussi forts que ceux de la veille.

— Jackie, notre petit... mon Dieu ! se lamentait la jeune femme dans les ténèbres.

Lachesnaye se dit :

« Ce n'est pas le moment de perdre la tête. »

Et tout haut, il lança à sa femme, en allumant un briquet :

— Ne t'effraie pas ainsi, je t'en supplie.

A la lueur de la très faible lumière qui vacillait entre ses doigts, le peintre se dirigea vers une fenêtre, qu'il ouvrit.

Il voulut ensuite pousser les deux auvents pleins qui la fermaient. Mais, de même que la porte, il ne parvint pas à les écarter, même d'un millimètre.

On eût dit qu'une force aussi formidable que mystérieuse les immobilisait sur leurs gonds.

En haut, les coups avaient cessé. Des bruits de pas que l'on cherche à étouffer s'élevaient dans l'escalier.

— J'ai peur ! J'ai peur ! bégayait Yvette, qui s'était rapprochée de son mari... notre Jackie... notre enfant !...

Les pas s'éloignaient dans la direction du sous-sol... Un ricanement prolongé, terrible, diabolique, s'éleva dans le vestibule... On eût dit le défi de l'enfer à l'humanité.

Au comble de la terreur, Yvette s'écroula, à demie évanouie, sur un divan.

Jean, prenant dans sa poche son browning, se mit sur la défensive.

Quelques secondes après, un nouveau prodige s'accomplissait...

Tandis que les auvents de la fenêtre s'entr'ouvraient lentement, un coup violent ébranlait la porte qui donnait dans le vestibule.

Jean se précipita... La porte céda à sa poussée... En même temps, l'électricité se rallumait.

Le vestibule était désert... Aucun bruit ne se faisait plus entendre... Un calme impressionnant régnait dans la maison...

Galvanisée par l'amour maternel, Yvette, qui n'avait plus qu'un désir, voler vite auprès de son enfant, s'était relevée, et, s'approchant de son mari, elle lui disait :

— Vite, là-haut !

— Oui, allons.

Ils escaladèrent l'escalier... et constatèrent avec effroi que la porte de la nursery était ouverte...

Vite, Lachesnaye fit manœuvrer un commutateur et s'élança dans la pièce.

Nounou dormait profondément dans son lit, ainsi que l'enfant dans son berceau. Yvette se pencha vers le petit, qui se réveilla et fit entendre des cris plaintifs. Elle le saisit dans ses bras, et déjà, tendrement, elle approchait ses lèvres du front du baby, lorsqu'un cri d'horreur lui échappa :

— *Ce n'est pas mon enfant !*

— Tu dis...? s'exclama le père, envahi à son tour d'une atroce angoisse.

— Regarde !... tremblait la jeune femme en présentant le bébé à son mari... Ce n'est pas notre Jackie, ce n'est pas lui.

En proie à une indicible épouvante, Lachesnaye contemplait l'enfant que lui présentait sa femme...

Yvette avait raison... *Ce n'était pas son petit !*

Au lieu du beau poupon si vivant, si plein de santé et de sève, dont il avait si bien le droit d'être fier, Lachesnaye avait devant lui un pauvre petit être maladif, rachitique, et qui semblait n'avoir que peu de temps à vivre

Il n'en croyait pas ses yeux. Cependant, il dut se rendre à l'évidence...

Clouée sur place, pétrifiée, Yvette restait debout, tenant toujours dans ses bras cet enfant que l'on avait substitué au sien.

Lachesnaye se retourna vers la nounou, qui continuait à dormir, littéralement assommée par un sommeil de plomb.

— Anne ! appela-t-il... Anne !

Comme elle ne lui répondait pas, Jean prit son bras qui pendait hors du lit, et le secoua doucement, d'abord, puis avec force...

Mais rien ne paraissait devoir arracher la malheureuse fille à la torpeur léthargique dans laquelle elle était plongée.

Jean revint vers sa femme... Elle était debout au même endroit... et tenait toujours dans ses bras l'enfant inconnu.

— Chut ! fit-elle à son mari, ne dis rien, il se rendort.

Et elle se mit à le bercer doucement dans ses bras, tout en murmurant :

— Dors, mon petit Jackie... Dors, mon bien-aimé... Ton papa et ta maman veillent sur toi.

Lachesnaye regarda sa femme... Ses yeux hagards ne quittaient pas l'enfant... Un léger tic nerveux faisait frémir les coins de sa bouche, et d'une voix dolente elle continuait à chantonner :

— Fais dodo, mon Jackie, fais dodo, tu auras du gâteau...

Le pauvre garçon sentit son cœur se déchirer...

Sa femme bien-aimée, cet être tout de charme et d'amour, qui, quelques instants auparavant, l'entourait de ses bras frémissants, se câlinait si tendrement contre sa poitrine... son Yvette adorée était devenue folle...

Il s'aperçut alors seulement qu'il tenait toujours son revolver à la main.

Alors, devant l'effondrement de son bonheur, en face de l'atroce existence qu'il allait désormais connaître, une tentation horrible s'empara de lui... celle de se faire périr tous deux, elle et lui... ensemble... En quelques secondes, tout serait fini...

Cette solution n'était-elle pas préférable à l'abominable avenir qui les attendait tous deux, elle dans les ténèbres de la démence, lui dans le désespoir inconsolable de sa vie à jamais ravagée ?...

Mais à peine cette tragique pensée s'était-elle emparée de son cerveau, qu'un grand mouvement de révolte le dressa contre lui-même, et il s'empressa de chasser cette horrible tentation avec une farouche énergie.

— Non ! fit-il... pas ça... pas ça !... Ce serait une désertion, une lâcheté...

« A présent, j'ai deux devoirs à remplir : retrouver mon fils et rendre la raison à ma femme.

Yvette reposa l'enfant dans le berceau, et, après l'avoir embrassé avec précaution, elle dit à son mari, du ton le plus naturel du monde :

— Ne l'embrasse pas, car tu pourrais le réveiller... Viens !...

Elle s'en fut sur la pointe des pieds...

Torturé, mais n'osant rien dire, Jean lui emboîta le pas et, à sa suite, pénétra dans leur chambre.

Yvette était souriante comme d'habitude. On eût dit qu'elle avait totalement oublié les événements tragiques qui venaient de se dérouler, ainsi que la substitution de cet enfant, étranger au sien, substitution qui avait provoqué en elle un tel choc, un tel traumatisme, que son cerveau n'avait pu y résister.

Aucune fébrilité dans la parole, ni dans les gestes, à peine un peu de fatigue sur le visage.

— Je me couche, fit-elle... car je tombe de sommeil.

Tout en commençant à se déshabiller, elle fit :

— Tout à l'heure, j'ai dû m'endormir dans l'atelier... C'est étrange, il y a comme un trou dans mon esprit. A partir du moment où le docteur Le Bosser est parti chez Wilbright, jusqu'au moment où je suis montée avec toi embrasser baby, je ne me rappelle plus rien, absolument rien... C'est bizarre...

Jean comprit que l'ère des pieux mensonges et des héroïques équivoques était ouverte pour lui.

Affectant une certaine gaîté, il eut le courage de répondre à sa femme :

— En effet, chérie... Après m'avoir chanté quelques mélodies de Schumann...

— Oui, maintenant... je me souviens, je t'ai chanté du Schumann...

— ... Tu es venue t'asseoir près de moi, sur le grand divan, et tu t'es endormie, la tête appuyée contre mon épaule.

— C'est cela... c'est cela, approuvait la jeune femme... A présent, je me souviens tout à fait bien... Tu ne m'en veux pas, mon Jean, de cet instant d'amnésie... J'étais, pardonne-moi l'expression, littéralement abrutie.

— Tu t'étais donné beaucoup de mal pour préparer notre dîner...

— C'est peut-être cela... L'odeur du charbon... J'ai encore un peu mal à la tête... mais une bonne nuit et ce sera fini...

« Au fait, ce bon docteur est-il revenu ?

— Oui, mais comme tu dormais profondément, il n'a pas voulu te réveiller.

— Et Wilbright ?

— Il va aussi bien que possible.

— Le docteur est reparti ?...

— Oui, ma chérie.

— Il a bien fait, accentua Yvette, car, j'en suis sûre, cette nuit, nous allons dormir tranquilles.

Un quart d'heure après, en effet, elle reposait paisiblement.

Quant à Jean, il passa une nuit atroce... Accablé de douleur, il ne parvenait pas à mettre un peu d'ordre dans les idées qui tourbillonnaient dans son cerveau.

A chaque instant, cette phrase terrible vibrait à ses oreilles... leitmotiv implacable et lancinant du malheur qui s'était abattu sur son foyer : « Ma femme est folle et l'on m'a volé mon enfant ! »

Des sanglots l'étouffaient...

Il ne pouvait rien tant qu'il ne ferait pas jour... Et puis il n'osait pas quitter Yvette.

Si elle se réveillait... et ne le trouvait plus là, près d'elle...

Il demeura là, sans oser bouger, frôlant son corps qui s'abandonnait au repos. Sa respiration était régulière... aucun cauchemar, aucun rêve ne l'agitait... C'était l'apaisement total.

Jean se disait :

« Puisse-t-elle demain, et après, continuer à prendre cet enfant pour le sien... Elle ne souffrira pas, au moins, et sera encore heureuse. »

Cette fragile et douloureuse espérance ramena un peu de calme en son esprit, et dans le silence et dans l'obscurité de la nuit, il s'efforça de déchiffrer l'énigme au milieu de laquelle il se débattait et de répondre à cette interrogation mentale qui résumait toutes celles qui l'avaient déjà assailli.

« Pourquoi m'a-t-on enlevé mon fils et l'a-t-on remplacé par cet être souffreteux, malingre, et qui semble condamné à promptement mourir ? »

Dans l'impossibilité de donner la moindre explication à ce problème, il chercha à reconquérir cette maîtrise de lui-même dont il allait avoir si grand besoin, et il se disait :

« La version des contrebandiers, à laquelle je n'avais pas été loin de me rallier, doit être abandonnée...

« En admettant, en effet, que ces gens aient un intérêt à me faire partir d'ici, et qu'ils aient imaginé dans cette intention les pires manigances, ils n'auraient pas été jusqu'à me voler mon petit, et à le remplacer par un autre...

« Quant à un phénomène surnaturel, si j'avais pu, ne fût-ce qu'un moment, me laisser influencer par le récit de Wilbright, et plus encore peut-être par l'atmosphère de légende qui est celle de ce pays, maintenant je n'hésiterais plus à affirmer que les soi-disant « esprits » ne sont pour rien dans cette tragique aventure.

« Alors ?... Alors ?... »

Jacques s'étreignait le front... comme s'il voulait en faire jaillir une idée, un peu de lumière... mais c'était toujours l'inconnu, la nuit, le néant.

« A quoi bon, se dit-il, m'user en des recherches stériles et des hypothèses invraisemblables qui n'aboutiraient qu'à me surexciter davantage et à me faire perdre mes facultés et mes moyens... Demain, je me confierai à Le Bosser et à Wilbright... Tous deux sont de vrais amis sur lesquels je puis entièrement compter.

« Sans doute, pas plus que moi, ne trouveront-ils tout de suite le mot d'une énigme qui, à priori, apparaît indéchiffrable... mais ils me donneront certainement d'utiles conseils... et à nous trois, peut-être atteindrons-nous un résultat que seul je serais incapable d'obtenir. »

Il continua à écouter Yvette dormir... Pas un instant il ne ferma les paupières... ruminant malgré lui les idées les plus cruelles, les suppositions les plus fantastiques.

Au petit jour, brisé, rompu, il laissa malgré lui sa tête retomber sur l'oreiller, près de celle de sa compagne...

Luttant contre l'accablement qui l'envahissait, il voulut rester éveillé, car il était indispensable qu'il vît Anne et qu'il lui fît la leçon avant qu'Yvette ne rouvrît les yeux.

Vers six heures, son oreille, qui n'avait pas cessé de rester aux aguets, perçut un léger bruit dans la nursery... Il reconnut la voix de la nurse.

Avec précaution, il se glissa hors du lit, et, vêtu de son pyjama, il traversa le cabinet de toilette et passa dans la chambre du petit Jackie.

Anne s'était levée, elle avait passé un peignoir et elle était en train d'ouvrir la fenêtre et les auvents qui donnaient sur la campagne. En se retournant, elle aperçut Lachesnaye, et remarqua aussitôt son visage bouleversé.

— Madame n'est pas malade ? fit-elle avec inquiétude.

Le jeune artiste répliquait d'une voix sourde :

— Non, Madame n'est pas malade.

— Alors, c'est Monsieur ?

Jean, qui n'en pouvait plus, sentit ses jambes flageoler sous lui... Très pâle, il se laissa tomber sur une chaise.

Nounou s'écriait :

— Je vais appeler Madame.

— Gardez-vous-en bien ! interdisait le peintre, qui, à ces mots, semblait avoir récupéré toute sa vigueur.

Et, gravement, il ajouta :

— Anne, je sais que je puis compter sur vous...

— Pour ça, oui, monsieur.

— Plus que jamais, je vais avoir besoin de votre dévouement, de votre discrétion, je dirai plus, de votre amitié.

— Monsieur peut être tranquille. Tout ce que je pourrai faire pour lui et aussi pour Madame et le petit, je le ferai de grand cœur, je vous le jure.

— Merci, ma bonne Anne... Maintenant, je vais tout vous dire.

« Il s'est passé ici, cette nuit, quelque chose d'épouvantable.

— Pas possible !...

— Non, vous ne pouvez pas vous imaginer...

— Et moi qui ai si bien dormi... trop... beaucoup trop bien... car, sauf le respect que je dois à Monsieur, j'en suis encore tout abrutie.

— Regardez dans ce berceau... reprenait Jean, la gorge serrée.

Anne s'approcha... L'enfant dormait sur le côté droit, la tête à moitié enfouie dans l'oreiller...

La brave fille se pencha, blêmit, et eut un cri.

— Chut !... silence !... ordonnait Jean.

Prête à défaillir, Anne déclarait :

— Ce n'est pas le petit Jackie, monsieur, non, ce n'est pas lui.

Et, tout en pleurant, elle ajouta :

— C'est un autre qu'on a mis à sa place, pendant que je dormais... mais c'est épouvantable !... Comment cela a-t-il pu se faire ?... Pourquoi s'attaquer à un pauvre bébé de quelques mois ?

« Ceux qui nous l'ont volé, ils auraient mieux fait de me tuer !... Comment ont-ils pu faire leur coup sans me réveiller ?... Ah ! les monstres !... Surtout, que Monsieur n'aille pas croire que c'est de ma faute...

— Mais non, ma bonne Anne, pour rien au monde je ne voudrais vous rendre responsable de ce malheur.

— Monsieur est bien bon !... Et cette pauvre Madame, qu'est-ce qu'elle va dire ?... Elle est capable d'en devenir folle...

— Ma pauvre Anne... fit Jean avec un sanglot... c'est déjà fait.

— Mon Dieu !

En quelques phrases, Lachesnaye mit la nurse au courant des circonstances dans lesquelles, la veille au soir, sa femme et lui s'étaient aperçus de la substitution.

— Et quand on pense que je n'ai rien entendu ! se lamentait Anne.

« Sûr que ces bandits ont dû me faire avaler ou respirer quelque sale drogue... mais, par exemple, je me demande par où ils sont entrés... sans que personne ne les voie.

« Sûr qu'ils ont dû passer par la chambre de Monsieur et Madame et par le cabinet de toilette, car j'avais fermé au verrou la porte qui donne dans le couloir.

— Tout cela, déclarait Lachesnaye, c'est l'affaire de la police. Avisons d'abord au plus pressé.

« Ainsi que je viens de vous le raconter, ma jeune femme, en découvrant dans le berceau un autre enfant que le sien, a été foudroyée à un tel point que je crains pour sa raison.

« En effet, — c'est un bien pour un mal, — non seulement elle a paru presque aussitôt oublier tous les événements qui avaient précédé ou accompagné l'enlèvement de notre pauvre Jackie, mais elle s'est encore obstinée à prendre cet enfant pour le nôtre.

« Elle l'a bercé dans ses bras, recouché quand il a été endormi, et même embrassé en l'appelant son chéri.

« Ah ! ma pauvre Anne, j'en avais le cœur fendu, en pièces.

« Elle est ensuite rentrée dans notre chambre avec moi... Elle était toute gaie, toute souriante, tout heureuse.

« Alors, vous comprenez, n'est-ce pas ?... Tout à l'heure, quand elle va venir, si, dans son égarement elle persiste à prendre cet enfant inconnu pour le nôtre, ne la détrompez pas.

— Je m'en garderai bien, monsieur.

— Dites comme elle.

— Oui, monsieur.

— Cela me permettra, pendant ce temps, de rechercher mon fils.

— Et moi, monsieur, de prier le bon Dieu pour qu'il vous le rende.

— Surtout, Anne, ne vous trahissez pas.

— Je ferai bien attention, mais c'est égal, ce sera dur pour moi de soigner, de dorloter un étranger.

— Ce n'est pas de sa faute, à ce pauvre gosse.

— Je le sais bien, mais ça me fera tout de même quelque chose.

— Anne, je vous en prie, faites que l'illusion de ma malheureuse femme ne se dissipe pas avant que notre Jackie nous soit rendu.

— Je vous le promets, monsieur.

Et, s'approchant du berceau, elle fit :

— Monsieur a raison, ce n'est pas sa faute, à ce petit ! Dire que je ne l'ai même pas encore regardé... Comme il est chétif... Cette pauvre petite tête... Il est réveillé... Il ne dit rien... Il serre ses poings... Ses yeux sont déjà tout tristes... On dirait qu'il n'a plus la force de crier.

Et, emportée par sa générosité naturelle, Anne s'écria :

— Je vais lui donner une bonne tétée.

Jean retourna dans sa chambre. Yvette dormait encore... Mais presque aussitôt elle se réveilla.

— Jean, fit-elle de sa voix harmonieuse, tu es déjà debout ?...

— Mais oui, mon Yvette.

— Quelle heure est-il donc ?

— Sept heures.

— J'ai envie de dormir encore un peu.

— Ne te gêne pas, je t'en prie.

— Jean ?

— Ma chérie ?

— Tu as bien reposé, toi aussi ?

— Mais oui.

— Tu vois, les revenants ne sont pas revenus.

Peu à peu, elle s'était dressée sur son séant...

Le peintre apercevait sa silhouette dans le demi-jour qui, vaguement, éclairait la pièce... Quelques rayons de soleil qui, furtivement, s'étaient introduits à travers les rainures des auvents, semblaient faire jaillir des étincelles d'or parmi sa belle chevelure blonde.

— Au fait, fit-elle... j'ai assez dormi comme cela... Ouvre-nous les volets, que je voie tout de suite de la lumière, du ciel bleu, et que je respire à pleins poumons le grand air du large.

Jean obéit.

« Elle ne se rappelle rien, se dit-il... Pourvu, mon Dieu, pourvu que son erreur dure. »

Tout en allongeant ses bras, d'une ligne et d'un modelé magnifiques. Yvette reprenait :

— Crois-tu qu'ils sont stupides, nos domestiques, d'être partis ainsi... Je crois qu'ils ne sont pas près de retrouver une aussi bonne place... C'est ce que me disait hier cette brave nounou.

Puis, tout en sautant légèrement en bas de son lit, elle fit :

— Tiens, je vais embrasser mon Jackie.

Elle se drapa dans un déshabillé... chaussa ses babouches, et s'en fut dans la nursery...

Jean la suivit en tremblant. L'épreuve allait être décisive.

— Bonjour, nounou ! lançait la jeune femme à Anne, qui tenait l'enfant sur ses genoux.

C'est en vain qu'elle lui avait offert le sein... Le petit s'était obstinément refusé à le prendre.

— Baby a bien dormi ? interrogeait Yvette.

— Il a été un peu agité, crut devoir dire la brave fille... et ce matin, il n'a pas l'air d'aller très bien.

Yvette considéra le petit.

Debout sur le seuil, Jean regardait sa femme le cœur battant d'angoisse.

— Comme il a mauvaise mine ! s'écriait la jeune maman... Hier soir, lui qui était si beau, si bien portant !

La nounou fit observer :

— Les enfants, ça s'abat très vite, mais ça se remet de même...

— C'est vrai ! ponctuait Yvette, en s'emparant du bébé, qui fit entendre quelques petits cris plaintifs.

— Pourvu qu'il n'ait pas attrapé un rhume, continuait-elle... Il ne tousse pas ?

— Non, madame... Je crois qu'il souffre plutôt du ventre... Il a fait si chaud tous ces temps derniers, et malgré toutes les précautions qu'on prend pour eux, forcément les nourrissons en subissent les effets.

— Comme il est changé ! se désolait Mme Lachesnaye... c'est à ne pas le reconnaître. Je ne serais pas sûre que c'est mon Jackie, que je me demanderais si ce n'est pas un autre enfant que j'ai dans les bras.

Jean respira plus librement... L'illusion se prolongeait... C'était toujours du temps de gagné.

Jugeant que c'était pour lui le moment d'intervenir, il s'avança en disant :

— Alors, baby est souffrant?

— Vois ce pauvre mignon, reprenait Yvette. C'est extraordinaire, ce qu'en quelques heures le mal peut faire de ravages chez un petit enfant.

— Chez les bébés de son âge, déclarait le jeune artiste, cela est assez fréquent.

— J'ai peur qu'il ne soit très mal... voistu qu'il nous fasse une crise de diphtérie ou une méningite!

— A-t-il de la fièvre?

— J'ai pris tout à l'heure sa température, déclarait Anne. Il avait 37-4.

— Ce n'est rien... opinait Jean.

— C'est trop... surtout le matin, affirmait la maman.

— Ecoute, ma chérie, recommandait Jean, ne te mets pas martel en tête, je m'en vais téléphoner tout de suite au docteur Le Bosser de venir.

Lachesnaye descendit dans son atelier, où se trouvait le téléphone. Il demanda le numéro du médecin.

A l'autre bout du fil, une voix tremblante, apeurée, celle de la bonne, lui répondit que M. le docteur n'était pas rentré de toute la nuit, et qu'elle était bien tourmentée.

« Allons, bon! se dit Jean, il ne manquait plus que cela! Il a certainement dû lui arriver un accident. Qui sait s'il n'est pas tombé dans un guet-apens organisé par des gens qui avaient intérêt à l'empêcher de revenir ici? Je vais m'informer auprès de Wilbright. »

Il réclama et obtint assez facilement la communication avec l'Américain.

— Allo! cher ami, lança-t-il, comment cela va-t-il?

James répondait :

— Mieux, beaucoup mieux... Ce n'était qu'une crise de paludisme. Je n'ai plus de fièvre et je vais me lever tout à l'heure. Et vous?

— Ici, répliquait le peintre d'une voix altérée, il s'est passé, au cours de la nuit, des événements d'une certaine gravité et que je ne puis vous raconter par téléphone.

— Que me dites-vous là?

— Attendez-vous à quelque chose d'inouï.

— Dans une demi-heure je serai près de vous.

— Merci. J'ai grand besoin de votre amitié et de vos conseils.

— A ce point?

— Oui, mon cher. Je suis un homme profondément malheureux.

— Vous m'effrayez.

— Un mot tout de suite, mon cher James.

— Je vous en prie...

— Le docteur Le Bosser est-il bien venu hier soit vous rendre visite?

— Parfaitement. Je l'avais envoyé chercher, car je me sentais fort mal à l'aise.

« Après m'avoir rassuré et prédit que je serais debout le lendemain, il est reparti, m'a-t-il dit, vous rejoindre à Ker-Yvette.

— Eh bien, je ne l'ai pas revu, et tout à l'heure, sa bonne m'a téléphoné qu'il n'avait pas reparu à son domicile.

— Que me dites-vous là?

— La vérité, mon cher James, et ce n'est qu'un épisode du drame affreux au milieu duquel je me débats.

— Alors, j'accours.

— Encore merci.

Lachesnaye raccrocha le récepteur.

Encore trop bouleversé pour être capable de prendre lui-même une décision, et ressentant avant tout un irrésistible besoin de confidence, en même temps que d'appui moral, il attendait avec impatience l'arrivée de son ami, lorsque Yvette apparut.

— Tu as téléphoné au docteur? demanda-t-elle.

— Oui, ma chérie.

— Il va venir?

— Oui, crut devoir mentir le jeune artiste.

— Jackie a l'air d'aller un peu mieux. Nourrice lui a fait prendre quelques cuillerées d'eau sucrée, avec un peu de fleur d'oranger, et il s'est endormi... En attendant le médecin, je vais m'habiller.

— C'est cela, approuvait Jean.

Elle repartit vite, très vite... Elle semblait préoccupée, triste, mais parfaitement normale.

Jean, resté seul, se plongea dans ses réflexions, lorsque, au bout d'un quart d'heure, on sonna à la porte d'entrée.

Il s'en fut ouvrir, croyant que c'était Wilbright...

Un cri lui échappa.

— Le docteur !

M. Le Bosser, la chemise fripée, les vêtements en désordre, nue-tête, les traits livides, se dressait devant lui.

— Oui, moi, fit-il d'une voix un peu rauque.

— Vous arrivez à propos... Je viens de vous téléphoner... Votre bonne m'avait dit que vous n'étiez pas rentré depuis hier.

Le médecin précisait :

— En effet, il m'est arrivé une aventure tout à fait extraordinaire.

— Et ici, donc !

— Je m'en doutais. Pas trop de bobo ?

— Si.

— Mme Lachesnaye ?

— Non, Jackie.

— Votre petit ?

— Il a disparu.

— Hein ?

— Mais entrez donc, docteur... Venez dans mon atelier...

Et Jean entraîna le médecin, tout en disant d'une voix brisée :

— Si vous saviez combien je suis malheureux !

Une fois dans le studio, Jean, laissant éclater son désespoir, s'écria :

— Mon cher ami, vous ne pouvez pas vous imaginez, c'est atroce.

« Mon petit, on m'a volé mon petit... et ma femme est devenue folle.

Se cachant la tête entre les mains, le malheureux garçon se mit à sangloter comme un enfant.

— Calmez-vous ! conseillait affectueusement le docteur, et racontez-moi fidèlement ce qui s'est passé.

— C'est tellement affreux, martelait Lachesnaye, oui, tellement injuste, tellement abominable, que je ne peux pas croire que cela soit arrivé.

Une voix s'élevait près d'eux, teintée d'accent américain.

C'était James Wilbright, qui, ayant trouvé la porte d'entrée ouverte, avait pénétré de lui-même dans le vestibule, puis dans l'atelier.

S'avançant vers Jean, qui n'avait même pas eu la force de se lever, il fit, constatant son immense détresse :

— Alors, une catastrophe ?

— Effroyable !

Puis, se raidissant contre le désespoir qui le déchirait, le jeune artiste fit :

— Pardonnez-moi, mes amis, cette défaillance, mais j'ai passé une nuit tellement atroce !

— Encore ! s'exclamait l'Américain.

— L'autre n'était rien auprès de celle-ci, affirmait Lachesnaye. Vous allez en juger par vous-même.

Et il fit à Le Bosser et à Wilbright le récit de la véritable tragédie qu'il avait vécue depuis la veille.

Tous deux l'écoutaient avec une stupeur sans cesse grandissante. Lorsqu'il eut terminé, le médecin et l'Américain échangèrent un regard de douloureuse compassion, qui n'était pas exempt d'une certaine épouvante.

Le Bosser prit le premier la parole.

— Pour moi, fit-il, il n'y a pas l'ombre d'un doute. Il s'agit d'un véritable complot ayant pour objectif la substitution de cet enfant au vôtre.

« Ses auteurs, car ils étaient certainement plusieurs, ont commencé par éloigner tous ceux qui pouvaient les gêner dans leur criminelle entreprise... Les domestiques d'abord, puis les gendarmes, ensuite les douaniers... enfin moi.

« Il faut que je vous mette au courant, moi aussi, de mes avatars.

« Hier soir, cher monsieur James, en vous quittant, ainsi que je vous l'ai dit, je regagnais Ker-Yvette, lorsque, en longeant le chemin qui donne accès à la villa, je butai contre un fil de fer qui avait été tendu en travers de la route, environ à cinquante centimètres de hauteur.

« Je tombai le nez en avant. J'allais me relever, mais je n'en eus pas le temps.

Un coup assez violent, que je reçus à la nuque sans que je puisse apercevoir celui qui me l'avait asséné, me clouait sur le sol, et je perdis immédiatement connaissance.

« Que s'est-il passé ensuite ? Je serais bien en peine de vous le narrer.

« Tout ce que je puis vous dire, c'est que, lorsqu'il y a une demi-heure environ j'ai récupéré mes esprits, je me suis trouvé dans une petite grotte qui se trouve au pied de la falaise, à cinq cents mètres d'ici, et où la mer ne monte qu'aux très grandes marées.

« La preuve du complot est donc nettement établie.

— Docteur, interrompait Wilbright, voulez-vous me permettre une simple objection ?

— Je vous en prie, déclarait Le Bosser.

— Rappelez-vous qu'à Noël dernier il s'est produit, dans ma propre maison, des phénomènes analogues à ceux qui ont précédé l'enlèvement du petit Jackie...

— D'accord...

— Pourtant, il n'y avait pas chez moi d'enfant à faire disparaître... et les auteurs de ce crime exécrable ne pouvaient pas songer au fils de notre ami, puisqu'il n'était pas encore né.

Le docteur ripostait :

— A priori, votre raisonnement est fort juste... mais qui vous dit que de mystérieux bandits, ayant entendu raconter qu'il y avait des revenants sur la côte, et ayant été mis au courant de la prétendue visite que ceux-ci vous auraient faite, ne se sont pas inspirés de ce fait pour organiser et régler la mise en scène extraordinaire qui devait leur permettre d'exécuter leur odieux forfait.

— C'est fort possible ! admettait l'Américain.

— Que faire ? interrogeait âprement Lachesnaye.

— A mon avis, ce qui prime tout, reprenait le docteur, c'est de laisser croire à Mme Lachesnaye que son enfant est toujours là... Sinon, nous risquerions fort de voir la démence partielle et fort guérissable dont elle est atteinte, se transformer en une folie totale, qui risquerait fort de devenir incurable.

« Ne m'en voulez pas, mon cher Lachesnaye, si je vous parle avec cette brutale franchise... mais j'ai le devoir, à vous surtout, de dire toute la vérité.

— Je vous en remercie ! s'écriait Jean, en pressant la main du docteur.

Celui-ci poursuivait :

— Cet enfant inconnu, me dites-vous, a l'air malade ?

— Très malade, accentuait le peintre.

— Je vais le voir, l'examiner et le soigner de mon mieux... car il faut qu'il vive au moins pendant tout le temps qu'il nous faudra pour retrouver l'autre, et davantage si cela est possible.

« Ce gosse anonyme n'est pour rien, lui, dans l'infamie de ceux qui l'ont apporté... Si on peut le sauver, on le sauvera.

— Très bien ! approuvait l'Américain, avec une émotion qui n'était guère dans ses habitudes.

— Ceci dit, abordons la question principale, c'est-à-dire la reprise de Jackie.

« Tout de suite, mon cher Lachesnaye, je dois vous dire que vous allez avoir un atout puissant dans votre jeu...

« Depuis la fin de juillet, le plus grand des détectives de notre temps, — y compris, cher monsieur Wilbright, tous ceux d'Amérique, — j'ai nommé l'illustre Chantecoq, a loué, sous le pseudonyme de M. Dupont, une modeste maison au village de Kerhostin, où il passe ses vacances dans le plus strict incognito. Je le connais personnellement... nous nous sommes rencontrés au front en 1914... Il avait été amené, assez grièvement blessé, à mon ambulance... J'ai pu lui procurer les premiers soins, et j'ai eu assez de chance pour lui arrêter une hémorragie qui aurait pu être mortelle.

« Depuis cette époque, nous sommes restés en relations...

Chaque fois que je vais à Paris, je lui rends toujours une petite visite, et c'est moi qui l'ai décidé à venir prendre dans la presqu'île quelques semaines de repos.

« Je n'ai pas besoin de vous faire son éloge... Qui ne connaît Chantecoq !... et ne rend hommage non seulement à ses merveilleux dons de policier, dont les exploits sont devenus légendaires, mais encore à ses belles qualités de franchise, de droiture, de courage, de belle humeur et de bonté.

— Et vous croyez, interrogeait ardemment le jeune artiste, qu'il consentirait à s'occuper de cette affaire ?

— Pourquoi pas ?

— Qu'en pensez-vous, Wilbright ?

L'Américain rispostait :

— Je sais, ainsi que l'affirme notre ami Le Bosser, que ce Chantecoq est un très remarquable détective... Mais ne pensez-vous pas qu'il vaudrait mieux nous adresser tout d'abord à la police officielle ?

— Ce n'est pas mon avis, déclarait nettement le médecin, et je vais vous en donner tout de suite les raisons :

1° Pour mettre en mouvement l'appareil judiciaire, il va falloir un certain temps, ce qui rendra la piste des ravisseurs beaucoup plus difficile à repérer.

2° Je ne doute pas que les inspecteurs que nous enverra la brigade mobile de Rennes ne soient parfaitement capables de mener à bien une enquête aussi difficile, mais je ne suis pas moins certain, sans vouloir diminuer en rien leurs mérites, qui sont considérables, que Chantecoq ne peut que leur être à tous infiniment supérieur.

« Dans votre malheur, mon cher Lachesnaye, vous avez la chance d'avoir tout près d'ici l'as des as, le roi des détectives, le limier qui n'a jamais connu un insuccès.

« S'il y a quelqu'un qui doive retrouver votre enfant, c'est lui... Profitez-en.

« Si vous le désirez, je puis aller le trouver tout de suite.

— Je vous en prie instamment... s'écriait Jean.

— Vous croyez qu'il acceptera ? s'enquérait l'Américain.

— Je le crois fermement ! affirmait Le Bosser.

— Dites-lui bien, reprenait le jeune artiste, que ses conditions seront les miennes.

— Il n'en imposera qu'une : celle de ne pas alerter la police officielle.

— Pourquoi ? questionnait Wilbright.

— Parce que, pour Chantecoq, c'est une question de principe... Jamais il n'accepte de s'occuper d'une affaire que si elle a été classée ou si la police n'en a pas été saisie.

— C'est bizarre ! ponctuait l'Américain.

— C'est très logique, au contraire, protestait Le Bosser. Chantecoq, à aucun prix, ne veut entrer en conflit avec ses anciens collègues, parce qu'il prétend que, quand les chasseurs se disputent, le gibier se sauve, et il a parfaitement raison.

James n'insista pas. Le docteur reprenait :

— Afin de gagner du temps, je vais vous demander, mon cher Lachesnaye, de me conduire en auto jusqu'à Kerhostin.

— Le temps de m'habiller.

— Entendu... déclarait Le Bosser... Un dernier mot : connaissant mon Chantecoq sur le bout du doigt, je suis certain, mes chers amis, qu'il va réclamer le silence le plus absolu sur cette affaire. Il faudra donc recommander à la nounou de se taire.

— Je réponds d'elle.

— *All right!...* ponctua l'Américain.

Le docteur déclarait :

— Pendant que vous vous habillerez, puis-je téléphoner à ma bonne, afin de la rassurer sur mon sort ?

— Je vous en prie...

Le Bosser saisit l'appareil, demanda son numéro et l'obtint avec une rapidité que ces demoiselles des P. T. T. devraient bien montrer partout en province.

Après avoir raconté à sa servante qu'il avait dû passer la nuit auprès d'un de ses clients très gravement malade, et lui avoir annoncé qu'il ne savait pas encore s'il pourrait déjeuner chez lui, il raccrochait le récepteur, lorsque Yvette apparut.

— Docteur, fit-elle, Jean vient de me dire que vous étiez là... Tiens, c'est vous, Wilbright... Alors, vous voilà tout à fait rétabli ?

— Mais oui, grâce aux bons soins de cet excellent docteur.

— Ce n'était pas bien méchant, affirmait celui-ci... un peu de paludisme... Un cachet de quinine en a eu raison. Et vous, chère madame?

— Moi ! répondait la jeune femme, dont le visage trahissait une certaine inquiétude, je me porte très bien. C'est Baby qui est souffrant. Il a bien mauvaise mine... Il est même changé au point d'en être méconnaissable.

— Tiens ! Tiens ! grommelait le médecin.

— Il ne veut pas prendre la tétée... je suis très inquiète.

— Il ne faut pas vous tourmenter. Avec les nourrissons, on doit toujours s'attendre à des petites misères qui, sans présenter aucun caractère de gravité, suffisent pour les abattre... Nous allons voir ça.

— Vous m'excusez, Wilbright ?... reprenait Yvette, qui n'avait jamais mieux paru en pleine possession, d'elle-même.

— Je vous en prie... répliquait l'Américain... D'ailleurs, je vais me retirer... J'étais simplement venu dire un petit bonjour à votre mari. Je reviendrai tantôt prendre des nouvelles de Jackie.

— A tantôt, cher ami.

Tandis que James regagnait le dehors, Yvette conduisait Le Bosser auprès du pauvre petit inconnu que, dans sa douce et quiète démence, elle continuait à prendre pour son fils.

Anne le tenait sur ses genoux... Il continuait à geindre tristement.

Au rapide regard que lui lança Anne, M. Le Bosser s'aperçut qu'il pouvait entièrement compter sur elle.

Le médecin ordonnait :

— Déshabillez-le... et déposez-le dans son berceau.

— Pauvre petit chéri, murmurait Yvette. Quand on pense qu'hier à cette heure-ci il était si plein d'entrain et de vie...

Et dans son inconscience providentielle, miraculeuse, elle ajouta :

— C'est inouï... invraisemblable !... Je ne comprends pas.

— Il ne faut pas chercher à comprendre, déclarait le praticien, d'autant plus qu'à priori, je crois qu'il n'y a pas lieu de s'inquiéter. Vous avez pris sa température ?

— Ce matin, à sept heures et demie... Il avait 37-4.

— Ce n'est rien... surtout que les enfants montent très rapidement.

La nourrice déposait le petit dans son berceau. Avec ses membres frêles, son thorax saillant... son ventre très ballonné, le pauvre gosse donnait l'aspect d'une grande misère physique.

Un coup d'œil suffit au docteur pour établir son diagnostic : cachexie des nourrissons.

Aussi, afin d'éviter à Yvette un spectacle qui aurait pu, ou par trop l'émouvoir, ou rallumer en elle la lueur de la réalité, il s'empressa de ramener la couverture sur le corps du bébé en disant :

— Attention à ce qu'il n'attrape pas froid !

Et il ajouta :

— Madame, pendant que je vais examiner votre petit, pourriez-vous être assez aimable de téléphoner au pharmacien de Quiberon pour lui demander s'il n'a pas une balance pour peser les petits enfants.

— J'y vais tout de suite, docteur.

Ce n'était qu'un prétexte pour l'éloigner... En effet, dès qu'elle eut disparu, Le Bosser découvrit le bébé, se pencha, le palpa, l'ausculta, puis il fit :

— Parbleu ! c'est bien ce que je pensais... Sans soins, ce pauvre petit en a pour quarante-huit heures... Avec des soins, il peut vivre encore un mois, six semaines, mais pas davantage.

« L'essentiel est qu'on le prolonge jusqu'au moment où l'on aura retrouvé l'autre... Vous m'avez bien compris, n'est-ce pas, nounou ?

— Oui, monsieur le docteur, répliquait la brave fille, tout émue.

Et avec force elle ajouta :

— On fera tout pour qu'il dure ! Et je vous assure même que, si on pouvait le sauver...

— J'en doute ! déclarait le médecin en hochant la tête.

Anne eut ce mot à la fois naïf et grand :

— Je l'aime déjà tant il me fait pitié.

— Nous allons essayer des injections d'eau de mer, décidait Le Bosser... cela donne parfois d'excellents résultats.

« Vous êtes très saine, très vigoureuse, vous devez avoir un lait excellent... qu'il se remette à téter, normalement, qui sait ? nous pourrons peut-être, après tout, le tirer de là.

— Je le souhaite de tout cœur.

— En tout cas, ce serait œuvre d'humanité... Ce gosse n'est pas responsable de ce qui s'est passé.

— Sûr, alors !... Ah ! quel réveil, monsieur le docteur... Heureusement que cette pauvre madame croit...

— Oui, heureusement, et nous devons tout faire pour ne pas la détromper.

— Vous pouvez être tranquille, ce n'est pas moi qui bavarderai ni qui gafferai... J'aimerais mieux me jeter du haut en bas de la côte.

— En attendant, rhabillez vite votre nourrisson. Il ne faut pas que Mme Lachesnaye, en remontant, le voie ainsi. Evitez toujours de le lui montrer nu... Arrangez-vous de telle sorte qu'elle ne se rende pas compte de la gravité de son état. Car, en dehors de la méprise dans laquelle il faut espérer qu'elle va s'obstiner, elle a conservé un entendement et un raisonnement parfaits... mais elle est à la merci de la crise de désespoir que provoquerait en elle la découverte que cet enfant n'est pas le sien... Alors, je ne vous le dissimule pas, ce serait la folie complète, et peut-être pour toujours.

— Le bon Dieu ne voudra pas une chose pareille, s'écriait Anne.

— A la condition que nous l'y aidions ! répliquait le docteur.

— On l'aidera ! scandait l'excellente femme avec énergie et émotion.

Pendant qu'elle rhabillait le poupon, le docteur, qui avait pris son stylo, griffonnait une ordonnance qu'il avait détachée de son carnet.

Il la terminait, lorsqu'Yvette reparut.

— Eh bien, docteur ? interrogea-t-elle avec anxiété.

— Rien de grave... Premiers troubles de la dentition.

— Déjà ?

— Hé ! oui, à peu de jours près, c'est le moment.

— Alors, il n'y a pas lieu de s'inquiéter

— Pas le moindrement.

— Vous me délivrez d'une bien vive angoisse... mais, bien vrai, docteur, vous ne dites pas cela pour me rassurer ?

— Pas du tout ! La preuve c'est que les médicaments que j'ordonne sont très anodins et n'ont pour but que de calmer la douleur.

— Le chérubin ! plaignait Yvette, quand on pense qu'il souffre déjà !

— C'est le lot des hommes dès le berceau.

— La nature qui, soi-disant, fait si bien les choses, devrait bien épargner les tout petits.

Elle s'en fut vers l'enfant qui avait cessé de se plaindre. Elle l'embrassa au front tout doucement.

— Il est moins brûlant ! fit-elle.

— Puisque je vous dis que ça va très bien marcher ! s'exclamait le médecin.

« Et puis, vous avez la chance d'avoir une nounou parfaite.

— C'est vrai.

— Pour achever de vous tranquilliser, je reviendrai dans la soirée, mais c'est absolument superflu.

— Docteur, je ne voudrais pas abuser...

— Dites-vous bien, chère madame, qu'à toute heure du jour ou de la nuit, vous pouvez compter sur votre ami Le Bosser.

Lachesnaye survenait en costume de sport. Yvette se précipita vers lui en disant toute joyeuse :

— Il paraît que ce n'est rien.

— J'en étais sûr ! fit le jeune artiste, en affectant une grande désinvolture.

— Dites-moi, cher ami, interpellait le médecin, je viens d'ordonner une potion pour votre petit malade. Voulez-vous m'emmener jusqu'à Quiberon, vous rapporterez vous-même la bouteille ?

— Très volontiers ! acceptait Jean.

— Docteur, faisait Yvette, j'avais oublié de vous dire que le pharmacien n'avait pas de balances.

— Eh bien, nous nous en passerons ! Au revoir, chère madame. Encore une fois, soyez rassurée... A ce soir, assez tard, par exemple.

— Merci, docteur.

— Il n'y a vraiment pas de quoi.

Lachesnaye et le docteur s'en furent.

Alors, la demi-démente s'écria :

— Nounou, ma bonne nounou ; enfin, je respire. Car, si j'avais perdu mon petit, je crois que je serais devenue folle.

VI

CHANTECOQ

— Eh bien ! c'est entendu ! Pour vous, mon cher Le Bosser, et aussi à cause du vif intérêt que vous m'inspirez, monsieur Lachesnaye, je consens à rompre la trêve des vacances.

Et Chantecoq, avec force, appuya :

— Il faut que cet enfant se retrouve et il se retrouvera.

Lachesnaye tendit la main au détective.

— Monsieur, fit-il, je ne sais comment vous exprimer ma reconnaissance...

— Attendez que j'aie réussi, souriait le grand limier dont le regard plein de malicieuse bonté formait un piquant contraste avec un masque énergique aux traits qu'on eût dits burinés dans l'acier.

Celui que ses compagnons avaient surnommé le roi des détectives n'avait jamais été aussi en forme.

Doué d'un tempérament solide entre tous, d'une vigueur habilement et sagement exercée... cet homme, ou plutôt ce surhomme, qui, suivant son expression, n'avait jamais « couché avec la fatigue », n'était nullement venu à Kerhostin pour se reposer, puisqu'il n'en avait pas besoin... mais plutôt se distraire... à sa façon.

Il adorait la mer... non pas pour les plaisirs classiques que l'on y rencontre sur ses bords... Il ne mettait jamais les pieds dans un casino, sauf lorsqu'il s'agissait d'y pister un gibier qui l'intéressait... Non ! Chantecoq aimait la mer pour elle-même... Et voilà pourquoi il avait choisi ce coin de la presqu'île, le village si charmant et si original d'où la vue plonge sur la baie de Quiberon et peut panoramiquer en quelques clins d'œil Plouharnel, Carnac, la Trinité, l'entrée de la rivière de Vannes... Port-Navalo, la presqu'île de Rhuys, le large, le grand large, l'île d'Halignen, la passe si dangereuse de la Teignouse, le port d'Houat, Saint-Julien, Saint-Pierre... et, de là, en cinq minutes de marche, gagner la côte sauvage ayant pour cadre, à droite, la masse imposante du fort Penthièvre, à gauche la pointe de Beg-en-Naud, au fond ce minuscule et délicieux havre de pêcheurs qui s'appelle Portivy, ouvert sur l'océan qu'agitent sans cesse autour des récifs, en un décor wagnérien, véritable cavalcade de vagues qui évoque en vous les accents éperdus de la chevauchée des Walkyries.

On eût dit que les trois semaines que Chantecoq venait de passer dans ce pays magnifique et sain entre tous avaient ajouté à son extraordinaire vitalité.

Indépendamment de l'amitié reconnaissante qu'il avait vouée à Le Bosser et de la sympathie très réelle que lui inspirait le jeune ménage Lachesnaye, il était évident que la tragique et mystérieuse aventure dont il avait entendu le récit, l'intéressait au plus haut point.

Ordinairement si avare de commentaires, il s'écriait, l'œil brillant, les narines frémissantes :

— Jamais je ne me serais attendu à ce que, dans ce pays, je fusse appelé à prendre en mains une affaire aussi extraordinaire.

« Voyons, parlons peu, mais parlons bien.

« Inutile de vous dire que j'ai le désir d'entrer en campagne dans le plus bref délai et même tout de suite.

« Auparavant, j'ai besoin que vous me donniez quelques renseignements qui me sont indispensables.

« Monsieur Lachesnaye, je vous demande de répondre catégoriquement, même si vous jugez que mes questions sont indiscrètes.

— Vous ne pouvez pas être indiscret avec moi, déclarait Jean.

« Aussi, vous pouvez parler sans réticences, je vous répondrai, monsieur Chantecoq, avec la même netteté.

« Je ne peux pas, je ne dois pas avoir de secrets envers un homme qui veut me rendre mon enfant.

— A la bonne heure ! scandait le roi des détectives.

Et tout de suite, il fit :

— Monsieur Lachesnaye, vous connaissez-vous des ennemis ?

— Aucun.

— Ceci dit sans flatterie, vous êtes un peintre de beaucoup de talent, votre nom est déjà connu, votre dernier salon vous a valu les éloges enthousiastes et mérités des critiques les plus sévères.

« Ne pensez-vous pas que ce succès ait inspiré de la jalousie à certains de vos confrères ?

— C'est fort possible ! admettait le jeune artiste, mais, parmi ceux qui m'envient et me sont hostiles, il n'en est pas un seul qui soit capable d'un pareil forfait.

— Bien. Autre question.

« Avant votre mariage, n'avez-vous pas eu ce qu'on appelle des « histoires de femmes » ?

— Aucune, monsieur Chantecoq ; j'ai eu, comme tous les jeunes gens de mon âge, des liaisons passagères, sans importance, qui se sont toujours liquidées à l'amiable, et sans amertume...

— Parfait !... Pourriez-vous me dire maintenant si, avant de vous épouser, Mme Lachesnaye n'avait pas été demandée en mariage ?

— Si, par le fils d'un industriel, ami de son père... Un garçon très correct d'ailleurs, qui s'est marié peu de temps après, et s'est tué dans un accident d'automobile.

— Rien autre?

— Rien.

— Vous en êtes absolument sûr?

— S'il en eût été autrement, ma femme me l'aurait dit. Car elle est la loyauté même.

— Donc, concluait Chantecoq... écartons le mobile de la vengeance.

« Le chantage? Je n'y crois guère, car c'est un moyen trop dangereux, une arme qui, très souvent, se retourne contre ceux qui en font usage.

« Les individus qui ont monté cette affaire m'ont l'air de gaillards trop avisés pour poursuivre un tel but avec des moyens aussi hasardeux et aussi empiriques.

« Inutile de vous dire, messieurs, que je ne m'arrête pas un instant à la version des fantômes, pas plus qu'à celle des contrebandiers.

La première est trop simple... la seconde est trop compliquée... Et puis, qu'est-ce que ceux-ci ou ceux-là feraient bien d'un bébé de six mois.

« Le mystère est ailleurs... Où... Je vais chercher... Voilà tout !

« Une dernière question, cependant, M. Lachesnaye.

— Je vous en prie, monsieur Chantecoq.

— En dehors de vous, du docteur, de la nourrice et M. James Wilbright, personne n'est au courant des événements de la nuit dernière, et notamment du rapt de votre fille?

— Personne ! affirmait Jean.

— Si je vous demande cela, c'est qu'il est indispensable, aussi bien pour la sécurité morale de Mme Lachesnaye que dans l'intérêt de mon enquête, que le silence absolu soit gardé sur cette histoire. *J'y tiens essentiellement !* Je veux avoir les coudées absolument libres et n'être en rien contrecarré par une intervention officielle ou officieuse.

— Vous pouvez vous fier entièrement à nous affirmait le docteur.

— Ainsi qu'à la nounou, appuyait Jean... J'en réponds comme de moi-même.

— Et James Wilbright? demandait le limier.

— Egalement, scanda le peintre. Je l'ai connu il y a plusieurs années à l'atelier de mon maître Cormon, dont il suivait, lui aussi, les enseignements avec beaucoup d'assiduité.

C'est un garçon très chic, dans toute l'acception du mot. Nous n'avons pas tardé à nous lier et, depuis cette époque, notre amitié n'a pas eu la moindre fêlure... au contraire, elle n'a fait que grandir. Wilbright, je puis vous l'affirmer, est le meilleur de tous mes camarades.

— Lui avez-vous dit que vous veniez me voir?

— Je n'ai pas cru devoir lui cacher cette démarche.

— Eh bien, monsieur Lachesnaye, je vais vous prier de lui dire, dès que vous le verrez et je voudrais que cela fût le plus tôt possible que je n'ai pas pu donner suite à votre requête, ou tout simplement parce que j'ai été atteint subitement d'une crise de goutte qui va me retenir plusieurs jours au lit.

Remarquant qu'à ces mots Lachesnaye n'avait pu réprimer un sursaut d'étonnement, le roi des détectives poursuivait :

— N'allez pas croire que je me méfie de cet Américain. Vous vous portez garant de lui et cela me suffit pour le considérer comme un parfait honnête homme et même comme un gentilhomme accompli. Mais il est marié peut-être.

— Non, monsieur Chantecoq, Wilbright est un célibataire endurci. Je ne serais même pas surpris qu'il y eût dans sa vie quelque mystérieux chagrin d'amour.

— Ah ! le pauvre !... En tout cas, il a des domestiques.

— Un valet de chambre, Harold, Américain lui aussi, un honnête garçon, qui est très attaché à son maître et le sert avec beaucoup de dévouement. Il a aussi une cuisinière, une Française, une Bretonne de Landévent... et c'est tout.

— C'est déjà cela... Enfin, M. Wilbright reçoit...

— Très peu de monde... J'ai même remarqué que, depuis quelque temps, il s'isolait de plus en plus... et que chez lui les visites se faisaient extrêmement rares.

— Peu importe, déclarait le limier... Un valet de chambre, une cuisinière... c'est... le passage... c'est trop d'oreilles et d'yeux ouverts pour moi.

— M. Chantecoq, concédait le jeune artiste... c'est entendu je dirai à Wilbright que je ne peux pas compter sur vous.

— Alors... faisait observer Le Bosser, il se demandera pourquoi la police officielle n'a pas été avisée.

Chantecoq sourit avec finesse. Puis il répliqua :

— Votre objection est très juste, mon cher docteur, mais elle ne me prend pas au dépourvu : M. Lachesnaye dira simplement à M. Wilbright qu'il a porté une plainte au parquet de Vannes et que deux inspecteurs de la brigade mobile de Rennes ont été chargés de l'enquête. Continuons.

« Vous m'avez dit, monsieur Lachesnaye, que vos domestiques vous avaient quitté hier.

— Oui, monsieur Chantecoq.

— Bien... que penseriez-vous si je vous proposais d'entrer à votre service comme valet de chambre... et si je vous procurais en même temps une cuisinière de premier choix...

Un peu interloqué, le jeune artiste répondait :

— Mais, monsieur Chantecoq, j'accepterais... car je pense bien que si vous me faites cette offre c'est parce que ce subterfuge vous est utile pour les recherches auxquelles vous vous proposez de vous livrer chez moi.

— Vous avez deviné... Nous sommes donc bien d'accord ?

— Absolument.

— Maintenant, reprenait le roi des détectives, il s'agit d'expliquer notre présence à Mme Lachesnaye, qui, encore moins que toute autre, ne doit soupçonner notre véritable identité.

— Cela ne va pas être commode ! observait Le Bosser.

— Rien de plus facile, au contraire ! s'écriait le limier que nul obstacle ne semblait embarrasser.

« Vous raconterez à Mme Lachesnaye et à tous les gens de votre connaissance, que nous étions en service tous deux... chez des étrangers... à Carnec, et que nous avons quitté notre place parce que nous étions très mal nourris et que la dame avait un caractère trop difficile.

« Si vous le voulez bien, je m'appellerai Augustin, et la cuisinière Armandine.

« Comme références, j'aurai été tour à tour au service d'un bâtonnier de l'ordre des avocats de Paris, d'un fabricant d'automobiles, du directeur d'un grand journal de Lyon, d'un membre de l'Académie française et de l'archevêque de Rouen.

« Quant à Armandine, vous n'aurez qu'à dire qu'elle est ma nièce... pas de Chantecoq, mais d'Augustin. Au fait, je vais vous la présenter.

Il s'en fut au fond de la salle claire, aux murs blancs, aux meubles rustiques, sorte de living-room, un peu rudimentaire mais propre et confortable, dans laquelle se déroulait la scène que nous rapportons.

Soulevant une portière, il adressa un simple signe de la main à un jeune homme qui se trouvait dans une pièce voisine, assis devant une table et qui, son stylo à la main, relisait une feuille recouverte de caractères sténographiques.

Le personnage en question, un petit bonhomme, mince, sec, étriqué, au regard fureteur, sans cesse en éveil, au facies de clown et aux allures de jockey (1), se leva aussitôt et s'en fut rejoindre Chantecoq qui lui murmura quelque chose à l'oreille.

« Ces paroles qui ne pouvaient être entendues que de lui seul, eurent le don de le faire sourire, ce qui donna aussitôt à sa physionomie une expression de gaîté et de jeunesse inattendue.

Puis se gonflant les joues, comme s'il eût voulu souffler une bougie, il fit de la tête un geste d'acquiescement, démontrant qu'il avait compris.

Enfin, reprenant son expression habituelle, il pénétra dans la salle, à la suite du détective.

Celui-ci le présentait aussitôt à Lachesnaye :

— Armandine, votre future cuisinière.

Armandine s'inclina devant son nouveau patron tout en disant :

— J'espère que Monsieur ne sera pas trop mécontent de mes services.

Chantecoq se hâtait d'expliquer :

— Votre futur cordon bleu, cher monsieur, n'est autre que mon secrétaire, le brillant Météor, qui est, pour moi, un précieux collaborateur.

« Nous nous présenterons donc tous les deux à Ker-Yvette, voyons, il est dix heures... voulez-vous vers quinze heures?...

« Vous serez censés nous avoir rencontrés chez notre cher docteur qui nous connaissait déjà. Cela vous va-t-il ?

— Très bien... monsieur Chantecoq... Je vais filer à Quiberon acheter des médicaments et quelques provisions... et je rentrerai ensuite à ma villa où je vous attendrai à l'heure dite !

— Je vous préviens que je suis d'une rigoureuse exactitude.

— Monsieur Chantecoq, il me reste à vous remercier...

— Je vous l'ai déjà dit, vous m'exprimerez votre reconnaissance lorsque j'aurai réussi.

— Puis-je vous demander si vous avez de l'espoir ?

— Si je n'en avais pas, si fort soit mon amitié pour le docteur et si spontanément sincère soit la sympathie que vous m'inspirez, je n'eusse certainement pas accepté de m'occuper de cette affaire.

Le Bosser crut devoir ajouter :

— Lorsque l'ami Chantecoq a de l'espoir, cela signifie qu'il est sûr de la victoire.

— N'exagérons rien, rectifiait le limier. Partons de ce principe que si rien n'est impossible, tout est difficile... et voilà !

Il serra les mains des deux visiteurs qu'il reconduisit jusqu'au seuil de la gentille maison de pêcheur transformée en villa, où il villégiaturait.

Revenant dans la salle, et se campant devant Météor qui n'avait pas bougé de place, il s'écria :

— Crois-tu que j'ai eu raison de transporter avec moi une partie de mon magasin d'accessoires. Je crois que voilà, ou jamais, l'occasion de nous en servir.

— Patron, patron ! scandait le secrétaire, vous serez toujours le même.

— Pourquoi me dis-tu cela ? souriait le roi des détectives qui, en raison du dévouement et de l'affection sans bornes que lui avait vouée son subordonné, permettait d'autant

---

(1) Voir notre roman *Le mystère du Train bleu*. (Tallandier, éditeur.)

plus à celui-ci certaines familiarités que jamais il ne dépassait la mesure.

Météor répliquait :

— Quand nous sommes partis de Paris, vous m'avez dit :

« — Voilà trois ans que je n'ai pris un jour de congé, aussi vais-je m'offrir le luxe de six semaines de vacances intégrales.

« Ah ! bien ouitche !... En voici trois à peine que nous sommes ici et crac ! nous voilà déjà repris par les affaires.

— Est-ce que tu crois que celle-ci n'en vaut pas la peine ?

— Je ne vous dis pas le contraire.

— Alors de quoi te plains-tu ?

— Il va falloir renoncer à la pêche à la crevette.

— Il y en a très peu cette année.

— A nos promenades à pied sur la côte.

— Nous en ferons d'autres qui vaudront bien celles-là.

— C'est entendu, moi ce que j'en dis, patron, c'est bien plus pour vous que pour moi. Je suis là pour vous obéir... Mais vous...

— Je suis là pour te commander.

— Evidemment ! mais les forces humaines ont des limites.

— Pas les miennes.

— Je sais bien que vous n'êtes pas bâti comme tout le monde... c'est-à-dire en chair et en os... Vous êtes en granit et en acier.

— Le fait est que je ne me suis jamais senti autant en forme.

— Je le vois bien... moi aussi, d'ailleurs.

— Allons, ne te plains pas, comme on dit, que la mariée soit trop belle.

« Et puis, assez épilogué à ce sujet... Rassure-toi, d'ailleurs, mon brave Météor, cette affaire va être menée rondement je le garantis, et tu ne tarderas pas à recommencer à pêcher la crevette et même le homard si le cœur t'en dit.

— Patron, j'en accepte l'augure.

— Maintenant, parlons sérieusement... Tu as bien pris, comme toujours, la sténographie de la conversation que je venais d'avoir avec le docteur Le Bosser et M. Lachesnaye ?

— Oui, patron.

— Tu n'auras certainement pas le temps de la remettre au net... mais tu vas l'emporter avec toi, afin qu'au cas échéant, nous puissions la consulter.

— Bien patron.

— Pendant que je vais réfléchir à toute cette histoire, tu vas monter préparer : premièrement, le mannequin Chantecoq ; deuxièmement, les défroques nécessaires pour nous transformer, moi en Augustin, toi en Armandine.

— Compris, patron.

— File !

Météor, désireux sans doute de justifier son nom, disparut avec une rapidité qui tenait du prodige.

Demeuré seul, Chantecoq appuya sur le bouton d'une sonnerie électrique.

Un valet de chambre solide, trapu, au visage d'honnête homme et qui sous son tablier blanc gardait quelque peu l'allure militaire, se présenta presque aussitôt.

C'était un ancien combattant qui avait servi pendant la guerre sous les ordres de Chantecoq, mobilisé en 14, comme capitaine d'infanterie de réserve... Ils étaient liés l'un à l'autre par une chaîne sacrée.

Sur le champ de bataille ils s'étaient mutuellement sauvé la vie.

— Mon vieux Gautrais, fit le détective, je t'avertis que je vais être malade.

— Vous, monsieur, ce n'est pas possible ! Jamais vous ne vous êtes si bien porté.

— N'empêche, mon ami, que je vais avoir une crise terrible de goutte.

— Monsieur souffre donc déjà ?

— Pas du tout.

— Alors, comment Monsieur peut-il savoir d'avance ?

— Parce qu'il le faut.

Gautrais roulait des yeux effarés :

— Allons, ne t'en fais pas, mon vieux, s'écriait le limier... Figure-toi que me voilà embarqué dans une affaire qui m'intéresse beaucoup parce qu'elle s'annonce comme une des plus curieuses de ma carrière.

— Pas possible ?

— Puisque je te le dis.

— Alors, nous rentrons à Paris ?

— Pas du tout ! C'est ici, jusqu'à nouvel ordre du moins, que les choses vont se passer... mais comme il est indispensable que personne ne sache que je m'occupe de cette affaire, je vais me faire passer pour malade.

« Météor est déjà en train de préparer le mannequin que je mets dans mon lit chaque fois que je juge utile que l'on croie que je suis couché et que j'ai besoin d'être ailleurs. Dès que Marie-Jeanne sera rentrée du marché d'Auray, tu la mettras au courant.

« Je n'ai pas besoin de t'en dire davantage... Tu m'as compris, n'est-ce pas ?

— Parfaitement, monsieur.

— J'en étais sûr.

— Est-ce que Monsieur déjeune ?

— Oui... Aussitôt après, camouflage et départ...

— C'est loin où vous allez ?

— Villa Ker-Yvette, près de Kerné. Nous ferons le trajet à pied.

— Il y a un bout de chemin.

— Cela nous aidera à faire la digestion.

« Et maintenant que tu connais la consigne, jusqu'à nouvel ordre, à partir d'aujourd'hui, j'ai la goutte, je garde la chambre, le lit.

— Et M. Météor ?

— Lui, il fait une randonnée, en auto, avec des amis.

Et tout en donnant une tape amicale sur l'épaule de son serviteur, Chantecoq ajouta :

— Dès que Marie-Jeanne sera là, recommande-lui de soigner tout particulièrement son fricot... car j'ai idée que la cuisine que je vais manger à Ker-Yvette, ne sera pas aussi bonne que celle que je savoure ici.

VII

PREMIÈRE ENQUÊTE

Vers trois heures, un homme d'une soixantaine d'années, simplement, mais correctement vêtu, aux cheveux presque blancs, au nez proéminent, au visage un peu ridé, qu'encadraient deux favoris assez touffus, tels qu'en portaient autrefois les maîtres d'hôtel de grandes maisons ou de restaurants de luxe, sonnait à la porte de Ker-Yvette.

Il était flanqué d'une femme de mise non moins simple et correcte, coiffée d'un petit chapeau juché tout en haut d'un épais chignon, les yeux dissimulés par une paire de lunettes et à laquelle il eût été très difficile de donner un âge.

Tous deux étaient munis d'une simple valise.

Ce fut Lachesnaye qui s'en vint leur ouvrir. Il demeura un instant tout interloqué. En effet, s'il n'avait pas été prévenu que Chantecoq et Météor devaient se présenter chez lui, à cette heure, jamais il n'eût reconnu sous leurs travestissements si habilement opérés et si pittoresquement vécus, le roi des détectives et son fidèle secrétaire.

Un rapide coup d'œil d'intelligence que lui lança le détective, le ramena à la réalité.

Tout de suite il emmena dans son atelier les deux faux domestiques.

— C'est tout simplement merveilleux, fit-il en les contemplant, et je défie bien qui que ce soit de vous reconnaître.

Chantecoq dirigea son regard vers une glace qui lui refléta son image.

— Le fait est, sourit-il, que ce n'est pas trop mal réussi.

— Je vais vous présenter à ma femme, déclarait le jeune artiste.

— Vous l'avez mise au courant ? interrogeait le détective.

— Je lui ai répété ce que vous m'aviez dit. Elle n'a formulé aucune objection. D'ailleurs, elle est dans d'excellentes dispositions d'esprit... Le petit être qu'elle prend toujours pour son fils va un peu mieux... La potion qu'a ordonnée le docteur Le Bosser, a paru lui rendre un peu de forces... Il a pris une tétée et il s'est endormi paisiblement. Son visage est déjà meilleur, aussi ma pauvre Yvette est-elle toute rassurée. Je vais la chercher... Vous allez voir combien, à moins d'en être averti, il est impossible de soupçonner qu'elle...

Il s'arrêta... L'émotion l'étranglait.

— Courage, fit Chantecoq. Il faut avant tout que vous ayez devant elle un visage souriant, heureux.

— Je le sais, et croyez que je m'efforce d'être ainsi...

— Surtout pas de défaillance...

— Je vous le promets.

— Dites-vous bien que c'est une épreuve très rude que vous traversez, mais qu'elle ne peut se prolonger. Croyez-moi, bientôt vous en verrez la fin...

« Ah ! dites-moi, vers dix-sept heures, je vous préviens d'emmener Mme Lachesnaye faire un tour d'une heure ou deux, car j'aurais besoin de me livrer à certaines recherches qui doivent être faites hors de sa présence.

— C'est entendu, monsieur Chantecoq... Je reviens dans un instant.

Le peintre n'eut pas besoin d'aller chercher sa femme. Au moment où il se préparait à quitter son atelier, elle y pénétrait... Son visage était entièrement rasséréné. Il avait la même expression de joie qui l'illuminait avant la mystérieuse aventure dont elle avait d'ailleurs totalement perdu le souvenir.

Il était facile de voir qu'à nouveau elle se laissait vivre dans l'épanouissement d'un bonheur qui n'avait aucun nuage.

Elle s'en fut vers ceux qu'elle prenait pour ses futurs domestiques. Ils parurent produire sur elle une excellente impression.

Après les avoir enveloppés d'un regard vite empreint de bienveillance, elle fit :

— Mon mari m'a dit que vous désiriez entrer à notre service.

— Oui madame, répliquait Chantecoq, en s'inclinant devant elle avec respect.

Quant à Météor, il se contenta d'un salut non moins empreint de déférence.

Yvette poursuivait :

— Il paraît que vous avez tous deux d'excellents certificats.

Chantecoq porta la main à la poche intérieure de son veston, comme s'il voulait en retirer, du portefeuille qui les contenait, les papiers qui proclamaient officiellement ses innombrables vertus et qualités.

Mais Mme Lachesnaye l'arrêtait.

— Inutile de me les montrer, puisque mon mari les a vus. Il ne nous reste plus qu'à nous entendre sur les conditions.

— Pour moi, madame, précisait Chantecoq, ce sera quatre cents francs par mois, et pour ma nièce trois cent cinquante... et avec le vin en plus, à raison de huit bouteilles par semaine pour nous deux.

— C'est entendu... Vous vous appelez ?...

— Augustin Teillay et ma nièce, c'est une fille de ma sœur, Armandine Pélaprat.

— Je vais vous montrer vos chambres.

— Bien, madame.

Précédant Chantecoq et Météor, Mme Lachesnaye qui, à la grande satisfaction de son mari, remplissait ses fonctions de maîtresse de maison avec beaucoup d'aisance, les conduisit jusqu'aux chambres qu'occupaient précédemment la cuisinière et la caméristе si précipitamment envolées.

Elles étaient spacieuses, saines et confortables.

Augustin et Armandine parurent beaucoup les apprécier.

Remarquant leurs deux valises, Yvette demanda :

— Avez-vous d'autres bagages ?

— Oui madame, mais comme nous ne savions pas si nous plairions à Madame, nous les avons laissés en consigne à la gare de Quiberon.

« Si Madame n'y voit pas d'inconvénient, Armandine ira les chercher ce soir, ou demain dans la matinée.

— Tout de suite si vous le voulez.

— Je remercie bien Madame.

— Mettez-vous à votre aise. Vous viendrez ensuite me retrouver dans l'atelier et je vous indiquerai à tous deux votre service.

Elle s'en fut elle-même chercher, dans un placard de la lingerie, des tabliers qu'elle apporta à Augustin et à Armandine. Tous deux avaient le visage heureux des gens de maison qui ont l'impression d'avoir trouvé une bonne place.

Yvette s'en fut ensuite retrouver Jean qui, en l'attendant dans le studio, avait eu le courage de s'installer devant son chevalet et de travailler ou plutôt de faire semblant de travailler à un paysage commencé.

— Ils ont l'air très bien, déclarait la jeune femme... Je crois que tu as eu la main heureuse.

« J'aurais évidemment préféré une femme de chambre... mais malgré cela estimons-nous heureux d'avoir rencontré si vite, surtout ici, de nouveaux serviteurs.

Et s'approchant du jeune artiste, elle fit :

— Ça m'a l'air joliment bien ce que tu fais là.

— Je crois que ça ne sera pas trop mal...

— C'est extraordinaire combien tu as compris ce pays. Cette mer remue vraiment... et ce ciel vibre comme la nature... Tu es un grand, un très grand artiste.

— Mon aimée, murmura Jean qui, grisé par la voix harmonieuse d'Yvette, en oublia un moment le drame qu'il vivait.

Sans le vouloir, Mme Lachesnaye allait le rappeler à la réalité.

Tout à coup, le front rembruni, les sourcils légèrement froncés, elle fit d'un ton étrange.

— C'est singulier.

— Quoi donc ? dit Jean avec un sursaut intérieur.

— Voilà maintenant que je perds la mémoire.

Le cœur du peintre se serra.

— Impossible, continuait Yvette, de me rappeler pourquoi notre chauffeur, notre cuisinière et notre femme de chambre nous ont donné congé tous les trois... On dirait que je suis frappée d'amnésie... J'ai beau chercher...

— Ne te fatigue pas, interrompait Lachesnaye.

— Ah ! j'y suis ! s'écriait la maman du petit Jackie.

Et partant d'un bruyant éclat de rire, elle martela :

— Les revenants... Ils ont eu peur des revenants...

— Mon Dieu ! se disait Jean, torturé par une indicible angoisse... Pourvu qu'elle ne se rappelle pas tout à présent.

Yvette continuait :

— Crois-tu qu'ils ont été assez stupides... puisque tout est rentré dans l'ordre et qu'il ne s'est rien produit depuis ce moment.

Lachesnaye respira.

— Nous aussi, d'ailleurs, continuait sa femme, nous avons été ridicules. Ce sont les histoires de Wilbright qui nous avaient tournibolé la tête.

Et Yvette qui avait retrouvé toute sa bonne humeur, ajouta :

— Ah ! celui-là, il peut se vanter d'avoir

mis du désordre et de l'agitation dans notre maison. Mais je ne lui en veux pas... c'est un si bon camarade...

— Justement le voici ! annonçait Lachesnaye, qui avait aperçu la silhouette de son ami à travers la baie de son atelier.

Et abandonnant son chevalet, il ajouta :

— Je vais lui ouvrir, car Augustin n'est pas encore familiarisé avec le service.

Il se trompait. A peine avait-il mis le pied dans le vestibule qu'il se croisait avec son pseudo valet de chambre.

Celui-ci s'était empressé, dès le premier coup de sonnette et avec tout le style nécessaire, il introduisait l'Américain que sa présence parut quelque peu étonner.

— Mon nouveau valet de chambre, fit simplement le jeune artiste.

Et tout bas il ajouta :

— Mon cher Wilbright, tout va bien, ou plutôt aussi bien que possible. Je vous expliquerai cela tout à l'heure, quand nous serons seuls. Ma femme, fort heureusement, est toujours dans le même état d'esprit, c'est-à-dire trompée par la même illusion... Dites comme elle n'est-ce pas ?

Lachesnaye emmena dans l'atelier son ami qu'Yvette accueillit avec son amabilité coutumière.

— Comment va Baby ? interrogeait l'Américain.

— Beaucoup mieux, répliquait la maman, toute rassérénée. Ce matin, j'ai eu très peur. Il avait très mauvaise mine... Il ne voulait rien prendre. J'ai fait venir le docteur Le Bosser qui m'a tout de suite rassurée... Aucun danger... crise de dentition... quelques jours de patience.

— Je suis enchanté que cela n'ait été qu'une alerte...

— Et moi donc ! appuyait la jeune femme...

Et d'un ton enjoué elle ajouta :

— Vous savez que nous avons de nouveaux domestiques ?

— J'en ai vu un. Il m'a ouvert la porte avec la gravité que l'huissier d'un ministre met dans l'exercice de ses fonctions.

— Il m'a paru en effet un peu solennel.

— Cela vaut mieux qu'une excessive familiarité.

— C'est mon avis... Quant à la cuisinière...

On frappait discrètement à la porte du studio.

— Entrez ! fit Lachesnaye.

Armandine parut, suivie par Augustin qui précisait :

— Nous sommes aux ordres de Madame...

— Vous permettez Wilbright ? demandait Yvette.

— Je vous en prie.

Et avec un accent de bonne humeur qui, depuis quelque temps ne lui était guère habituel, il formula la plaisanterie banale :

— Faites comme chez vous, chère madame amie.

Mme Lachesnaye déclarait à ses deux nouveaux serviteurs :

— Je vais d'abord vous faire faire la connaissance de nounou... C'est une très brave fille, très honnête, très dévouée et je tiens beaucoup à ce qu'elle soit bien traitée par vous. Nous ferons ensuite le tour de la maison.

Après avoir adressé de la main un geste amical à l'Américain et du bout des doigts un baiser à son mari, Yvette quitta l'atelier, escortée par Augustin et Armandine.

— Vous aviez raison, reprenait James, tout marche très bien...

— Moi-même, par instants, déclarait le peintre, je me demande si je n'ai pas rêvé... et pour me convaincre du malheur qui s'est abattu sur moi, il faut que je voie cet enfant.

« Ah ! mon ami, vous ne pouvez pas vous imaginer ce que je souffre en pensant à ce qu'a pu devenir mon petit Jackie.

— Dans votre infortune, observait Wilbright, vous avez une consolation.

— Laquelle ?

— Celle de vous dire que grâce à un véritable miracle, votre femme croit toujours que c'est lui qui est là.

— Certes, mais cette erreur ne m'en démontre pas moins qu'à la suite du traumatisme moral qu'elle a reçu, Yvette se trouve dans un état de demi démence qu'un rien peut subitement aggraver.

« Et puis, mon cher James, vous ne savez pas ce que c'est d'être père... Chérir, adorer un petit être qui est à la fois votre chair, votre âme, votre sang et le sang, l'âme et la chair de la femme que vous aimez... consécration vivante d'un immense amour partagé... et se dire qu'il a disparu peut-être pour toujours, qu'on me l'a peut-être tué...

— Pourquoi l'aurait-on tué ?

— Pourquoi me l'a-t-on volé ?

Wilbright se tut. On eût dit qu'il renonçait à consoler la grande douleur qui se déchaînait devant lui.

Lachesnaye, lui aussi, gardait le silence... Jamais encore il n'avait mieux envisagé toute l'étendue, toute l'amertume de sa détresse... mieux compris que désormais sa vie commencée sous de si heureux auspices était à jamais empoisonnée.

Wilbright reprenait :

— Avez-vous vu le détective Chantecoq ?

— Oui.

— Et il a accepté de s'occuper de votre affaire ?

— Non... il a refusé... Il est malade d'une attaque de goutte.

— Je le plains, car cela fait beaucoup souffrir.

Lachesnaye continuait :

— Sur son conseil, j'ai immédiatement téléphoné au procureur de la République à Vannes.

« J'ai eu la chance de l'avoir tout de suite au bout du fil... Il m'a promis qu'il allait immédiatement ordonner une enquête...

« Il a tenu son engagement puisque, à quinze heures précises, une auto amenait ici deux inspecteurs de la brigade mobile de Rennes qui se trouvaient en tournée à Vannes, deux as, paraît-il, en qui on peut avoir confiance... Vous venez, d'ailleurs, de les voir.

— Moi ?

— Oui mon cher James... Ce valet de chambre majestueux et cette cuisinière.

— Comment, ce sont deux policiers...

— Parfaitement.

— Jamais je ne m'en serais douté.

— N'est-ce pas qu'ils sont merveilleusement camouflés.

— C'est tout simplement prodigieux, déclarait l'Américain. Je vois qu'on ne vous a pas trompés en vous disant que c'étaient deux as. En Amérique, nous avons de très bons détectives, mais je crois que les plus forts d'entre eux pourraient prendre avec ceux-ci des leçons de maquillage... Rien que cela autorise toutes les espérances.

— N'est-ce pas.

— Je suis content, très content, déclarait Wilbright.

— Inutile, n'est-ce pas, glissait le peintre, de vous demander le plus grand silence...

« Ces deux inspecteurs m'ont affirmé que, pour réussir, ils avaient besoin d'opérer dans le plus grand mystère.

— Naturellement.

— Il n'y a que le docteur Le Bosser, vous et moi qui soyons au courant.

— Vous pouvez être absolument tranquille, le secret sera bien gardé.

Après un léger temps, l'Américain demandait :

— Ni vous ni eux n'avez encore aucun soupçon ?

— Aucun. Ils viennent seulement d'arriver et ils n'ont pas encore eu le temps de commencer leurs recherches. A ce propos, je vais vous demander de me rendre un grand service.

— Avec le plus grand plaisir.

— Nos deux limiers m'ont demandé d'éloigner ma femme de la maison pendant deux heures.

« Voulez-vous être assez aimable, quand elle descendra, de lui proposer de faire une promenade ?

— Mieux que cela, faisait l'Américain, je vais vous demander à tous deux de venir dîner chez moi... car malgré tous les talents dont il doit être doué, je crains bien que le détective qui s'est transformé en cordon bleu, comme on dit en France, ne possède sur l'art de la cuisine que des notions tout à fait incomplètes.

— J'accepte très volontiers, en mon nom et en celui d'Yvette.

— Vous permettez que je téléphone à Harold ?

— Faites donc !

Wilbright saisit l'appareil et, en anglais, donna ses instructions à son valet de chambre. Comme il raccrochait le récepteur, Mme Lachesnaye reparut :

— Mon chéri, attaqua le peintre avec l'accent et l'aspect d'une parfaite bonne humeur, notre ami, craignant que ce soir notre nouvelle cuisinière ne soit pas encore tout à fait au courant pour nous préparer un bon repas, nous invite à dîner.

— Mon cher Wilbright, souriait Yvette, vous êtes vraiment trop aimable, mais...

— Il n'y a pas de mais, coupait l'Américain. D'abord Jean a accepté, et en vertu de la loi française, qui exige que la femme suive partout son mari, vous voilà donc contrainte et forcée de vous asseoir à ma table.

La jeune femme ripostait :

— Croyez que je ne me ferais nullement prier s'il n'y avait pas Baby.

L'Américain observait :

— Ne m'avez-vous pas dit qu'il allait beaucoup mieux, qu'il n'y avait aucun danger, qu'il s'agissait simplement d'une crise de dentition ?

— C'est exact, reconnaissait la maman.

— Et puis, déclarait Jean, avec nounou, il n'y a rien à craindre.

« Tu m'as dit souvent que pour les soins que réclame un nourrisson, tu avais encore plus confiance en elle qu'en toi.

— Je l'avoue.

— Alors, concluait Wilbright, il n'y a plus aucune objection puisque votre conscience de mère est d'accord avec votre cœur d'épouse.

— Bien dit ! approuvait le peintre.

Et tout de suite il ajouta :

— En attendant, je propose une promenade sur la côte... Il fait un temps merveilleux.

— J'allais vous faire la même offre, appuyait l'Américain.

— Eh bien, partons ! décidait Yvette, qui n'avait jamais été plus gaie, plus exquise, plus heureuse.

— Va vite mettre un chapeau, lançait Lachesnaye, je vais prévenir Augustin que nous ne rentrons pas.

— C'est cela.

Yvette s'en fut radieuse.

— Ai-je bien joué mon rôle ? interrogeait Wilbrihgt.

— Admirablement, répliquait Jean, et je vous en remercie de tout cœur.

— Plus que jamais ne doit-on pas être auprès de ses amis quand ils sont dans la peine ?

— Bien peu, hélas ! raisonnent ainsi.

— Je les plains fit simplement l'Américain.

Lachesnaye appuya sur le bouton d'une sonnerie électrique. Presque aussitôt le faux valet de chambre se présentait.

— Augustin, lui dit son maître, Madame et moi nous dînons ce soir chez M. Wilbright, cela vous donnera le temps, à votre nièce et à vous, de vous installer tout à votre aise et de vous familiariser avec les aîtres de la maison.

Augustin s'inclina comme s'il saluait une procession, puis il reprit :

— Avec l'autorisation de Madame, Armandine est repartie pour Quiberon pour chercher nos deux malles que nous avions laissées en consigne à la gare.

— Très bien. Surtout, si nous rentrons un peu tard, ne vous croyez pas obligés de nous attendre.

— En ce cas, je demanderai à Monsieur, de bien vouloir me dire ce que Monsieur et Madame prennent à leur petit déjeuner et à quelle heure il faut le leur servir ?

— Du chocolat au lait et des toasts, à huit heures, dans l'atelier, sur cette petite table que vous voyez près de la baie.

Augustin s'inclina une seconde fois, puis il demanda :

— Monsieur n'a pas d'autres ordres à me donner ?

— Pas pour l'instant, vous pouvez disposer.

Augustin s'inclina une troisième fois et se retira, à pas feutrés comme ceux d'un homme d'église.

— Eh bien ? fit simplement Lachesnaye lorsqu'il eut disparu.

Wilbright, avec un léger sourire répliquait :

— Ce détective a manqué sa vocation.

— Pourquoi ?

Et avec l'accent d'une conviction absolue, l'Américain précisa :

— S'il eût suivi sa carrière véritable, il eût été le premier comédien de son temps.

— C'est aussi mon avis... affirmait le jeune artiste... Et voilà pourquoi j'ai confiance.

— Espérons ! fit en écho James le taciturne.

. . . .

. . . .

Dès que M. et Mme Lachesnaye eurent quitté leur villa avec James Wilbright, Chantecoq se rendit auprès de nounou qui, dans la nursery, continuait à veiller sur le malheureux avorton... qu'elle voulait à tout prix arracher à la mort.

L'enfant dormait dans son berceau... Elle travaillait à un tricot près de la fenêtre ouverte.

Avec une correction parfaite, sans morgue mais sans familiarité, le détective attaqua :

— Monsieur et Madame ne dînent pas chez eux ce soir, je viens vous demander, mademoiselle Anne, ce que vous désirez pour votre dîner ?

— Ce qu'il y aura, répliquait la brave fille. Ne vous en faites pas pour moi, je ne suis pas difficile... D'autant plus qu'il y a toujours ce qu'il faut.

Jouant son rôle avec un naturel admirable, le détective reprenait :

— Je me suis déjà aperçu que l'on ne devait manquer de rien ici.

— Pour une bonne maison, c'est une bonne maison, vantait la nounou, qui, de tempérament plutôt loquace, était toujours enchantée de saisir l'occasion de parler surtout lorsqu'elle se rencontrait avec un interlocuteur qui lui inspirait de la confiance et de la sympathie.

Et elle entama l'éloge dithyrambique de ses maîtres. Chantecoq se garda bien de l'interrompre. Lorsqu'elle se tut, il se contenta d'articuler :

— Monsieur et Madame doivent être, en effet, très bons, très faciles à servir.

— A qui le dites-vous ?... Aussi les autres ont-ils été bien bêtes de se trotter comme ils l'ont fait. Monsieur vous a peut-être raconté ?...

— Une histoire de revenants, laissait échapper dédaigneusement le roi des détectives.

— Ça ne vous fait pas peur, à vous ?

— Quand on a la conscience tranquille, on ne redoute rien.

— C'est tout à fait mon avis, approuvait Anne.

Et tout en continuant à tricoter, elle fit :

— Vous avez eu de la veine de tomber au bon moment... Je suis curieuse de savoir qui vous a donné le tuyau ?

— Le docteur Le Bosser.

— Encore un chic bonhomme.

— Il était venu dîner plusieurs fois à Carnac chez mes anciens patrons, des étrangers très difficiles à servir, et très avares. Nous n'avons pas pu rester, et comme nous nous plaisions beaucoup, ma nièce et moi, dans ce pays, nous avons eu l'idée de nous rendre à Quiberon et de demander au docteur s'il ne pourrait pas nous trouver, tout de suite, quelque chose, et il nous a présentés à Monsieur.

— C'est de la chance, scandait nounou, car, ici, c'est vraiment la maison du bon Dieu.

— Et aussi du diable, souriait le faux Augustin.

A ces mots, Anne eut un tressaillement. Et elle reprit :

— Tiens ! vous y croyez donc, au diable, vous aussi ?

— Comme tout bon chrétien doit le faire.

— Et aux esprits ?

— Ça, pas du tout..

— Pourtant...

— Vous y croyez, vous ?

— Dame, quand on a vu ce que j'ai vu...

— Quoi donc ?

— Monsieur ne vous a donc pas raconté ?

— Vaguement.

— Ça vous intéresserait de savoir ce qui s'est passé ici depuis quarante-huit heures ?

— Mon Dieu, oui, répliquait le limier, sans trop insister.

Anne réservait :

— Seulement il faudra garder ça pour vous.

— Soyez tranquille, mademoiselle Anne. Il n'y a pas d'homme au monde qui soit plus discret que moi.

— Ça se devine tout de suite.

— Dans toutes les maisons où j'ai servi, j'ai toujours été en très bons termes avec tout le monde et je n'ai jamais cherché à nuire à aucun de mes camarades.

— Il n'y a qu'à vous regarder pour en être convaincu.

— Je suis très flatté d'avoir fait sur vous, mademoiselle Anne, une aussi bonne impression... Je dois vous dire que c'est tout à fait réciproque.

La nurse reprenait en se rengorgeant :

— Je n'ai fait qu'entrevoir Mlle votre nièce, elle m'a paru elle aussi très comme il faut.

— Armandine, affirmait Chantecoq le plus sérieusement du monde, est une très brave fille, un peu vive, un peu susceptible, mais comme elle a un cœur excellent, elle se fait toujours pardonner les petites vivacités dont elle est coutumière.

— Je suis sûre, décrétait Anne, que je m'entendrai très bien avec elle. Mais vous avez bien une minute.

— Certainement.

— Asseyez-vous donc, monsieur Augustin.

— Vous pouvez m'appeler Augustin tout court.

— Et moi Anne, c'est plus gentil et plus vite fait, n'est-ce pas ?

— Mais oui, Anne.

Le détective s'installa sur une chaise, en face de celle qu'occupait la nurse, qui reprit aussitôt, en baissant la voix et sur un ton mystérieux :

— Est-ce que Monsieur vous a mis au courant au sujet de son petit ?

Sans sourciller, le limier répondait :

— Non, pas du tout.

— Ça m'étonne.

— Monsieur m'a simplement recommandé ainsi qu'à ma nièce, de ne jamais dire devant sa femme que M. Jackie était mal portant.

— Et c'est tout ?

— C'est tout !

— Evidemment, ce pauvre homme, il vaut mieux que l'on ne sache pas...

— Quoi donc?

— Des choses...

Chantecoq se tut. Il s'apercevait très bien qu'il n'avait nullement besoin d'insister pour que sa loquace interlocutrice dévoilât tous ses secrets dont elle pouvait être détentrice.

Il ne devait pas attendre plus de quelques secondes.

En effet, cédant à l'irrésistible désir de confidence qui l'animait, nounou déclarait :

— Je vais tout vous dire, mais vous me jurez que vous n'en parlerez jamais, même à Armandine.

— Je vous le jure ! s'engagea Chantecoq avec solennité.

D'une voix encore plus basse et sur un ton encore plus mystérieux, Anne révélait :

— L'enfant que vous voyez là, dans son berceau, n'est pas celui de M. et de Mme Lachesnaye.

— Que me dites-vous là?

— La pure vérité ! Le vrai Jackie a été enlevé la nuit dernière et celui-ci ç'en est un qu'on a mis à sa place.

Feignant une frayeur magistralement simulée, Chantecoq s'écriait :

— Pas possible !

— C'est comme je vous le dis ! appuyait Anne.

— Est-ce que l'on connaît l'auteur de cette substitution ?

— Vous pensez bien qu'il n'a pas laissé sa carte de visite.

— A-t-on des soupçons ?

— Monsieur ne m'a rien dit à ce sujet... mais ça m'étonnerait.

— Et Madame?

— Elle ne sait rien.

— Comment ! s'exclamait Chantecoq, en feignant un étonnement de plus en plus vif... Comment ! Madame ne s'est pas aperçue...

— Si, au premier abord, mais elle a été frappée d'un tel coup, qu'elle en a subitement perdu la boule... elle a pris le petit dans ses bras, et elle s'est mise à le bercer, à l'appeler Jackie, et depuis ce moment elle est toujours convaincue que c'est son petit garçon qui est là.

Le détective auquel Lachesnaye avait tout raconté, n'en demeurait pas moins tout pantois, ainsi que doit l'être quiconque entend pour la première fois un récit aussi extraordinaire.

— C'est singulier, fit-il... Ah ! par exemple, mais quand a-t-on enlevé le petit Jackie ?

— Je vous l'ai dit : la nuit dernière.

— Où était-il ?

— Là, dans ce berceau.

— Et vous n'avez rien entendu ?

— Je dormais si profondément, que je ne me suis réveillée que le lendemain matin.

— Sans doute aviez-vous la tête lourde ?

— Oh ! là ! là ! On aurait dit qu'elle pesait cinquante kilos sur mes épaules.

— Et la bouche mauvaise?

— Amère comme chicotin... Surtout, Augustin, n'allez pas croire que la veille j'avais bu un coup de trop...

— J'ai de vous, Anne, une trop bonne opinion pour porter à votre égard un jugement aussi téméraire.

— Si vous voulez mon idée, on m'avait sûrement fait avaler quelque drogue pour m'abrutir...

— C'est bien possible.

— D'autant plus que, la veille, qu'est-ce que nous avons eu comme raffût dans la maison. Ah ! mon pauvre Augustin !... Des grands coups dans les portes... la sonnette de l'entrée qui n'arrêtait pas de s'agiter, une boule de feu qui se baladait dans les couloirs et dans les escaliers...

— Une boule de feu ! s'exclamait le détective en levant les bras au ciel...

— Grosse comme un ballon d'enfant... vous savez bien, ceux qu'on distribue aux gosses dans les grands magasins.

« Ce que je vous en dis, ce n'est pas pour vous décourager de rester ici... bien au contraire...

« D'ailleurs, je suis certaine qu'il ne se produira plus rien dans la maison... Ce matin, j'ai aspergé la maison avec de l'eau bénite que j'avais dans une petite bouteille et j'ai chargé la fille de la mère Laporte de m'en rapporter un litre entier de Quiberon. Si ce sont des esprits qui nous ont joué ce tour-là, ils ne reviendront pas, vous pouvez être tranquille.

— Oh! je suis bien tranquille, affirmait le valet de chambre... Toutes ces histoires me laissent froid. La seule chose inquiétante, c'est le rapt de l'enfant.

— Je me demande pourquoi? s'écriait la nourrice... Et puis, cette idée de le remplacer par un autre... Encore si ç'avait été un beau poupon, mais regardez-moi cet avorton.

Anne s'était levée et se dirigeait vers le berceau. Chantecoq en fit autant... Le petit, réveillé, commençait à pousser des vagissements.

— Allons, bon! voilà qu'il recommence!... Pauvre gosse, c'est pas de sa faute... Il doit encore souffrir. Je me demande où il ont été chercher ça... Il n'a que les os et la peau et un gros ventre ballonné comme une grenouille à laquelle on aurait soufflé de l'air dans le corps avec une paille.

Elle le prit dans ses bras et fit:

— Allons, tais-toi!

Les cris de l'enfant redoublèrent.

— Comment faire pour le calmer? s'inquiétait la nurse.

« Il a eu sa tétée tout à l'heure... je ne peux pas lui redonner une cuillerée de la potion... Le docteur a dit: une le matin et une le soir, pas davantage.

— Si vous le changiez? insinuait le détective.

— Justement, j'y pensais.

Anne replaça dans le berceau l'enfant, qui se mit à pousser des cris perçants.

— Il doit y avoir une épingle qui le pique, observait Chantecoq.

— Nous allons voir ça, déclarait la nurse.

Elle s'en fut à une commode, ouvrit un tiroir, prit du linge frais qu'elle déposa sur une table, près de son tricot abandonné...

Et, reprenant le petit, elle s'assit sur une chaise, l'étendit sur ses genoux et commença à le déshabiller.

Les cris s'apaisèrent peu à peu.

Chantecoq constata que son interlocutrice n'avait pas exagéré... Le pauvre petit était d'une maigreur extrême... C'était le type même du nourrisson rachitique et fatalement destiné à promptement disparaître.

Le détective le regardait avec compassion... lorsque, tout à coup, il grommela:

— Tiens, qu'est-ce qu'il a là?

— Où donc? interrogeait la nounou.

— Sur l'épaule droite.

Le détective, qui s'était rapproché, désignait à la nounou un cercle bleu du diamètre d'une pièce de un franc, et au milieu duquel s'entrelaçaient les lettres R. F.

— C'est curieux, n'est-ce pas? reprenait Anne. J'ai d'abord cru que c'était une marque que l'on avait faite avec un tampon. Mais non, j'ai eu beau laver, savonner, frotter avec de la pierre ponce, ça ne veut pas s'en aller. On dirait que ça a été tatoué dans la peau.

— Je ne crois pas, faisait Chantecoq, en examinant de très près cette marque étrange... Ce cercle et ces lettres ont été plutôt imprimés avec une encre indélébile.

— Indélébile... répétait nounou, qui ne comprenait pas.

Le détective expliquait complaisamment:

— Cela veut dire ineffaçable.

— Ah! par exemple! s'exclamait la brave fille... en voilà une histoire.

— Avez-vous signalé ce détail à Monsieur?

— Non! je n'y ai pas pensé, tellement j'étais chavirée... Alors, vous croyez que des fois, ce truc-là, ça pourrait servir pour découvrir qui que c'est que ce petit bonhomme?

— Ça, je n'en sais rien, éludait le limier. Et il ajouta :

— Moi, je ne suis pas policier.

Pressentant que l'entretien risquait de prendre un tour qu'il ne voulait pas lui donner, et en ayant appris autant et même plus qu'il ne l'espérait, le roi des détectives reprit :

— Je vous laisse, Anne. Ma nièce ne va pas tarder à revenir de Quiberon avec nos malles ; il faut que je sois là pour lui ouvrir, ainsi qu'aux gens qui pourraient se présenter.

— Je ne vous retiens pas, mon ami, fit la nounou. Mais chaque fois que vous aurez un peu de temps libre, ça me fera toujours plaisir de faire un brin de causette avec vous...

— Et à moi aussi.

— Alors, à bientôt, Augustin.

— A bientôt, Anne. Je vais recommander à Armandine de vous faire un bon petit dîner.

— Vous serez bien gentil de me le monter ici, car ce pauvre petit m'a l'air si mal en point que, de le savoir tout seul, ça m'empêcherait de faire honneur à la cuisine de votre nièce.

— C'est entendu, Anne, je vous servirai dans votre chambre.

— Vous, s'enthousiasmait nounou, je l'ai vu du premier coup d'œil, vous êtes un chic type...

Augustin eut un geste de protestation qui tendait à prouver qu'il était doué d'une grande modestie. Puis il se retira.

Une fois dans le couloir, il s'arrêta...

L'œil fixé sur le plancher, et tout en se grattant l'oreille, ce qui était chez lui le signe d'une vive perplexité, il se dit :

« Oui, cette Anne est une très brave femme, ou c'est une immonde canaille. »

Et tandis qu'un sourire plein de finesse se dessinait sur ses lèvres, il ajouta :

« En tout cas, je ne tarderai pas à le savoir. »

VII

JEAN-MARIE

Chantecoq, qui semblait très satisfait de la conversation qu'il venait d'avoir avec Anne, s'était retiré dans sa chambre.

Il avait besoin, suivant son usuelle expression, de mettre un peu d'ordre dans ses idées.

Il s'installa sur une chaise, devant une petite table en bois blanc sur laquelle il appuya ses coudes, et, la tête entre les mains, il se plongea dans ses réflexions.

Voici le monologue intime auquel il se livra.

« Evidemment, tout cela est encore un peu « bouteille à l'encre », mais, franchement, je n'ai pas à me plaindre, puisque, au cours d'une première et très superficielle enquête, j'ai découvert un indice qui peut évidemment me donner de bons résultats... Cette marque sur l'épaule de cet enfant inconnu : R. F..., qu'est-ce que cela veut dire?... République française ? Je ne crois pas. Ce sont plutôt les initiales de son nom ou un signe distinctif destiné à faire reconnaître plus tard la véritable identité de l'abandonné.

« Mais n'anticipons pas.

« Prenons plutôt l'affaire à la base.

« Quand on veut construire une maison, on commence à choisir un bon terrain et à lui assurer des fondations à toute épreuve.

« En police, c'est la même chose. Il n'y a pas de métier où l'on doive mieux se préserver de toute impression trop impulsive.

« On a dit et on répète encore souvent, trop souvent, que le hasard est le dieu des policiers... Oui, mais dans une certaine mesure...

« Si nous comptions toujours sur le hasard pour mettre la main sur le malfaiteur que nous sommes chargés de découvrir, celui-ci aurait vraiment la part trop belle, et je crois que l'on pourrait désaffecter un certain nombre de prisons, ce qui aurait peut-être pour conséquence d'atténuer un peu la crise du logement, mais ne contribuerait pas précisément à assurer la sécurité de nos concitoyens.

« Commençons donc par résumer les faits qui m'ont amené ici, et par établir nettement les données du problème que je suis appelé à résoudre. »

Avec la clarté, la précision, l'esprit de méthode remarquables qu'il apportait toujours dans la préparation de chacune de ses campagnes, le roi des détectives posait :

« A Noël dernier, dans la villa de l'Américain James Wilbright, pendant le réveillon, des phénomènes bizarres se sont produits, tendant à démontrer que, selon une légende accréditée dans le pays, il y avait des revenants sur la côte sauvage, qui, à l'époque des grandes fêtes religieuses, s'en viennent tourmenter les vivants.

« Il existe, m'a dit M. Lachesnaye, un procès-verbal relatant ces faits, et signé, non seulement par le propriétaire de la villa hantée, mais encore par ses invités, tous, paraît-il, gens de très bonne foi et d'honorabilité indiscutable... A consulter... Passons...

« Le 15 août dernier, c'est-à-dire avant-hier soir, les mêmes phénomènes, à peu de chose près, se reproduisent dans la villa des Lachesnaye... Aucun doute à cet égard.

« M. Lachesnaye s'en va trouver le brigadier de gendarmerie de Quiberon, qui lui déclare que, selon lui, c'est un coup de contrebandiers, qui, gênés par la construction d'une villa sur les ruines d'un fortin abandonné dont ils avaient fait presque certainement leur entrepôt, ont voulu effrayer ses hôtes, afin de les en faire déguerpir dans le plus bref délai.

« Explication qui, de prime abord, tient debout, mais, si l'on veut se donner la peine de l'approfondir, on s'aperçoit, surtout quand on a quelque expérience policière, combien elle est tirée par les cheveux.

« En effet, il faudrait que des contrebandiers fussent bien audacieux ou eussent bien du temps à perdre pour employer de tels procédés qui risqueraient fort de leur retomber sur le nez et de leur attirer les plus graves désagréments.

« Quoi qu'il en soit, le brigadier de Quiberon, qui d'ailleurs est loin d'être un sot, a fait partager sa conviction au docteur Le Bosser et à Jean Lachesnaye, qui, eux aussi, sont fort bien loin d'être des imbéciles.

« Alors, il est entendu que le brigadier et un de ses hommes passeraient la nuit à Ker-Yvette... et que les douaniers monteraient une garde vigilante et discrète aux alentours de la prétendue maison hantée.

« Mais, crac ! Après avoir mangé des moules, nos deux représentants de la maréchaussée tombent malades, au point de se trouver dans l'incapacité absolue de reprendre leur service avant quelques jours.

« Le docteur Le Bosser confère avec le brigadier de la douane... Deux braves gabelous doivent venir à Ker-Yvette remplacer les gendarmes involontairement défaillants.

« *Ils ne viennent pas !*

« Il sera très intéressant de savoir pourquoi... et cela dans le plus bref délai... A noter.

« Détail non moins important : trois domestiques sur quatre, c'est-à-dire : le chauffeur, la cuisinière et la femme de chambre, pris de peur, s'empressent de déguerpir dans la journée... Se procurer leurs noms, et, si c'est possible, leurs adresses.

« Enchaînons !

« Avec son élan et son courage habituels, ce brave Le Bosser, ne voulant pas laisser seuls ses amis Lachesnaye, décide de passer la nuit auprès d'eux.

« Après avoir dîné ensemble et constaté la carence des douaniers, tous trois se retirent dans l'atelier et attendent les événements.

« Vers vingt-deux heures, leur voisin Wilbright, indisposé depuis le matin, et se sentant plus souffrant, envoie chercher le docteur, qu'il sait se trouver chez les Lachesnaye.

« Le Bosser s'empresse de se rendre à son appel, constate qu'en effet l'Américain est atteint d'un accès de fièvre que, selon toute vraisemblance, il attribue au paludisme, lui fait prendre un cachet de quinine et reprend le chemin de Ker-Yvette.

« En route, il bute contre un fil de fer tendu en travers du chemin, tombe, reçoit un coup sur la nuque, qui l'étourdit... Il ne se réveillera que le lendemain dans le creux de rochers, où il ne s'est assurément pas transporté tout seul.

« D'ailleurs, ainsi qu'il le déclare lui-même, le traumatisme qu'il a reçu étant absolument insuffisant pour expliquer un aussi long évanouissement, et il a certainement fallu, pour qu'il fût immobilisé ainsi pendant plusieurs heures consécutives, qu'il subît l'influence d'un très puissant narcotique... Ceci est très important.

« Pendant ce temps, à Ker-Yvette, suivant l'expression d'Anne, le « raffût » recommença, accompagné cette fois d'un événement qui est évidemment le but auquel tendaient les organisateurs de ces étranges pantalonnades.

« Soudain, l'obscurité se fait, et les Lachesnaye sont enfermés dans l'atelier...

« Ils entendent tous les deux des coups, des pas, des cris... Lui veut se précipiter au dehors par une fenêtre... Impossible d'en ouvrir les auvents... De nouveaux bruits... des pas qui s'éloignent vers le sous-sol... Puis la porte s'ouvre comme par enchantement... Lachesnaye et sa femme s'élancent dans le vestibule... gravissent l'escalier... La porte de la nursery est ouverte... Affolés, ils y entrent... La nounou ronfle à poings fermés... Il y a toujours un enfant dans le berceau... mais cet enfant n'est pas le leur... Tableau !... »

Et s'épongeant le front, où ruisselait de nombreuses gouttelettes de sueur, Chantecoq grommela :

— Ouf ! respirons !

Il sortit de sa poche une pipe en racine de bruyère et se mit à la bourrer consciencieusement avec du tabac ordinaire qu'il avait pris dans une blague très simple. Il l'alluma à l'aide d'un briquet et en tira quelques bouffées qu'il regarda s'envoler à travers la fenêtre ouverte.

Sa pipe était, pour le grand limier, une source féconde d'inspiration.

Au bout d'un instant, l'œil brillant, les narines dilatées, tout l'esprit tendu vers l'énigme qu'il avait résolu de déchiffrer, Chantecoq se posait cette éternelle question :

« Pourquoi a-t-on volé cet enfant ! Pourquoi l'a-t-on remplacé par un autre ? »

Puis il se remit à penser.

« Les déclarations si nettes, si catégoriques de Lachesnaye établissent d'une façon péremptoire que la vengeance ou la jalousie ne sauraient être le mobile du crime. Reste l'intérêt.

« Examinons le fait brutal... matériel... A un enfant bien portant, on substitue un autre enfant qui n'a plus que quelque temps à vivre...

« Supposons que ce pauvre gosse succombe... oui, et après ?...

« Les auteurs de la substitution n'ont pas été assez stupides pour se figurer un seul instant que le père et la mère allaient reprendre cet avorton à leur compte, et ils n'avaient certainement pas prévu que Mme Lachesnaye perdrait la tête au point de se persuader... Attention !... »

Le limier aspira quelques nouvelles bouffées de tabac.

« Je vais peut-être formuler une grosse bêtise, se dit-il, et commettre en même temps la pire des injustices, mais n'ai-je pas le droit et même le devoir, dans une affaire aussi mystérieuse, de me livrer aux hypothèses même les plus hardies ?

« Bref, et ceci pour moi seul, bien entendu, supposons que Mme Lachesnaye, au lieu d'être l'épouse irréprochable, aimante et fidèle entre toutes, telle que me l'ont dépeinte son mari et le docteur Le Bosser, ait été, au contraire, une de ces gourgandines hypocrites qui, sous des allures angéliques, dissimulent une âme de démon ; qu'elle ait eu, à l'insu de tous, une liaison adultère, et qu'elle ait acquis la conviction, la certitude que l'enfant n'était pas de son mari, mais de son amant.

« Supposons toujours que celui-ci ait exigé de sa maîtresse qu'elle lui remît le gosse et que celle-ci, soit qu'elle obéît à sa passion ou qu'elle redoutât un chantage, y eût consenti... Toute cette comédie des revenants s'explique ainsi que celle de sa subite amnésie... Et alors... »

Chantecoq eut un geste d'agacement et il se prit à grommeler nerveusement :

— Ah çà ! est-ce que je deviendrais gâteux ?... Comment ai-je pu, en effet, m'aventurer un seul instant sur une pareille piste ?

« Mais, si cette version était la bonne, si réellement cette jeune femme avait consenti, ce qui serait déjà pas mal invraisemblable, à confier son petit à son amant, pourquoi diable son complice et elle auraient-ils eu l'idée de le remplacer par un gosse qui n'a plus que le souffle, et par-dessus le marché porte sur l'épaule un cercle bleu avec ces deux lettres : R. F., qui peut très bien servir à le faire reconnaître et remplir de nos jours le rôle qu'a tenu si longtemps dans les vieux romans-feuilletons et les mélodrames du répertoire l'antique et fameuse « croix » de ma mère ?

Et tout en s'inclinant devant un personnage imaginaire, le grand limier ajouta d'un air contrit :

— Pauvre petite Mme Lachesnaye, je vous fais toutes mes humbles excuses, et je vous promets que je ne recommencerai plus.

Et après avoir tiré encore sur le tuyau de sa pipe, le roi des détectives se dit :

« Cherchons encore ! »

Il se leva, s'en fut à la fenêtre qui donnait sur la mer.

Tout en contemplant le panorama grandiose qui s'étalait devant lui, il se replongea dans ses réflexions.

Au bout de quelques minutes, ses traits se détendirent... Une flamme joyeuse illumina ses yeux... et de ses lèvres entr'ouvertes en un fin sourire, ces mots s'échappèrent :

— Cette fois, je crois que j'ai trouvé... mon premier instinct ne me trompait pas. Il y a là-dessous tout un drame d'argent que je reconstitue ainsi :

« Des gens ont un enfant qui est appelé à recueillir une succession importante.

« Si cet enfant vient à mourir, la fortune qui lui est destinée passe en d'autres mains.

« Le bébé tombe gravement malade... On consulte la Faculté, et la Faculté décrète que le gosse est perdu...

« Que font les parents, qui, à coup sûr, sont doués d'une conscience plutôt élastique ?

« Ils décident de substituer à l'héritier défaillant un solide poupon qui sera de taille à supporter le choc de la fortune.

« Seulement... voilà, que va-t-on faire de l'autre ?... Hâter sa fin ?... On a beau être cupide, aimer l'argent par-dessus tout, il est des crimes tellement atroces, tellement sauvages, que les plus endurcis reculent avant de les commettre... à moins encore que, les ayant ordonnés, ceux qui ont été chargés de les exécuter, au moment décisif, en éprouvent une telle horreur que, malgré le mandat impératif qu'ils ont reçu, ils préfèrent l'abandon à l'assassinat et se refusent, comme on lit dans l'Evangile, « à immoler l'innocent ».

« Mais ceci est du détail.... ce n'est pas le moment de nous en occuper... chaque chose à son tour et à sa place.

« Voici donc un principe posé, une base établie... une passerelle sur l'abîme... Je la crois assez solide pour m'y aventurer sans crainte de me casser les reins... mais marchons prudemment et poursuivons notre raisonnement.

« Il est évident que les ravisseurs du petit Jackie n'ont pas choisi cet enfant au hasard... Avant tout, il leur fallait un bébé bien portant, robuste... Pour l'avoir pris dans un milieu social aussi relevé, il faut qu'ils appartiennent également à une classe importante de la société. Il est donc évident que les Lachesnaye n'étaient pas pour eux des inconnus, et il est non moins certain que, pour avoir organisé dans leur villa un sabbat aussi corsé, ils en connaissaient les aîtres aussi bien et peut-être mieux que ses propriétaires.

« Voilà qui n'est déjà pas mal pour un début, mon vieux Chantecoq, je te pardonne d'avoir bafouillé au début... Te voilà dans la bonne voie. Tâche de ne plus en sortir.

« Maintenant... réalisons.

« Avant de parcourir le cercle des relations de ces pauvres Lachesnaye, besogne délicate, qui forcément exigera du temps et du doigté, la première chose à faire est de découvrir comment nos gredins — car ils étaient certainement plusieurs — ont réussi à s'introduire dans cette maison et à s'y livrer à ces manifestations fantomatiques.

« Pour cela, il faut que j'attende le retour de Météor, qui ne saurait tarder.

Il secoua sur le rebord de la fenêtre la cendre de sa pipe éteinte. Il se préparait à bourrer de nouveau son calumet, lorsque la sonnette de l'entrée retentit.

— C'est lui, ou plutôt c'est *elle*, fit Chantecoq, qui s'empressa de descendre.

Il ne s'était pas trompé. C'était bien son secrétaire qui, sous son accoutrement de la cuisinière Armandine, qu'il portait avec de plus en plus d'aisance, fit, en lui désignant une carriole attelée d'un cheval vigoureux et conduit par un gaillard non moins solide :

— Les malles sont là.

— Où faut-il vous les monter ? demandait l'indigène.

— Vous n'avez qu'à me suivre, mon ami.

— Je m'appelle Jean-Marie Quellec, se présentait rondement le Quiberonnais. Mais vous pouvez dire Jean-Marie. C'est comme ça que tout le monde m'appelle ici.

Jean-Marie sauta en bas de son véhicule et s'en fut ouvrir le panneau qui en fermait le fond.

Il saisit une première malle et la chargea sur ses épaules. Elle devait être assez lourde, car, malgré sa force, et bien qu'il eût une grande habitude de « coltiner » des colis assez lourds, il ploya sur les reins. Mais il se redressa aussitôt et pénétra dans la maison sur les talons du pseudo-valet de chambre. Cinq minutes après, les deux malles étaient arrivées à destination : l'une dans la chambre d'Augustin, l'autre dans celle d'Armandine.

— Combien vous dois-je ? demanda Chantecoq au commissionnaire.

— C'est vingt francs et un verre de vin.

— Voici vingt francs ! ripostait le détective, en remettant un billet à Jean-Marie.

« Quant au verre de vin, comme nous venons seulement d'arriver ici, nous ne savons pas encore où se trouvent les choses... Mais voici un supplément de cinq francs... au lieu d'un verre, vous pourrez vous en offrir une bouteille.

— Vous êtes un bien brave homme !

s'écriait le commissionnaire, je vas vous serrer la main.

— Avec plaisir ! acceptait Chantecoq.

Jean-Marie, tout en étreignant vigoureusement les phalanges du limier, reprenait :

— Quand vous vous en irez, vous n'aurez qu'à me le faire dire... pour que je revienne prendre vos bagages.

— Oh ! fit le détective, je crois que nous sommes ici pour un bon bout de temps. N'est-ce pas, Armandine ?

— Je le crois, mon oncle.

Le faux valet de chambre déclarait :

— La maison n'a pas l'air d'une boîte... Monsieur et Madame nous ont paru très gentils...

— Oui, mais..., ponctua le Breton d'un air mystérieux.

— Mais quoi ?... interrogeait Chantecoq...

— Oh ! rien... fit le commissionnaire avec un air finaud et réservé.

— C'est la nourriture ? questionnait le limier, en simulant une légère inquiétude.

— Oh ! non ! ripostait Quellec.

— Alors, quoi ?

— Après tout, je puis bien vous le dire...

Et baissant la voix, Jean-Marie prononça lentement ces mots, qui semblaient avoir pour lui une grande importance :

— Il paraît que Ker-Yvette, c'est une maison hantée.

— Qui vous a dit cela ?

— Ce sont les domestiques qui étaient ici avant vous.

— Pas possible !

Jean-Marie crânait :

— Moi, je n'y crois pas. Et vous ?

— Pas du tout...

— Vous avez bien raison.

— N'est-ce pas ?

— Et vous, mademoiselle Armandine ?

— Je suis comme mon oncle... Pour moi, ces histoires-là, ça été inventé par les vieilles bonnes femmes, pour faire peur aux enfants.

— C'est toujours ce que je me suis dit... prétendait Jean-Marie.

Mais, après une légère pause, et tout en se grattant l'oreille, il fit :

— Pourtant...

— Pourtant, quoi ?... scandait Chantecoq.

Le commissionnaire répliquait :

— Je ne serais pas autrement surpris qu'ici, avant-hier, il se soit passé des choses pas ordinaires.

— Pourquoi dites-vous cela ? demandait le détective.

— Oh ! parce que...

D'un caractère prudent et même méfiant, Quellec hésitait visiblement à s'avancer.

— Vous pouvez parler sans crainte devant nous, encourageait le limier ; ma nièce et moi, nous sommes des gens très discrets, et pour rien au monde nous ne voudrions attirer des ennuis à un brave garçon comme vous.

Encouragé par cette déclaration, Jean-Marie reprenait :

— Alors, vrai, vous me promettez que vous ne répéterez à personne, pas même à vos patrons, ce que je m'en vais vous dire ?

— C'est entendu.

— Eh bien, voilà, posa le Breton... Faut vous dire que je ne suis pas seulement commissionnaire, je fais aussi la pêche au homard et à la langouste... J'ai un bateau à Port-Maria. Vous ne connaissez pas Port-Maria ? C'est un des ports de Quiberon... celui qui est à l'ouest, au bout du pays, sur la droite, en descendant, après qu'on a passé la statue de Hoche... Vous voyez maintenant où ça se trouve ?

— Oui, oui, je vois, martelait Chantecoq, que tous ces détails n'étaient pas sans impatienter un peu, car il n'avait qu'une hâte : savoir ce que contenait le sac que son interlocuteur se préparait à vider.

Jean-Marie poursuivait :

— Avant-hier soir, j'étais parti avec Ferdinand, mon garçon, et le petit Gouzic, le fils à Françoise Gouzic, dont le mari s'est noyé il y a deux ans... Je l'ai pris avec moi, parce que Françoise Gouzic, qui est un peu ma parente, travaille dans une usine de sardines et qu'elle n'a pas beaucoup le temps de s'occuper de son gamin.

— Alors ? coupait le détective, afin de rappeler à son sujet le narrateur qui n'avait que trop de tendances à s'en écarter.

— Alors, continua Jean-Marie, avant-hier soir, vers huit heures, comme il soufflait un bon petit vent, nous nous en fûmes sur notre bateau... Je l'ai baptisé *Saint-Antoine*, parce qu'il paraît que quand on appelle une barque *Saint-Antoine*, on ne perd jamais un casier, même quand il y a un gros tabac en mer.

« Ça doit être vrai, car, depuis deux ans que j'ai collé ce nom-là à mon « raffiot », jamais encore je n'ai rien laissé dans le fond.

— C'est bien possible, soupirait Chantecoq, résigné maintenant à laisser son interlocuteur tirer toutes les bordées qu'il voudrait.

Jean-Marie, qui, d'ailleurs, passait pour un des plus fins conteurs de toute la région, poursuivait :

— Nous voilà donc partis de Port-Maria pour aller déposer nos casiers du côté de Madagascar.

— Madagascar ! s'écria Météor... Mâtin ! c'est un peu loin pour aller chercher des homards.

— C'est pas le Madagascar que vous croyez, rectifiait Jean-Marie... C'est une petite île, ou plutôt un gros rocher qu'on appelle comme ça, et qui se trouve presque en face Kerné.

Et, approchant de la fenêtre, il fit :

— Tenez, on le voit très bien d'ici... Derrière, il y a des fonds où le homard donne pas mal, même que...

Redoutant que le prolixe Jean-Marie ne se laisse entraîner à lui faire un cours sur la façon de pêcher ce savoureux crustacé, que M. Prudhomme a surnommé le « cardinal des mers », Chantecoq s'empressa de le ramener à la question.

— Alors, fit-il, c'est là que vous allez déposer vos casiers ?

— Parfaitement ! appuyait Jean-Marie... Tout se passe d'ailleurs sans histoires... bien que, comme toujours dans ces coins-là, il y eût un peu de mer... C'est pas un coup de roulis ou de tangage qui nous fait peur, à nous autres... On n'est pas des terriens... soit dit sans vous offenser... chacun son métier, n'est-ce pas ?... Vous ne feriez pas le mien... mais moi, je ne serais pas capable de faire le vôtre... Et puis, mon *Saint-Antoine*, il tient joliment bien la mer... C'est M. Lesur qui l'a construit... Ah ! c'était un rude homme, que M. Lesur... Il avait son chantier de l'autre côté de la baie de Quiberon, à l'anse de Pô... Ce qu'il travaillait bien... Et consciencieux et de parole, et honnête ! Malheureusement, il est mort l'année dernière d'un coup de sang... Maintenant, c'est son fils Pierre...

Chantecoq l'interrompait :

— Après que vous avez eu posé vos casiers ?...

— J'y arrive, m'sieu Augustin, et c'est là, justement, que Ferdinand, le petit Gouzic et moi, on a vu... eh ben ! on a vu ce qu'on a vu.

— Quoi donc ?

— Voilà...

« Le temps, qui, jusqu'alors, avait été très beau, commença à se gâter... La brise fraîchit et la lune se cacha derrière de gros nuages noirs... Alors, je m'écriai :

« — Les gas, v'là un grain qui se prépare... Faut rentrer tout de suite... et s'agit de ne pas muser en route. »

— Quelle heure était-il ? questionnait le détective.

— J'ai pas regardé, ripostait Quellec, mais il pouvait être entre les dix et onze heures du soir.

— Continuez, je vous prie.

— Au moment où nous mettions à la voile pour rentrer, nous entendîmes tout à coup un bruit de moteur qui s'approchait de nous ; moi, je pensais que c'était un chalutier qui rentrait du large, et je dis aux enfants :

« — Attention à ne pas nous faire aborder. »

— Pourtant, vous aviez vos feux réglementaires, observait Chantecoq.

— Et comment ! scandait Quellec. Jamais on ne navigue sans ça... Le règlement, c'est le règlement... Moi, je suis pour qu'on l'observe... Et la preuve que j'ai raison, c'est que, l'année dernière, le père Le Thiec...

Résolu à ne plus poser une seule question à Jean-Marie, Chantecoq coupait :

— Et ce chalutier ?

— Eh bien, monsieur Augustin, c'en était pas un... même que je n'ai jamais vu un bateau pareil... Son moteur continuait toujours à gronder, même que ça faisait un pétard... et on n'apercevait toujours rien... lorsque, tout à coup, le petit Le Gouzic, qui a des yeux aussi perçants qu'un courlis, et qui voit aussi clair dans la nuit qu'un chat, me dit :

« — Regardez donc, patron, c'est pas un bateau qui vient sur nous, c'est comme qui dirait un gros *peau bleue*.

« Les peau bleue, monsieur Augustin, c'est des petits requins.

— Oui, je sais, je sais.

— J'écarquillai les yeux... Ferdinand aussi, et nous vîmes passer, à peu près à cinquante mètres de nous, une sorte de canot à vapeur, dont l'avant était fait comme le capot d'une automobile. Le milieu et l'arrière étaient plats comme une limande... Mais ce qu'il y avait de plus extraordinaire, c'est qu'il semblait marcher tout seul.

— Allons donc !

— Oui, monsieur Augustin, ça, je vous le jure, il n'y avait personne dans le canot... et, ce qu'il y a de plus fort, c'est qu'il continuait à marcher sans être piloté par personne.

« Pourtant, ce n'est pas commode, la nuit surtout, de se guider à travers tous les rochers à fleur d'eau qui sillonnent la côte... Faut être très fort ou tout à fait fou.

« Vous pensez bien, monsieur Augustin, qu'on ne s'est pas mis à la poursuite du bateau, d'abord parce qu'il filait bien plus vite que nous, ensuite parce qu'il y a des histoires dont il vaut mieux ne pas se mêler.

« Alors, on a mis la barre vers le sud, et on est rentré à Port-Maria.

« Le surlendemain, quand le bruit s'est répandu dans le pays qu'il y avait eu des revenants à Ker-Yvette, le petit Le Gouzic m'a dit :

« — Patron, c'est sûrement eux qui arrivaient avant-hier soir dans le drôle de bateau qu'on a croisé en revenant de poser nos casiers. »

« Ferdinand et moi, on a haussé les épaules, car on ne croit pas aux revenants... On est des hommes, nous autres, et voilà.

Chantecoq, que ce récit paraissait avoir beaucoup intéressé, reprenait, sur un ton volontairement surpris :

— C'est très curieux, ce que vous me racontez là, mon brave Jean-Marie.

— J'en suis encore tout retourné ! déclarait Météor-Armandine avec une émotion non moins bien simulée que la surprise du limier.

— Il y a de quoi, n'est-ce pas ? s'exclamait Quellec.

— Quel est votre avis là-dessus ? interrogeait le détective.

— Je ne sais pas...

Chantecoq insinuait :

— C'étaient peut-être des contrebandiers qui cherchaient à débarquer du tabac ou de l'alcool ?

— Oh ! des contrebandiers ! répétait le Breton d'un air sceptique. On leur met sur le dos bien des méfaits....Mais sûr qu'on leur en prête plus qu'ils n'en font.

« On prétend qu'il y en a eu dans le temps, par ici, et que, même, ils cachaient leur camelote dans les souterrains du vieux fort sur lequel on a construit Ker-Yvette...

« C'est bien possible... mais, moi, je n'en ai jamais vu, ni les douaniers, ni personne... Ils ont beau être malins, ça n'empêche pas que, s'ils avaient fait leur trafic dans ces parages, depuis le temps qu'on le dit, ils se seraient déjà fait « chiper ».

« Faudrait tout de même pas prendre nos douaniers pour des imbéciles ou des malhonnêtes gens. Je les connais tous... Eh bien, monsieur Augustin, je donnerais ma tête à couper qu'il n'y en pas un qui soit capable, je ne dirai pas de commettre une mauvaise action, mais de faire une faute dans son service...

« Et puis, regardez-moi cette côte-là. Voyez comme c'est plein de brisants et de mauvais courants... Pour aborder, faut que le temps soit tout à fait calme, et dame, le temps calme, ici, ça se voit, mais pas souvent. Il y a toujours du remous, du ressac... La preuve, c'est que, tous les ans, il y a des malheurs, ou des barques qui chavirent, ou des baigneurs qui se noient... Aussi, je me demande quel pouvait bien être ce bateau-là... pour se mouvoir tout seul et pour passer à travers tout sans se cogner ou frotter sa quille à un rocher.

« Foi de Jean-Marie, c'est-à-dire d'honnête homme, je n'en ai jamais vu de pareil.

— Sans doute, observait le détective, celui ou ceux qui le conduisaient étaient-ils cachés à l'intérieur.

— Alors, comment auraient-ils vu clair pour se conduire, surtout qu'il faisait nuit ?

— Peut-être y avait-il des hublots.

— C'est possible... Pourtant, le bateau n'était pas ponté.

— Quelles dimensions avait-il ?

— Je ne pourrais pas vous le dire exactement.

— Environ.

— Il avait bien une dizaine de mètres de long, sur deux mètres cinquante de large. Je vous l'ai dit, monsieur Augustin, on aurait dit un gros *peau bleue*.

— Qu'est-ce, au juste, un *peau bleue?*

— On voit bien que vous n'êtes pas du pays.

— Non, je suis de Troyes, en Champagne.

— Eh bien, monsieur Augustin, un *peau bleue*, c'est une manière de petits requins très voraces, qui voyagent par bandes et s'en viennent se régaler ici de merlans, de maquereaux, de mulets, de tout ce qui peut leur tomber sous la dent. Ah ! ils ne sont pas longs à vous esquinter un filet, et ils ont une telle mâchoire, qu'ils seraient capables de vous couper un bras et même une jambe, sans qu'on ait le temps de dire « ouf ! » C'est des sales bêtes, allez !

— Elles mesurent, dites-vous, dix mètres de long ?

— Oh ! non !... Deux ou trois, et encore ce sont les plus gros. Quand je vous ai dit que le bateau en question leur ressemblait, c'était surtout par la forme... car, bon Dieu ! si les *peau bleue* étaient aussi grands, ils seraient capables de couler nos bateaux et de nous boulotter comme une simple raie ou un pauvre bar.

« Moi, je dis ce qui est, je n'exagère jamais. Ici, on n'est pas à Marseille, mais dans le Morbihan.

— A quel point exact avez-vous rencontré cette étrange embarcation ? interrogeait Chantecoq.

— Droit en face de nous, monsieur Augustin.

— A quelle distance se trouvait-elle de la côte ?

— A deux milles, à peu près.

— Et dans quelle direction marchait-elle ?

— Elle piquait en plein sur le *Trou du souffleur*.

— Qu'est-ce que vous appelez le *Trou du souffleur ?*

— C'est une grotte, monsieur Augustin, dont personne n'a jamais vu le fond, et où c'est qu'à la marée montante la mer entre en faisant du bruit, comme si c'était le tonnerre.

— Et vous dites qu'on ne sait pas jusqu'où va le trou ?

— Non, monsieur Augustin. Bien des fois, il y a des gas qui ont voulu savoir de quoi il en retournait, mais ils n'ont pas pu avancer de plus d'une vingtaine de mètres sous terre.

— Pourquoi ?

— Parce qu'ils n'y voyaient plus clair.

— Ils n'avaient qu'à prendre des falots.

— Ils en ont pris, mais ils s'éteignaient... et il n'y avait pas moyen de les tenir allumés.

— Et les lampes électriques ?

— Oh ! monsieur Augustin, c'est toute une autre histoire... Un jour, deux Parisiens sont venus... Ils se croyaient plus forts que les autres, et ils disaient aux gens du pays :

« — Votre « Trou du Souffleur », on en connaîtra bien la fin.

« Ils ont pris, comme vos dites, des lampes électriques, et ils sont entrés dans la grotte... Eh bien, ils n'en sont jamais ressortis.

— Ah ! mon Dieu ! s'exclamait Météor.

— Je suppose, reprenait le détective, que l'on a envoyé du monde à leur recherche ?

— Parfaitement, monsieur Augustin... Les frères Le Garru, deux pêcheurs qui n'avaient pas froid aux yeux, et puis forts et adroits... Ah ! ceux-là, ils n'avaient peur de rien, et tout le monde avait peur d'eux.

— Eh bien ?

Jean-Marie, tristement, déclarait :

— Eux aussi, ils n'ont jamais reparu... Depuis ce temps, c'est même interdit d'entrer dans la grotte et de se baigner le long de Port-Blanc, à cause des lames de fond.

« Dame, avec la mer, faut jamais rigoler.

— Il y a longtemps que c'est arrivé ?

— Oh ! oui, ça fait bien une trentaine d'années.

— Et depuis ce moment, personne ne s'est jamais aventuré dans la grotte ?

— Personne.

— Pourtant, tout le monde ne connaît pas cette histoire ?

— En effet, monsieur Augustin, mais on a mis à l'entrée un écriteau : *Danger de mort...* De même que sur les plages que je viens de vous dire...

« Là, il y en a encore quelques-uns qui se baignent, et qui, d'ailleurs, se noient ou manquent de se noyer... Mais pour pénétrer dans le « Trou du Souffleur », c'est différent, et ça se comprend... Tant qu'il y voit clair, un homme qui n'est pas prudent croit toujours qu'il se tirera d'affaire... mais dès qu'il fait noir, oh ! là ! là ! ça vous démonte tout de suite un bonhomme, et c'est à qui n'y fourrera pas son nez.

— C'est évidemment plus sage, approuvait Chantecoq.

— Moi, affirmait Jean-Marie, je ne suis pas un poltron, tout le monde vous le dira... je n'ai pas gagné la croix de guerre à vider des poissons, à plumer des poulets et à éplucher des pommes de terre, mais à faire la chasse aux sous-marins pendant la guerre, et je vous assure que j'en ai vu, des choses... Eh bien, monsieur Augustin, on m'offrirait cent mille francs, et même davantage, pour entrer dans le « Trou du Souffleur », que je vous répondrais : « Gardez votre pognon, moi, je tiens à ma peau ! »

— Et vous avez bien raison ! martelait Chantecoq...

« Mais je vous ai retenu, mon brave Jean-Marie, et je vous ai fait perdre votre temps.

— Pas du tout, monsieur Augustin. Je suis bien content d'avoir fait un brin de causette avec vous... et c'est peut-être moi, plutôt, qui vous ai ennuyé.

— Mais pas du tout, mon ami, au contraire, vous m'avez beaucoup intéressé.

— Alors, au revoir, monsieur Augustin... Au revoir, mademoiselle Armandine... Vous vous rappellerez ce que je vous ai dit : toujours à votre service !

— Merci, Jean-Marie... et au revoir !...

Le brave Quellec serra tour à tour la main du pseudo-valet de chambre et celle de la fausse cuisinière, sans se douter un seul instant de leur véritable identité...

Puis il s'en fut rejoindre sa carriole, dans laquelle il monta fort allégrement.

— Ça, fit-il, c'est du bon monde, et je vais toujours m'envoyer une bonne bouteille à leur santé.

VIII

LA NOUNOU, LE VALET DE CHAMBRE ET LA CUISINIÈRE

Dès que Jean-Marie eut quitté la chambre, Chantecoq, dont le visage exprimait une vive satisfaction, déclara à son secrétaire :

— Pendant que tu étais à Quiberon, mon petit, je crois que j'ai déjà fait du bon travail.

— Ça ne m'étonne pas, patron.

— Non seulement j'ai établi le mobile de l'enlèvement du petit Jackie, mais je crois avoir encore découvert la façon dont ses ravisseurs ont opéré.

— C'est tout simplement merveilleux.

— Je vais te mettre au courant en quelques mots.

— Patron, je vous écoute. Dois-je prendre des notes ?

— Inutile, tout est casé dans mon esprit.

— Mais c'est pour moi.

— Non, pas de petits papiers. Si tu as des défaillances de mémoire, je serai là pour y suppléer.

— J'espère que je ne vous occasionnerai pas ce surcroît de besogne.

— J'ose l'espérer.

Et Chantecoq résuma, avec cette concision qui lui était particulière :

— Jackie a été enlevé pour être substitué à un enfant qui était sur le point de mourir et qui devait bénéficier d'un très gros héritage.

« Les ravisseurs, venus par mer, de Lorient ou d'un port moins important, dans un canot automobile, d'un modèle très récent et assez caractérisé pour qu'il nous soit facile d'en retrouver la trace... ont accosté près d'ici... et se sont engouffrés dans le « Trou du Souffleur ».

— Dans le « Trou du Souffleur » ?

— Parfaitement, grâce à un acheminement souterrain qui aboutit dans les anciens sous-sols du vieux fort sur l'emplacement duquel est construit cette villa, ils ont pu y pénétrer en toute facilité, y jouer leur comédie préparatoire et, le lendemain, accomplir le rapt du petit Lachesnaye... C'est clair, non comme de l'eau de mer, mais comme de l'eau de roche.

Météor se tut... Il avait pour principe de ne jamais discuter les opinions, pas plus que les ordres, de son patron. Néanmoins, il ne put s'empêcher de se gonfler les joues, ce qui signifiait, pour quiconque le connaissait, qu'il avait quelque chose d'important à dire.

Chantecoq, mieux que personne, ne pouvait s'y tromper... Aussi fit-il avec un malicieux sourire :

— Météor, pardon, Armandine, tu as une question à me poser ?

— Oui, patron.

— Alors, pourquoi hésites-tu ?

— Parce que j'ai appris par expérience que, dans le service, vous n'aimez pas beaucoup à être interrogé.

— C'est vrai, reconnaissait le roi des détectives, car dès que je suis en action, je déteste être dérangé... inutilement. Mais, étant donné que je n'en suis encore qu'à la période d'études préparatoires, je t'autorise volontiers et même je t'ordonne de me demander toutes les explications que tu jugeras nécessaires.

« Mais, par exemple, dépêche-toi, car, dans un quart d'heure, le guichet sera fermé.

— Patron, je n'ai qu'un mot à vous dire.

— C'est-à-dire une phrase ?

— C'est cela, une phrase.

— Habitue-toi donc à employer toujours le mot propre, le termes précis.

— Vous avez raison, patron.

— Parle.

— Tout à l'heure, Jean-Marie a dit une chose qui m'a beaucoup frappé...

— Laquelle ?

— Il prétend qu'il n'y avait personne à bord du canot...

— Il se trompe, voilà tout.

« Il y avait au moins quatre hommes.

— Comment le savez-vous ?

— C'est le minimum des gens qu'il fallait pour jouer la comédie des revenants et procéder à l'enlèvement de Jackie.

— Alors, où étaient-ils? Cachés, sous le capot d'avant ?

— Pas du tout... Ils étaient bel et bien dans le bateau, seulement ils devaient être entièrement revêtus de combinaisons noires, de maillots de laine, comme des rats d'hôtel transformés en rats d'eau... Ils se confondaient avec la nuit... et voilà pourquoi Jean-Marie, Ferdinand et le petit Le Gouzic ne les ont pas vus.

— Patron, admirait Météor, vous devinez tout... ce n'est plus de la police, c'est de la sorcellerie.

— Mais pas du tout ! Depuis bientôt deux ans que tu es mon secrétaire, tu aurais dû te rendre compte que toutes mes déductions, ainsi que mes hypothèses, sont uniquement basées sur une logique rigoureuse faite de ma longue expérience, jointe à tout ce que je peux avoir de bon sens.

— N'empêche que c'est magnifique d'avoir un cerveau pareil.

— Météor, déclarait Chantecoq avec bonhomie, je te retire la parole... car je déteste l'odeur de la pommade.

— Patron, laissez-moi protester. Je ne suis pas un flagorneur ; quand je fais des compliments, c'est que je les pense. J'ai tellement d'admiration pour vous, et d'affection, donc !... que j'ai beau me retenir, faut que ça sorte.

— Tu es un brave garçon, affirmait Chantecoq... Mais maintenant, assez parlé... Agissons... Commençons par défaire nos malles.

— Celle-ci, indiquait Météor, contient les costumes, chapeaux, souliers, postiches et ingrédients divers pour camouflages variés...

« Celle qui est dans ma chambre renferme les différents appareils et accessoires dont vous pouvez avoir besoin au cours d'expéditions ou d'explorations qui présentent des obstacles et des dangers.

— Tu vas commencer par retirer de celle-ci deux masques contre les gaz, deux pistolets somnifères, deux lampes n° 6, l'échelle S. L.

— Bien, patron.

— Tu cacheras tout cela dans le placard semblable à celui-ci et que j'ai repéré tout à l'heure lorsque Mme Lachesnaye nous faisait faire le tour du propriétaire.

« Pendant ce temps, je vais ranger les costumes et les postiches de façon à ce que nous les ayons toujours sous la main.

Cela fait, tu redescendras à la cuisine, tu prépareras le dîner de la nounou : une soupe à l'oignon, deux œufs sur le plat et une cuisse de poulet que j'ai remarquée dans le garde-manger... Comme dessert, des petits gâteaux secs et de la confiture.

« Pour nous deux, soupe à l'oignon et œufs également, avec le veau froid qui voisinait avec le poulet, un bout de gruyère, le tout arrosé d'une bouteille de muscalat et surtout un bon café, bien fort, car j'ai l'idée que nous ne dormirons pas beaucoup la nuit prochaine.

— Entendu, patron, déclarait Météor.

Et après s'être gonflé les joues, il fit, en se retirant vers la porte :

— Ma tambouille ne vaudra certainement pas celle de Marie-Jeanne, mais on fera de son mieux.

— Météor, proclamait Chantecoq, avec une gravité comique, rappelle-toi qu'il ne faut pas vivre pour manger, mais manger pour vivre.

La fausse Armandine, qui paraissait fort à l'aise dans ses vêtements féminins, s'éclipsa en un clin d'œil.

Demeuré seul, Chantecoq se mit en devoir d'enlever de la malle les défroques plus ou moins hétéroclites qu'elle contenait, ainsi que plusieurs boîtes qui renfermaient tous les objets, pâtes et fards indispensables à un savant maquillage...

Il serra les vêtements dans un placard, les boîtes dans une commode, et dissimula sous le couvre-pied de son lit deux sortes de corsets à mailles métalliques extrêmement serrées et deux maillots noirs, deux masques contre les gaz et deux paires de sandales en cuir noir, qui semblaient d'une solidité à toute épreuve.

Cela fait, il sortit de sa chambre dont il ferma la serrure à double tour et dont il mit la clef dans sa poche... Il s'en fut rejoindre Météor qui, de son côté, avait terminé ses apprêts...

Et, après avoir recommandé à ce dernier de fermer sa porte à clef, il gagna avec lui la cuisine.

Tout en se livrant à ces occupations, Chantecoq, qui avait un principe, c'était de ne jamais rester un moment sans penser, avait eu le temps de réfléchir à la conversation qu'il venait d'avoir avec Jean-Marie... Et il s'était dit :

« Les individus qui se trouvaient à bord de ce canot devaient connaître admirablement non seulement la côte où ils ont dû aborder, mais encore la villa Ker-Yvette et ses... dessous.

« Par conséquent, ainsi que cela a été ma première idée, le cercle de mes recherches doit graviter autour des relations directes et même intimes des Lachesnaye.

« Dès demain, je commencerai mes recherches dans ce sens.

« Ce soir et cette nuit, la besogne que je me suis assignée suffira amplement à nous occuper.

« Pendant que ce brave Météor se livre à ses travaux culinaires, commençons par faire un tour dans les sous-sols... car il n'y a pas l'ombre d'un doute... D'après le récit très exact et très précis que m'a fait le maître de cette maison, il est évident que c'est par là que les malfaiteurs se sont introduits et qu'ils ont pris le même chemin pour déguerpir... L'existence d'une issue secrète est certaine...

« Selon toute probabilité, elle doit se continuer par un souterrain qui aboutit certainement dans l'une des grottes de la falaise et peut-être même à ce fameux « Trou du Souffleur » qui inspire à Jean-Marie une terreur aussi justifiée... Cela n'a d'ailleurs qu'une importance relative.

« Mais ce qui serait intéressant, ce serait, par exemple, si nos mystérieux bandits avaient laissé dans ce couloir secret des traces de leur passage, qui me procureraient quelques indications plus ou moins vagues sur leur identité.

« Il faut parfois si peu de chose pour vous mettre sur la voie de la vérité. »

Animé de ces intentions, Chantecoq, qui ne laissait jamais rien au hasard et ne s'aventurait pas davantage à la légère, commença par se livrer à une inspection générale des sous-sols...

Tour à tour, il visita minutieusement la cuisine, la buanderie, la cave, la soute au charbon, qui communiquaient entre eux par des couloirs assez larges et bien aérés.

Toutes ces pièces, de dimensions normales, s'éclairaient par des fenêtres rectangulaires garnies de solides barreaux de fer et par où, pendant le jour, pénétraient l'air et la lumière.

La nuit, il y avait partout des lampes électriques de cinquante bougies, qui répandaient partout la clarté à profusion.

Le roi des détectives, après une inspection générale de ces locaux, se livra dans chacun d'eux à d'habiles sondages, mais aucune résonance de creux ne lui donna un seul instant, et dans aucune partie des murs et du sol cette impression de vide qui indique généralement un espace libre et dissimulé.

Cela ne l'étonna pas outre mesure et, logiquement, ainsi que se l'était déjà dit Lachesnaye, il songea que, s'il avait existé un couloir souterrain dans l'ancien fortin, l'architecte, l'entrepreneur et les ouvriers qui avaient construit Ker-Yvette auraient certainement découvert l'orifice au cours de leurs travaux et n'auraient pas manqué d'en faire part au propriétaire.

— Pourtant, raisonnait le roi des détectives, un peu désappointé, ce passage secret a existé, et non seulement il existe encore, mais il n'a pas été bloqué, puisque les gens du canot s'en sont servis la nuit dernière...

« Mais, sapristi, où peut-il bien se trouver ?...

« Cherchons encore !...

Soudain, il eut une exclamation.

— Chantecoq, mon ami, un mauvais point... et un gros...

« La première fois que tu te rendras coupable d'une bourde d'une pareille énormité, tu seras privé de pipe pendant huit jours.

Et, le visage épanoui, il scanda :

— Et le puits, bonté divine !... Comment se fait-il que j'aie oublié le puits ?

Le limier venait tout à coup de se rappeler que, deux heures auparavant, lorsque Mme Lachesnaye lui avait fait visiter le sous-sol, elle lui avait montré, dans un petit réduit, à côté de la soute au charbon, le puits d'eau douce qui datait de l'ancien fort et qui, paraissait-il, ne tarissait jamais.

Chantecoq se dit :

« Cette fois, je crois que j'y suis. »

Il se pencha au-dessus de la margelle en pierre, de forme circulaire et haute d'un mètre environ.

L'eau apparaissait à une profondeur de six à sept mètres... L'entrée du souterrain, si elle existait vraiment, devait se trouver au-dessus de la nappe liquide... Mais la demi-obscurité qui régnait dans le réduit, ne permit pas au détective de distinguer si, dans la paroi, il existait une solution de continuité... une excavation ou une porte qui eussent indiqué au grand limier qu'il ne se trompait pas dans son hypothèse.

Décidé à procéder à une vérification immédiate, Chantecoq retourna dans la cuisine où Météor-Armandine, avec beaucoup d'assurance, était en train de préparer un bon dîner.

— Donne la clef de ta chambre, fit-il.

— Voilà, patron.

— Attention !

— Voilà, mon oncle.

— A la bonne heure !

Le faux valet de chambre monta aussitôt dans la chambre de son secrétaire, ouvrit le placard, en retira une corde assez mince, mais résistante, roulée sur elle-même, choisit, parmi plusieurs autres, une lampe électrique d'un puissant rayonnement, et, cachant le tout dans une de ses poches, il redescendit au sous-sol et s'en fut directement vers le puits.

Après avoir attaché solidement à l'un des bouts de la corde la lampe dont il fit fonctionner le commutateur, il la descendit lentement dans le puits, dont, grâce au faisceau lumineux qu'elle projetait autour d'elle, il put examiner facilement les parois.

— Bravo ! murmura-t-il au bout d'un instant...

Le limier ne s'était pas trompé. Il venait d'apercevoir, environ à deux mètres du sol, une plaque de tôle rouillée, qui devait recouvrir une ouverture assez large pour qu'un homme, même de forte corpulence, pût s'y glisser en rampant.

« Reste à savoir, se dit-il, comment ça s'ouvre.

« Mais je ne m'en fais pas à ce sujet... ma trousse n° 3 contient certains instruments et produits chimiques grâce auxquels les fermetures les plus solides et les plus ingénieuses ne sauraient résister.

« Allons, tout va bien... Je crois que je vais faire honneur à la popote de ma nièce.

« En attendant, occupons-nous de cette excellente nounou.

Il retourna dans la cuisine. Anne s'y trouvait avec la prétendue Armandine et avait déjà engagé avec elle une conversation animée.

— Le petit a pris sa potion, expliquait-elle... et il s'est endormi... J'en ai profité pour vous dire un petit bonjour.

— Vous êtes bien aimable, déclarait Chantecoq avec son plus gracieux sourire.

Et il ajouta :

— Nous étions justement en train de nous occuper de vous, et j'allais monter dans votre chambre pour y mettre votre couvert.

— Déjà ?

— Il est près de dix-neuf heures.

— Dix-neuf heures ?

— Sept, autrefois.

— C'est juste, je n'ai jamais pu m'habituer à ce nouveau système... nous autres, en province, nous sommes des routiniers. Faut pas qu'on change nos habitudes.

— C'est peut-être vous, somme toute, qui avez raison, observait le roi des détectives.

Et, sans avoir l'air d'attacher à ses paroles une grande importance, il demanda :

— Vous êtes Bretonne ?

— Oh ! pas du tout, répliquait Anne... Je suis du Havre.

— Une belle ville.

— Très agréable à habiter.

— J'ai manqué y aller en place.

— Tiens, chez qui ? lançait la nounou.

— Chez des Américains.

— Il y en a pas mal, là-bas. Comment s'appelaient-ils ?...

— Je ne m'en souviens pas.

La nurse reprenait :

— Avant de me marier, j'ai été femme de chambre chez des Américains... pas au Havre, mais à Neuilly... Ils s'appelaient Colmadge... Ils étaient très riches, naturellement... Il y avait le mari et la femme, et puis une demoiselle qui s'est mariée, elle aussi... même qu'elle a épousé un frère de M. Wilbright, un de nos voisins, qui vient ici presque tous les jours.

« Elle est morte, il y a pas longtemps... J'ai vu ça dans le journal... Paraît qu'elle n'était pas très heureuse en ménage... Tony, le chauffeur, qui est resté à son service, m'a raconté qu'on croit bien qu'elle s'est suicidée... Tout cela entre nous, n'est-ce pas ?...

— Voyons !...

— Ça ne m'étonnerait pas autrement, car miss Colmadge, quand j'étais en place chez ses parents, était amoureuse d'un comédien qui travaillait pour les ciné-romans, un beau garçon, qui, paraît-il, gagnait très bien sa vie... Seulement, les Colmadge, ça vous remuait l'or à la pelle... et puis, c'étaient des gens très orgueilleux... ils ont voulu que leur demoiselle épouse un homme de sa classe, comme ils disaient... et puis, comme de raison, qui avait beaucoup de pognon... Mais ils ont été refaits... Paraît que le Wilbright, d'abord, avait bien moins de galette qu'on ne le croyait, et puis, il faisait la noce, il jouait, il menait une vie de pantin, quoi !

« Alors, vous pensez si sa petite femme était malheureuse... D'autant plus qu'elle n'avait pas oublié son comédien... Même qu'elle voulait tout plaquer pour lui.

« Seulement, elle est tombée enceinte... Alors, à cause du gosse, elle est restée... mais ça ne lui a pas porté veine... Trois mois après, qu'elle a eu son bébé, on l'a trouvée morte un matin dans son lit.

« On a fait une enquête... ou, plutôt, on a fait semblant... On a raconté qu'elle avait une maladie de cœur et qu'elle était morte d'une *ancolique*... c'est comme ça qu'ils ont dit.

— D'une embolie, rectifiait le limier.

— Oui, c'est ça, déclarait Anne, d'une *embellie*... Peut-être que c'était vrai... Peut-être aussi que c'est Tony qui avait raison. Vous savez, avec l'argent, tout s'achète et tout s'arrange.

— C'est bien vrai, soupirait Armandine, tout en surveillant sa soupe à l'oignon, qui mijotait doucement sur le feu.

Toujours avec son petit air de ne toucher à rien, Chantecoq questionnait :

— Il y a longtemps que cette dame Wilbright est morte ?

— Trois mois environ.

— Ah ! et le bébé, qu'est-il devenu ?

— Ça, je n'en sais rien.

— Votre voisin, l'autre Wilbright, en quels termes est-il avec son frère ?

— Ils doivent être fâchés, car jamais je ne l'ai entendu même prononcer son nom.

Le coucou, suspendu au mur de la cuisine, sonnait la demie de dix-neuf heures.

— Excusez-moi, fit la nounou, mais il faut que je remonte... Ce pauvre gosse, je ne veux pas le laisser trop longtemps tout seul.

— Je vous rejoins, décidait Chantecoq... le temps de chercher tout ce qu'il faut pour mettre votre couvert.

— Vous me gâtez ! s'écriait Anna.

Comme une odeur de soupe à l'oignon aussi caractéristique qu'appétissante, se répandait dans la cuisine, elle ajouta :

— Je crois que je vais me régaler.

— J'ai fait de mon mieux pour ça... déclarait modestement le cordon bleu improvisé.

La nounou, qui était extrêmement gourmande, s'écria, radieuse :

— Si vous avez trouvé tous les deux une bonne place, je vois que Madame et Monsieur sont bien tombés, eux aussi, et que nous ne sommes pas près de nous quitter.

Elle s'engagea allégrement dans l'escalier.

Quand elle eut atteint le rez-de-chaussée, elle referma la porte derrière elle...

Chantecoq, s'approchant de Météor, lui dit à voix basse :

— Ça va, ça va même très bien. Et, à moins d'un bec de gaz, avant quarante-huit heures, nous saurons la vérité.

— Patron, admirait le secrétaire, vous avez réalisé là un de vos plus beaux coups de maître.

— Pourquoi ?

— Parce que, quand vous avez accepté de vous occuper de cette affaire, je me suis dit que nous en avions au moins pour trois semaines.

— Mettons trois jours et n'en parlons plus.

— Chouette ! on va pouvoir se remettre en vacances.

— Et comment !

— Alors, les crevettes n'auront qu'à bien se tenir.

— A moins que... réservait Chantecoq.

— Quoi donc, patron ?... scandait Météor, avec une nuance d'inquiétude.

— Je viens de te le dire : le bec de gaz...

— Permettez-moi, patron, de vous faire respectueusement observer que, depuis que j'ai l'honneur d'être votre secrétaire, vous en avez déjà rencontré quelques-uns, et que, jamais encore, vous ne vous êtes cassé le nez.

— J'espère bien que cela ne m'arrivera jamais.

— Nom d'un chien ! s'exclamait Météor, et ma soupe à l'oignon ! Pourvu qu'elle n'ait pas attaché.

Il souleva le couvercle de sa casserole, prit une cuiller en bois, qu'il plongea dans le bouillon...

Le sondage fut satisfaisant.

— Tout va bien... pas de bobo, fit-il...

Et il se gonfla les joues en signe d'allégresse.

Chantecoq dit :

— Je monte mettre le couvert d'Anne.

— Bien, patron.

— Appelle-moi donc : mon oncle !

— Alors, mon oncle, à tout à l'heure.

— Oui, mon neveu... Allons, bon, voilà que je me trompe, moi aussi... Oui, ma *nièce*.

Chantecoq s'en fut.

Dix minutes après, il revenait. Pendant son absence, Météor avait versé son potage dans une soupière qu'il avait déposée sur un plateau. Et le service commença...

Il se passa de la façon la plus correcte et à la vive satisfaction d'Anne qui, très fière d'être servie par un valet de chambre aussi « capable » qu'Augustin, lui déclara qu'elle avait rarement dîné avec autant de plaisir.

— Mon homme va être content, fit-elle, lorsque je vais lui écrire que je suis dorlottée comme ça.

— Ah ! vous êtes mariée ? soulignait le détective.

— Vous croyiez peut-être que j'étais une fille-mère ?

— Pas du tout !

— Y aurait pas de déshonneur à ça... Il y a des filles-mères qui valent bien des honnêtes femmes.

— C'est mon avis.

— Ça aurait pu m'arriver comme à bien d'autres, n'est-ce pas... On ne commande pas sa vie à l'avance... C'est une affaire de hasard, moi j'avais eu de la chance... Je suis tombée sur un homme qui est très sérieux... Il était chauffeur à la compagnie transatlantique... Il gagnait bien sa vie... On était heureux... et puis, un jour, il a ramassé un chaud et froid, comment dit-on, déjà ?

— Une pneumonie.

— Ce n'est pas ça... Attendez donc, une *poumonie*... et depuis ce temps-là il ne peut plus travailler...

« On l'a envoyé dans un *sénatorium*... et moi, pour vivre et pour élever mon gosse, j'ai dû me mettre en place...

« Encore heureux que j'ai du bon lait... sans ça, je me demande ce que je serais devenue.

— Et votre petit, qu'en avez-vous fait ?

— Je l'ai mis en garde chez un de mes cousins qui demeure à Bolbec... Dame, ça m'a fait mal au cœur de penser que lui allait être élevé au biberon et que, moi, sa maman, faudrait que j'en nourrisse un autre... mais qu'est-ce que vous voulez ?... quand il faut, il faut...

« Et puis, il paraît qu'il pousse comme un champignon.

« Mais me voilà encore partie à jacasser... Faut pas que je vous empêche de dîner... L'air de la mer, ça creuse.

— Bien vrai, demandait Chantecoq, vous n'avez plus besoin de rien ?

— Non, merci, Augustin.

— Un petit peu de café ?

— Jamais le soir, ça m'empêche de dormir.

— Alors, je vais vous dire bonsoir.

— C'est cela. Bonsoir, Augustin, et tous mes compliments à Armandine.

Chantecoq, après avoir desservi la petite table sur laquelle Anne avait pris son repas, emporté le plateau sur lequel il avait déposé la vaisselle, regagna la cuisine où l'attendait Météor.

Après avoir avalé quelques cuillerées de soupe, Chantecoq déclarait :

— Anne m'avait chargé de t'adresser toutes ses félicitations... J'y joins les miennes...

Décidément, tu as mieux que des dispositions culinaires, mais un véritable talent.

— Si j'avais eu le temps, je vous aurais préparé un homard à l'américaine dont vous m'auriez dit des nouvelles.

— Où as-tu appris tout cela?

— Avec un de mes cousins qui était chef dans une grande maison bourgeoise... Mais ce n'est pas tout ça, maintenant, il ne faut pas que je rate mes œufs sur le plat.

Il retourna à son fourneau.

« Décidément, se disait Chantecoq, en attachant ce brave garçon à ma personne, j'ai fait une excellente acquisition... Il est bon à tout. Je suis sûr que, si je lui demandais de me confectionner un complet ou de me faire traverser l'Atlantique en avion, qu'il serait parfaitement capable de le faire ! »

IX

LE « TROU DU SOUFFLEUR »

Après s'être confortablement lestés, Chantecoq et Météor allaient maintenant s'occuper de choses un peu plus sérieuses.

— Laissons toute cette vaisselle, décidait le roi des détectives... nous nous en occuperons demain... Remontons dans nos chambres... Faisons semblant de nous coucher. Revêtons les tenues que j'ai préparées, et redescendons ensuite explorer le puits d'où j'espère bien que nous allons voir sortir la vérité toute nue.

Ce qui fut dit fut fait.

Au bout d'une heure environ, après avoir constaté, en passant auprès de sa porte, que la nounou ronflait consciencieusement et même en mesure, le limier et son collaborateur, qui, débarrassés de leurs postiches, avaient revêtu l'un et l'autre les maillots et cuirasses de protection que nous avons décrits plus haut, regagnèrent les sous-sols.

Leurs masques contre les gaz asphyxiants pendaient le long de leur poitrine, attachés à leur cou par une solide chaînette en acier... Ils portaient chacun une ceinture de gymnastique toute noire et munie d'un anneau en acier bruni.

A cette ceinture était fixés un couteau enfoncé dans une gaine en cuir et un pistolet de forme spéciale et à crosse assez volumineuse.

Chantecoq portait à la main un petit colis enveloppé dans du papier... Météor l'échelle de soie que nous lui avons vu préparer dans l'après-midi.

Marchant sur des sandales de même ton que les maillots, ils atteignirent sans bruit le puits qui allait être l'objet de leurs investigations.

Chantecoq ouvrit son paquet : il contenait deux lampes électriques montées sur un cercle, telles que s'en servent les médecins pour vous examiner le fond de l'oreille, du nez ou de la gorge.

Il se coiffa de l'une et remit l'autre à Météor, qui s'en coiffa également.

Alimentées toutes les deux par des piles assez puissantes que le grand détective et son secrétaire portaient sur eux, elles répandaient autour d'elles une vive lumière qu'un contact suffisait à éteindre ou à allumer.

Chantecoq s'empara de l'échelle. Après l'avoir fixée sur la margelle à l'aide de deux solides crampons d'acier, il la laissa se dérouler jusqu'au fond du puits.

— Je vais aller voir un peu ce qu'il y a là dedans, fit-il.

« Toi, tu vas rester là, en observation... et tu ne me rejoindras que lorsque je t'appellerai.

— Compris, patron, répliqua le secrétaire.

Après avoir vérifié si les crampons mordaient bien dans la pierre, Chantecoq, avec une souplesse que bien des hommes de trente ans et même moins lui eussent enviée, franchit le rebord du puits et descendit sans précipitation quelques échelons.

A la clarté de sa lampe dont un réflecteur à l'habile dispositif intensifiait et diffusait la lumière, le détective constata que la plaque de tôle qu'il avait déjà repérée contre la paroi du puits, était montée sur deux charnières, ce qui prouvait qu'elle servait de porte à un conduit souterrain, ainsi qu'il l'avait si justement pronostiqué.

Mais elle ne portait aucune trace de serrure... ce qui frappa encore davantage le policier, c'est qu'il lui parut que cette tôle était relativement menue et qu'en tout cas elle avait été récemment posée, ainsi que le prouvaient certaines dégradations plutôt fraîches des pierres dans lesquelles les gonds avaient été encastrés et cimentés.

Le grand limier pensa :

« On doit certainement faire fonctionner ce panneau à l'aide d'un mécanisme secret, mais inutile de passer notre temps à la recherche d'un rébus, quand on peut faire autrement.

« Lorsque j'étais au lycée, j'avais toujours pour principe d'obtenir la solution des problèmes que l'on me donnait non point par les règles de l'arithmétique, mais par celles de l'algèbre.

« Cela avait le don de me valoir les observations les plus sévères de la part de mes professeurs, mais l'avantage de me faire gagner un temps précieux que je pouvais consacrer à des travaux beaucoup plus intéressants et profitables.

« En matière de police, c'est la même chose... Il faut toujours choisir le moyen qui va vite...

« Allons-y !...

Le roi des détectives saisit dans une sorte de trousse qui adhérait à son maillot un ciseau à froid de petite dimension et d'une certaine finesse, mais qui devait être d'une trempe à toute épreuve... Il le glissa sous l'une des charnières et exerça sur le manche une très forte pression. La charnière résista.

« C'est de la bonne camelotte, se dit le limier... Allons, nous allons employer les grands moyens. »

Il plongea de nouveau la main dans sa trousse et en retira cette fois un petit carton qui renfermait une fiole bouchée à l'émeri et un compte-gouttes.

En équilibre sur son échelle et fort à son aise d'ailleurs, il déboucha le flacon, y introduisit le compte-gouttes, le remplit d'un liquide clair et fluide qui dégageait une odeur bizarre, reboucha la fiole qu'il replaça dans sa boîte puis dans la trousse, introduisit la pointe du compte-gouttes dans un des joints de la charnière et appuya sur la poire en caoutchouc qui terminait l'autre extrémité du tube en verre.

Un léger grésillement, celui d'un puissant corrosif, mordant du métal, se fit entendre...

Chantecoq eut un sourire satisfait.

Puis, il murmura :

— Mon ami Darmont, le grand chimiste, ne m'avait pas bluffé... sa formule est excellente.

Chantecoq envoya son compte-gouttes, absolument vide, rejoindre le flacon qu'il avait déjà replacé dans sa boîte.

Puis, s'emparant de son ciseau, il exerça sur le gond déjà attaqué une nouvelle et vigoureuse pesée. Cette fois, la charnière céda.

Le limier recommença sur la seconde la même opération qui réussit aussi bien que la première.

Introduisant alors la lame de son ciseau entre le mur et la plaque, il s'efforça d'écarter celle-ci.

Après quelques minutes d'efforts, il avait pratiqué une ouverture à travers laquelle il réussit à passer un bras.

Tout en tâtonnant, il finit par trouver derrière la tôle gondolée un verrou qu'il poussa.

La plaque, qui ne pouvait donc être ouverte que par des gens venant du dehors, se détacha et fût tombée dans le puits si, fort adroitement, Chantecoq ne l'avait retenue.

Cela fait, il remonta jusqu'à la margelle et remit le morceau de métal à Météor qui se penchait vers lui.

— J'ai découvert l'entrée du souterrain, déclara-t-il... Il s'agit maintenant d'en commencer l'exploration, et c'est ce que je vais faire.

Le secrétaire s'écriait :

— Alors, bien vrai, patron, vous ne voulez pas que je vous accompagne ?...

Chantecoq réfléchit quelques secondes ; puis il fit :

— Soit.

— Chouette !

— Mais d'abord, fais-moi le plaisir d'aller cacher cette plaque de tôle dans la soute au charbon.

— Bien, patron.

— Ensuite, tu donneras un tour de clef à la porte qui commande les sous-sols et tu cacheras cette clef dans la cendre qui se trouve dans l'un des tiroirs du fourneau de la cuisine.

— C'est tout, patron ?...

— Oui, c'est tout... Va et dépêche-toi...

Cette dernière recommandation était d'ailleurs superflue... Nul, en effet, ne savait déployer plus d'agilité, plus de souplesse, plus de virtuosité dans ses mouvements que le jeune et remarquable collaborateur du célèbre limier.

Il surgissait, virevoltait, disparaissait, reparaissait, s'évaporait avec une facilité qui tenait du prodige. D'où ce surnom de « Météor » dont l'avait gratifié son maître, et nul plus que cet extraordinaire garçon ne l'avait mérité.

Chantecoq, les pieds sur l'échelon, n'attendit pas longtemps... Météor revenait annonçant :

— Ça y est, tout est en ordre.

Le roi des détectives redescendit jusqu'à la hauteur de l'excavation qu'il venait de découvrir... Il s'y faufila à l'aide d'un rétablissement qui démontrait qu'il avait longtemps pratiqué la gymnastique et qu'il était encore fort remarquablement entraîné dans ce genre de sport.

Copiant tous les mouvements de son patron, Météor dégringola l'échelle et s'engouffra à son tour dans le trou.

Chantecoq avançait en rampant... Le couloir s'élargissant au bout de quelques mètres, il se mit d'abord sur les genoux, puis il put se dresser sur ses jambes et marcher normalement sans risquer de se heurter la tête à la paroi supérieure de ce véritable souterrain qui avait été creusé dans le roc.

Suivi par Météor, il franchit ainsi environ une centaine de mètres...

Grâce au rayonnement de sa lanterne électrique dont il dirigeait librement le projecteur, il pouvait examiner attentivement le sol qu'il foulait aux pieds, ainsi que les parois qu'il coudoyait.

Il n'avait rien remarqué d'anormal lorsque, tout à coup, un objet brillant attira son attention... Il se pencha pour le ramasser... C'était une bague en platine ornée d'un très beau brillant d'une eau magnifique.

Le détective l'examina de très près. Bientôt, il eut un cri de satisfaction :

— Oh ! oh ! se dit-il, je crois que je viens de faire une importante découverte.

La bague, en effet, portait à l'intérieur de sa monture la marque du grand joaillier Logeron, de la place Vendôme, et, près de la signature, gravé dans le cercle en platine, le limier lut ce chiffre : n° 2367 R.

Le roi des détectives, qui avait eu, à maintes reprises, l'occasion de s'occuper d'affaires de bijoux dérobés, savait que cette célèbre maison, ainsi d'ailleurs que plusieurs autres, avait pris l'habitude de numéroter chacun de ses bijoux, ce qui pouvait, en cas de vol, faciliter les recherches des policiers.

Chantecoq, qui était en excellentes relations avec la maison Logeron, se dit :

« Demain, je n'aurai qu'à téléphoner au directeur, et il me donnera les renseignements nécessaires. »

Et il conclut :

— Ça, c'est une belle victoire... Allons, mon flair, comme toujours, ne me trompait pas, quand il me disait que j'aurais vite fait de débrouiller cette énigme.

Il fut sur le point de rebrousser chemin. Tout autre que lui se fût contenté, en effet, de cet important avantage.

Après une journée aussi remplie, Chantecoq aurait eu parfaitement le droit de faire demi-tour et de réintégrer la villa Ker-Yvette, afin d'y goûter un repos bien gagné, mais il n'était pas de ceux qui se contentent d'un premier succès, si grand soit-il... Il tenait toujours à pousser les choses jusqu'au bout.

Ce n'était pas pour lui une raison parce qu'il avait découvert dans ce souterrain ce véritable anneau de Sésame qui allait lui ouvrir toutes grandes les portes de la vérité pour qu'il en abandonnât l'exploration ou qu'il la remît au lendemain.

Parmi les principes qui réglaient ses actions, il en était un auquel il avait toujours été fidèle :

Battre le fer tant qu'il est chaud.

Voilà pourquoi, toujours suivi par Météor, il continua sa route.

« Si je ne me trompe pas, se disait-il, ce couloir doit aboutir non loin de ce gouffre dénommé le « Trou du Souffleur », et qui sait?... peut-être... dans le gouffre même... Alors, attention. »

Chantecoq et Météor franchirent encore une centaine de mètres... Alors le couloir commença à s'infléchir sensiblement en une descente assez rapide.

« Nous approchons, se dit le grand limier. C'est le moment d'ouvrir l'œil où jamais. »

Déjà, ils entendaient le bruit de la mer qui, à une faible distance, devait battre les flancs de la célèbre grotte.

Dominant le grondement continu des flots, par intervalles irréguliers, s'élevaient des mugissements semblables à de douloureux sanglots ou des sifflements stridents comme des cris de rage, déchirants comme des appels de détresse.

Chantecoq fit tout haut :

— Voilà ce qu'ont dû entendre les hôtes de Ker-Yvette.

Météor observait :

— Patron, vous croyez qu'à une pareille distance...

— Météor, mon ami, répliquait le limier, tu es un assez bon cuistot, mais tu es un bien mauvais physicien...

« Si tu avais quelque peu étudié cette science, tu saurais qu'un couloir tel que celui dans lequel nous sommes forme une sorte de tube acoustique extrêmement puissant et qu'il n'y a rien de surprenant à ce que M. Lachesnaye et son entourage aient entendu ce terrible concert lorsque la plaque de tôle qui fermait l'autre extrémité du tuyau était ouverte.

— Patron, admirait sincèrement Météor, vous savez tout et vous avez toujours raison.

Chantecoq se remit en marche... mais cette fois il ne fit que quelques pas.

Le couloir, après avoir formé un coude en angle droit, s'arrêtait, net, devant un escalier aux marches taillées dans le roc et qui s'enfonçait dans la nuit.

Le détective et son collaborateur allaient s'engager dans l'escalier, lorsque soudain, à environ vingt mètres au-dessous d'eux, une lueur flamba, rapide comme un éclair, suivie d'une détonation sèche comme un coup de fouet vigoureux. Une balle siffla aux oreilles de Chantecoq et s'en vint s'aplatir dans le roc à la hauteur de sa tête.

— A terre ! s'écria le policier, en éteignant sa lanterne.

Tout de suite, il se dit :

« Mes brigands se sont aperçus de la disparition de la bague et ils sont venus la rechercher...

« Ils auront aperçu la lumière de nos lampes... Ils auront tiré dans leur direction, quand il leur aurait été si facile de nous attendre dans l'ombre, au pied de l'escalier et de nous faire notre petite affaire en cinq secs et sans risquer d'être dérangés par personne.

« Maintenant, les voilà en état d'infériorité sur nous... car, de deux choses l'une, ou ils vont avancer, et, comme ils ne pourront pas le faire à tâtons, la lumière avec laquelle ils seront obligés d'éclairer les trahira infailliblement, ou ils déguerpiront, et c'est encore ce qu'ils auraient de mieux à faire.

« Conclusion : voyons venir. »

Chantecoq saisit le pistolet de forme bizarre qui était accroché à sa ceinture et, patiemment, le doigt sur la détente, il attendit les événements.

Bientôt, en contre-bas, il vit briller une petite lumière très atténuée... On eût dit une étoile se mirant dans l'eau.

Peu à peu, cette lumière grandit, se précisa... c'était celle d'une lampe électrique, moins puissante que celles que le détective et son secrétaire portaient encastrées dans les cercles qui leur entouraient la tête.

Chantecoq ne broncha toujours pas. Quant à Météor qui continuait à calquer la moindre de ses attitudes sur celles de son patron, il ne bougea pas davantage.

Maintenant, la lumière montait, s'approchait lentement, s'arrêtait par instants, reprenait sa course de feu follet au ralenti...

Lorsqu'elle ne fut plus qu'à une dizaine de mètres environ du détective, le limier, qui était resté à plat ventre, allumait brusquement sa lampe dont le réflecteur était dirigé de telle sorte qu'il en concentrait le rayonnement sur l'escalier.

Le roi des détectives aperçut alors, debout sur l'une des marches, deux hommes vêtus comme lui d'un maillot noir, masqués, et tenant, l'un une lampe électrique de poche et l'autre un revolver.

Le premier n'eut pas le temps d'éteindre son lumignon et le second de faire usage de son arme...

Avant qu'ils n'aient eu le temps de revenir de leur surprise, Chantecoq appuyait par deux fois sur la détente de son étrange pistolet... et bien qu'aucune détonation ne se fût fait entendre, les deux hommes tombaient à la renverse, dégringolaient les marches de l'escalier, et disparaissaient dans les ténèbres.

Presque en même temps, un double « plouf » parvenait aux oreilles du limier et de son acolyte, indiquant clairement que leurs deux agresseurs venaient d'exécuter un plongeon simultané dans une eau profonde.

— Allons, bon ! s'exclama Chantecoq... pourvu qu'ils ne se soient pas noyés...

Et il ajouta :

— Ce ne serait vraiment pas la peine d'avoir inventé un pistolet grâce auquel on peut annihiler les adversaires sans leur faire aucun mal pour que ceux-ci, que j'ai tant d'intérêt à connaître se trouvent subitement emportés dans un monde d'où, jusqu'à plus ample informé, personne n'est encore jamais revenu.

« Enfin, nous allons bien voir.

En bas, les mugissements et les cris continuaient toujours, accompagnés par la basse profonde de la mer.

Sans la moindre hésitation, Chantecoq s'engagea dans l'escalier, suivi par Météor qui, lui aussi, avait rallumé sa lampe.

Ils atteignirent ainsi une grotte souterraine où, par une large fente, l'eau de la mer arrivait à gros bouillons.

Le fracas était formidable.

Chantecoq et Météor braquèrent leurs projecteurs vers le gouffre.

A leurs pieds, c'était un remous d'eau formidable... Aucun corps n'apparaissait à la surface... Ils avaient dû être immédiatement entraînés au fond de l'abîme, soit par un courant qui, du côté opposé à la brèche par où pénétrait le flot de la marée montante, se précipitait, tumultueux, dans la direction d'une autre caverne souterraine à laquelle il était naturellement impossible d'accéder.

Chantecoq se dit :

« En attendant, voici le mystère du « Trou du Souffleur » dissipé... Cette grotte servait d'entrée à ce passage secret que nous venons de parcourir et qui faisait communiquer, aux siècles passés, le vieux fortin avec la mer.

« De la côte, on y pénétrait à marée basse, et, pour en ressortir, on attendait que la marée haute se fût retirée.

« Maintenant, pourquoi les pauvres diables qui ont cherché à explorer le « Trou du Souffleur » n'en sont-ils jamais revenus ? C'est bien simple.

« Lorsque, profitant de ce que le flot était encore loin, ils s'engageaient dans la grotte et qu'ils arrivaient à cette fente qui donne accès au gouffre dans lequel nos deux ennemis viennent de piquer si malencontreusement une tête, ou bien un violent courant d'air éteignait leurs falots et, en tâtonnant dans l'obscurité, ils dégringolaient dans l'abîme, ou bien glissant sur le varech humide avant d'avoir pu se raccrocher à quelque aspérité de rocher, ils faisaient dans l'eau une culbute finale.

« Donc, les deux gaillards que je viens tout à l'heure, bien malgré moi, d'envoyer rejoindre les aventureux touristes, pêcheurs et autres qui avaient commis l'irréparable imprudence de chercher à violer ce secret de la nature, devaient être très au courant des dangers qu'ils couraient en s'aventurant dans un endroit aussi redoutable et ils avaient, par conséquent, pris toutes les précautions nécessaires, puisque, par deux fois, ils ont réussi à gagner Ker-Yvette sans encombre, la première pour s'y livrer aux exercices fantomatiques les plus variés, la la seconde pour enlever ce pauvre petit Jackie.

« Se croyant sûrs d'eux, ils ont voulu remettre cela une troisième fois, mais, là, ils sont tombés, non pas sur le bec de gaz que je n'étais pas sans redouter pour moi-même, car il ne faut jamais être trop sûr de soi, mais sur ma lampe électrique grâce à laquelle j'ai pu décharger sur chacun d'eux un coup de mon pistolet somnifère.

« Par exemple, je n'avais pas prévu qu'il existait au bas de cet escalier un ravin sans fond pour les recevoir... et il est certain qu'il eût beaucoup mieux valu que je les prisse vivants.

« Mais à quoi bon m'apitoyer sur ces deux immondes fripouilles qui ont déjà expié leur crime et d'autres avec... probablement... n'ai-je pas cette précieuse bague qui, mieux que tout, va me donner l'adresse du coupable que je recherche. »

Et, se retournant vers Météor, qui se tenait debout à ses côtés, regardant fixement la nappe d'eau bouillonnante sous les reflets des lampes que diffusaient les projecteurs des casques, le roi des détectives martela :

— Inutile de nous éterniser ici, nos deux bonshommes ont dû être entraînés sous la terre par le courant et il y a quatre-vingt-dix-neuf chances sur cent pour que, maintenant, nous ne les revoyions jamais.

« Le mieux est d'aller nous coucher...

Et il ajouta gaiement :

— Cette fois, mon petit Météor, passe le premier... C'est toi qui éclaireras la marche et c'est moi qui protégerai la retraite.

— Bien, patron.

Météor regagna l'escalier et le remonta lentement... Chantecoq jeta sur le gouffre un dernier regard...

La mer commençait à se retirer. La terrible symphonie adoucissait ses rudes accents.

Chantecoq s'élança sur les talons de son secrétaire... Tous deux firent l'ascension des marches et s'engagèrent dans le couloir.

Comme il approchait de l'entrée du puits, Météor, qui, étant donné l'abaissement du souterrain, avait dû, ainsi que son chef l'avait fait à l'aller, se mettre à plat ventre, eut un cri de surprise.

— Hé ! patron, lança-t-il à Chantecoq, qui était encore debout.

— Qu'est-ce qu'il se passe ? interrogea celui-ci.

— Quelque chose de pas ordinaire.

— Quoi donc ?

— On dirait qu'on a remis la plaque de tôle.

— Qu'est-ce que tu me chantes-là ?

— La vérité patron... Tenez, écoutez.

Météor frappa plusieurs coups de poing sur la plaque qui résonna.

— Ah ! ça par exemple, voilà qui est fort, s'exclamait le roi des détectives.

— C'est même renversant, ponctuait son secrétaire.

— Pousse le verrou !

— Il n'y en a pas.

— Alors, pousse !

— Il n'y a rien à faire, patron. On dirait que la plaque a été scellée dans la muraille.

— Oh ! oh ! grommela Chantecoq, voilà un incident auquel je ne m'attendais guère.

Et sans laisser apparaître la moindre déception, la plus petite inquiétude, il fit :

— En attendant, il s'agit de faire demi-tour par principe et de sortir d'ici par où les autres sont venus.

— Prenons garde, observait Météor, de ne pas faire comme eux et de ne pas piquer une tête dans la flotte.

— Il n'y a qu'à avoir le pied marin, déclarait le limier... et ça, je l'ai. Tu n'as qu'à me suivre et à poser tes pieds où je mettrai les miens, et tout ira à merveille.

Chantecoq et Météor reprirent donc le chemin qu'ils avaient parcouru une demi heure auparavant... Ils arrivèrent au gouffre sans la moindre difficulté.

La mer baissait de plus en plus.

La symphonie avait complètement cessé... Ils attendirent un moment que la brèche par où passait le flot fût entièrement dégagée... ils se glissèrent le long de l'abîme, sur une sorte de bordure naturelle que l'eau, à travers les siècles, avait taillée dans le roc...

Tout en marchant lentement, prudemment, les jambes solidement arcboutées, vérifiant chacun de leurs pas, grâce à la lumière que répandaient autour d'elles leurs lampes, dont les piles pouvaient encore fournir un assez long rayonnement, ils atteignirent leur objectif, et s'engagèrent sans hésitation dans la fente.

Celle-ci formait un couloir long d'une vingtaine de mètres qui allait en s'élargissant et dont l'extrémité donnait au milieu d'un amoncellement de rochers sur lesquels se brisaient encore quelques vagues déjà beaucoup moins fortes et dont quelques-unes étaient expirantes.

Chantecoq et Météor aussitôt qu'il avaient aperçu le reflet de la lune sur la mer, avaient éteint leurs lampes électriques ; car ils pouvaient supposer, logiquement, que les deux hommes qui les avaient attaqués tout à l'heure, avaient des compagnons qui les attendaient à l'entrée de la grotte. Ils continuèrent donc à s'avancer très prudemment, le doigt sur la détente de leur pistolet.

Ils traversèrent ainsi un espace sablonneux et rempli de flaques d'eau ; puis, ils arrivèrent au quai de la falaise, à l'endroit même où aboutissait un sentier qui conduisait à ce fameux « Trou du Souffleur » dont ils venaient de sortir.

Ils constatèrent qu'il n'y avait personne.

Chantecoq se dit :

— Si nous avions dû être attaqués, ce serait déjà fait. Nous n'avons donc qu'une chose à faire, réintégrer immédiatement Ker-Yvette.

Timidement Météor observait :

— C'est que nous n'avons pas les clefs.

— Eh bien, ponctuait le roi des détectives, il va falloir réveiller la nounou et encore elle va nous prendre pour des revenants et cela va plutôt faire mal dans le tableau.

— Ah çà ! Météor, reprenait Chantecoq, on dirait que les émotions que tu viens de traversé ont quelque peu tournibolé ta cervelle ! Voyons, tu as donc oublié que ton patron a toujours le pouvoir de rentrer où il veut, même lorsque les portes et les fenêtres sont hermétiquement closes et je t'assure qu'en admettant que tout soit fermé à Ker-Yvette, ce dont je ne suis pas bien sûr d'ailleurs, il me sera certainement beaucoup plus facile d'y pénétrer que dans le souterrain où nous venons de vivre une heure aussi intéressante !

Ils s'engagèrent dans le sentier qu'ils gravirent lestement, bien qu'il fut extrêmement abrupte et que la nuit furent plutôt obscure.

A deux cents mètres de là se dressait la villa Ker-Yvette. Aucune lumière ne brillait derrière les fenêtres.

— Ils ne sont pas encore rentrés, dit Chantecoq. J'aime mieux cela, d'ailleurs, car nous allons pouvoir être beaucoup plus tranquilles pour nous déshabiller et dresser le bilan de la journée.

— C'est égal, patron, reprenait Météor, je ne serais tout de même pas fâché de savoir qui a bien pu remettre la plaque de tôle devant l'entrée du souterrain. Ça, c'est plutôt « culotté » !

— En effet, reconnaissait Chantecoq, ce n'est pas trop mal travaillé. Il est évident que cela n'a pas été fait précisément pour favoriser nos recherches, mais au contraire pour les enrayer et peut-être même pour nous enrayer tout à fait.

« Il est hors de doute, à présent, que ces mystérieux gredins ont appris que je m'étais lancé à leur poursuite et malgré toutes les précautions que nous avions prises, ils nous ont repérés moi, sous les trais du valet de chambre Augustin et toi de la cuisinière Armandine.

— Pour cela, patron, observait Météor, il faut qu'ils aient eu des complicités dans la place.

— Naturellement !

— La nounou, parbleu !

— Oh ! n'allons pas si vite !

Et le détective martela :

— Ah ! si cela pouvait être, voilà qui simplifierait joliment les choses. Mais n'anticipons pas sur les événements. Ils se précipitent, d'ailleurs, d'une façon assez rapide et satisfaisante pour que nous n'ayons pas besoin de les devancer.

« Mais qu'est-ce que tu me disais donc déjà ?

Météor précisa :

— Vous disiez, patron, que nous avions dû être repérés ?

— C'est cela ! Le coup de la plaque de tôle est la preuve manifeste que l'on a voulu nous prendre comme dans une souricière, car ceux, celui ou celle qui ont réussi à la remettre en place étaient persuadés à coup sûr, que les deux gredins auxquels nous avons fait faire une si prodigieuse et définitive culbute allaient nous coincer et probablement nous faire subir le sort malencontreux que la fatalité, qu'est-ce que je dis ? la justice, leur a imposé beaucoup plus que nous-mêmes.

En devisant, Chantecoq et son secrétaire avaient atteint Ker-Yvette.

Tout semblait reposer dans la villa obscure et silencieuse.

Chantecoq ouvrit la barrière, pénétra dans le jardinet dont les tamaris encore à peine sortis de terre agitaient leurs branches frêles et menues, sous l'action d'une brise qui soufflait du large.

Tous deux gagnèrent la maison, Chantecoq n'eut qu'à pousser la porte pour qu'elle s'ouvrit ; il attendit un instant, l'oreille aux aguets ; il lui sembla entendre au premier étage des plaintes assez prononcées :

— Tiens, tiens, fit-il... à son secrétaire, tu entends ?

— Oui, patron... c'est sans doute le gosse qui est malade.

— Non, rectifia Chantecoq, ce n'est pas une voix d'enfant, mais de femme.

— Alors, la nounou ?

— C'est probable !

— Nous montons voir ?

— Ne t'emballe pas et laisse-moi faire.

Chantecoq et Météor montèrent à pas de loup l'escalier qui conduisait à l'étage supérieur. Notre détective s'en fut coller son oreille à la porte de la nursery ; puis, il écouta attentivement, les plaintes qui se poursuivaient, génantes, étouffées.

Il approcha son œil de la serrure :

— Oh ! oh ! grommela-t-il simplement. Il venait d'apercevoir, étendue sur son lit placé juste en face de la porte, la malheureuse Anne, bâillonnée et ligotée de telle sorte qu'elle ne pouvait plus faire un mouvement, ni proférer d'autres sons que ces plaintes lancinantes et désespérantes.

— Regarde à ton tour, dit Chantecoq à son secrétaire.

Météor obéit, puis il fit :

— Maintenant il n'y a pas de doute, cette malheureuse n'est certainement pas la complice de nos malfaiteurs !

Chantecoq haussa les épaules et reprit d'un ton acerbe, qui n'était guère dans ses habitudes :

— On ne peut tout de même pas la laisser comme ça ?

— D'autant plus, complétait Météor, qu'ils ont peut-être bien barboté le loupiot ?

— Ne dis donc pas de bêtises, répondit le détective avec une certaine nervosité. Grimpe vite dans la chambre te rhabiller en Armandine. Dès que tu seras prêt tu viendras me retrouver chez moi.

« Dépêche-toi, parce que je crois que si nous voulons nous coucher ce soir, pas trop tard, il va falloir en mettre un coup sérieux !

Météor ne se le fit pas dire deux fois.

Chantecoq n'avait pas même tourné le dos qu'il était déjà en haut de l'escalier. Alors, tout doucement, le limier chercha à ouvrir la porte de la nursery ; mais elle était fermée à clef ou au verrou, intérieurement. Il s'en fut alors vers la chambre de M. et Mme Lachesnaye, écouta et n'entendit rien. Il fit tourner la poignée de la porte. Celle-ci s'ouvrit sans difficulté. La chambre était vide ainsi qu'il l'avait prévu quelques instants auparavant. Les Lachesnaye n'étaient pas encore rentrés chez eux.

Se rappelant que lorsque, dans l'après-midi, la maîtresse de la maison lui avait fait faire le tour du propriétaire, il avait remarqué que le cabinet de toilette attenant à la chambre, communiquait directement avec la nursery, il se dit :

— Il est certain que les gens qui ont ligoté et bâillonné la nounou ont passé par là.

« Ce qui nous confirme une fois de plus qu'ils connaissent parfaitement la topographie de ces lieux.

La mauvaise humeur qu'il avait manifestée pendant un moment disparut comme par enchantement. Un sourire de satisfaction entr'ouvrit même ses lèvres et il se prit à grommeler :

— Allons, tout va bien ! Maintenant, je suis tranquille ; Anne est peut-être très mal à son aise ; mais tant pis pour elle, car je parierais bien un million contre cinquante centimes qu'elle ne doit pas avoir grand bobo !

Il repassa dans le couloir, monta jusqu'à sa chambre où il s'enferma.

Vingt minutes après, grâce à son habileté à se maquiller, il était redevenu un impeccable Augustin.

On heurtait légèrement sa porte. Une voix fluette annonçait :

— C'est moi, votre nièce ! Chantecoq s'en fut ouvrir.

C'était, en effet, Météor, qui, conformément aux ordres de son maître, avait reconstitué impeccablement son personnage de cuisinière.

— Maintenant, fit le limier, nous allons aller délivrer la nounou.

« Mais, bien que tu te sois montré, ce soir, un cordon bleu fort appréciable, maintenant, tu vas me laisser cuisiner tout seul cette laiterie ambulante.

— Bien, patron, et qu'est-ce que je vais faire ?

— Oh ! c'est bien simple ; tu vas descendre l'escalier, tu vas aller frapper à la porte d'Anne, elle ne te répondra naturellement que par des plaintes qui n'ont rien d'inédit, ni pour toi, ni pour moi. Alors, tu te mettras à hurler comme un putois :

« — Mon oncle ! mon oncle ! Au secours ! on a assassiné la nounou !...

« Je m'élancerai naturellement à ton appel, on enfoncera la porte.

— Puisqu'on peut passer par la chambre de M. et de Mme Lachesnaye, à quoi bon faire du dégat ?

— Fiche-moi la paix ! avec tes réflexions saugrenues... Si je te dis qu'on enfoncera la porte, c'est qu'il le faut.

« Alors, je me précipiterai vers la victime, tu continueras à pousser des cris rauques et inarticulés et tu n'auras à faire que ce que je te dirai.

— Quand devrai-je commencer ma sérénade ?

— Tout de suite, tu devrais déjà être en bas !

En bas, Météor y fut en moins de temps qu'il le faut pour le penser. Quelques secondes après, suivant son expression, il attaquait sa sérénade, conformément aux instructions qu'il venait de recevoir. Inutile de dire qu'elle fut très brillamment exécutée et que le programme de Chantecoq se déroula tel qu'il l'avait conçu.

Moins de deux minutes après, à la suite de plusieurs coups d'épaule qui prouvaient la parfaite robustesse de ses os et de sa musculature, Chantecoq faisait dans le panneau une brèche assez large pour y passer la main et pour ouvrir le verrou qui tenait la porte fermée.

Il pénétra dans la chambre. Le bébé sous l'influence de la potion que le docteur Le Bosser lui avait ordonné, reposait d'un sommeil lourd et profond.

La prévision plutôt fantaisiste de Météor ne s'était donc pas réalisée. Il s'approcha de la nounou qui dirigeait vers lui des yeux suppliants et encore angoissés, et, d'une voix tout apitoyée, il s'écria :

— Malheureuse, quels sont les bandits qui ont pu vous mettre dans un pareil état !

Anne ne répondit pas et pour cause... Le faux valet de chambre commença par lui enlever son bâillon. La pseudo « Armandine » qui était à trop bonne école pour ne pas bien jouer son rôle, gémissait :

— Ah ! mon oncle, mon oncle, c'est épouvantable... c'est épouvantable !...

Feignant d'être agacé par ces criailleries, Chantecoq ripostait :

— Au lieu de te lamenter stupidement, descends à la cuisine chercher du vinaigre...

— Oh ! non, mon oncle, je n'oserai jamais y aller toute seule.

Anne, dégagée de son bâillon, commençait à respirer un peu plus à l'aise et elle râlait :

— Qu'elle n'y aille pas ; cette fois, j'en suis sûre, c'est des revenants... c'est des revenants !...

Sa tête retomba sur l'oreiller, sans doute avait-elle perdu connaissance.

Chantecoq, en un tour de main, la débarrassa de ses liens qui, ainsi qu'il le constata avec un petit sourire sceptique n'avait pas été serrés outre mesure.

Puis, prenant de l'eau dans un pot à eau, il commença par en bassiner le front et les joues de la nourrice.

Comme elle persistait à ne pas revenir à

elle, Chantecoq fit signe à Météor de s'approcher et lui murmura quelques mots à l'oreille.

Un éclair de malice flamba dans les yeux de Météor qui s'éclipsa aussitôt, pour revenir deux minutes après avec un flacon bouché à l'émeri, qu'il remit à Chantecoq.

La fiole portait une étiquette sur laquelle étaient inscrits ces mots : alcali volatil.

Le roi des détectives déboucha le flacon dont il appuya le goulot sous les narines de la nounou qui eut un sursaut énorme, accompagné d'un cri perçant.

Elle se trouva subitement dressée sur son séant, éternuant à s'en fendre la tête.

Météor murmura :

— Bon Dieu, il va lui faire tourner son lait !

D'une voix entrecoupée, la nounou proférait :

— Monsieur Augustin !... Monsieur Augustin !... qu'est-ce que vous m'avez... fait respirer-là ?...

Imperturbablement, Chantecoq répliquait :

— Ce sont des sels qu'Armandine a trouvés dans la chambre de Madame.

La nourrice appréciait :

— Y a de quoi réveiller un mort avec ça...

— C'est ce qu'il faut ! affirmait Augustin avec gravité, car, des évanouissements dans le genre de celui qui vous avait terrassée sont toujours extrêmement dangereux, surtout pour une femme qui nourrit un bébé.

— En ce cas, monsieur Augustin, vous m'avez peut-être bien sauvé la vie ?...

— Je n'en sais rien, mais j'ai tout fait pour vous préserver d'un accident peut-être mortel !

— Vous êtes vraiment bien bon, m'sieu Augustin, sans vous qu'est-ce que je serais devenue ?...

— Ça va mieux ?

— Ça me pique encore dans le nez, puis dans les yeux, mais enfin, c'est supportable et je vous en remercie.

— Dans cinq minutes vous ne vous apercevrez plus de rien.

— Mon Dieu, quelle histoire ! s'écriait la nounou.

Puis, saisie d'une brusque crainte, elle demanda :

— Le petit est dans son berceau ?

— Oui, oui, rassurez-vous, déclarait Chantecoq, celui-là, les revenants ne l'ont pas emporté. Il ne l'ont sans doute pas trouvé assez beau pour cela !

— M'sieu et Madame, interrogeait Anne, est-ce qu'ils sont rentrés ?

— Pas encore.

— Alors, il n'est pas tard ?

— Vingt-trois heures à peine...

— Vingt-trois heures ?

— Oui ! Ah oui ! c'est juste, reprenait Chantecoq, j'oubliais que vous êtes fâchée avec le nouveau cadran. Vingt-trois heures, ça fait onze heures du soir...

— Alors, émettait Anna, ils sont donc venus plus tôt que d'habitude ?...

— Qui ça ? interrogeait le limier.

— Ben, les revenants...

— Ah ! reprenait Chantecoq en lançant un rapide coup d'œil à Armandine, vous êtes bien sûr que se sont des revenants ?

— Qui voulez-vous que ce soit ? ripostait la nourrice.

— Vous les avez vus ?...

— Je les ai vus...

— Combien y en avait-il ?

— Je ne les ai pas comptés, mais ils étaient au moins une bonne demi-douzaine...

— Quelles têtes avaient-ils ?

— Ils n'avaient pas de têtes, ils étaient enveloppés dans de grands draps blancs qu'ils agitaient avec leurs bras qu'on ne voyait pas et qui étaient plus longs que des têtes de loup... Vous savez bien, Augustin, ces balais avec lesquels on enlève les toiles d'araignées.

— Je ne sais pas s'ils avaient des bras, déclarait le limier, mais ils avaient sûrement des mains, puisqu'ils vous ont ligotée ?

— Ah ! j'en sais rien mon pauvre Augustin, aussitôt que je les ai vus m'entourer, danser autour de moi comme des canards vivants qu'on ferait sauter sur le feu dans une poêle à frire, je suis tombée faible... et puis, j'ai plus rien vu ni entendu de ce qui se passait autour de moi. C'est tout ce que je puis vous dire.

« Seulement j'ai bien soif... et vous seriez vraiment bien gentil si vous pouviez me donner un verre d'eau...

— Armandine... ordonnait Augustin.

— Mon oncle... répliquait aussitôt le secrétaire.

— Alors... tu n'as pas compris...

— Quoi donc ?...

— Tu vois bien que cette pauvre Anne meurt de soif...

— Je vais lui chercher un verre de vin...

— Ma foi, acceptait la nounou, ça voudra peut-être mieux que de l'eau. Je ne me sens pas bien solide et j'ai bien besoin d'être ravigotée !

La fausse Armandine qui paraissait être entièrement remise de sa frayeur, quitta la chambre.

— Ah mon bon Augustin, reprenait la nounou, que je vous remercie encore !

« Vrai, c'est à se demander si je vais rester dans cette maison, car, sûr qu'elle est hantée et, dame, les maisons hantées faut pas rire avec ça !...

— Pourtant, objectait le détective d'un ton volontairement naïf, vous m'aviez dit qu'avec de l'eau bénite on chassait les mauvais esprits. Vous m'aviez même ajouté que vous en aviez une bouteille et que vous alliez en répandre dans l'escalier.

— C'est ce que j'ai fait avant de me coucher, ripostait la nounou qui semblait avoir réponse à tout. Seulement, voilà : ce n'était pas de l'eau bénite. La fille de la mère Leport, au lieu d'aller en chercher à l'église de Quiberon à dû se contenter de me rapporter de l'eau de la fontaine.

— Ce doit être cela, approuvait le limier avec toutes les apparences d'une conviction sincère.

Armandine revenait, portant sur un plateau une bouteille de vin et un verre.

Chantecoq remplit le verre et tout en le tendant à la nounou, il fit :

— Buvez ! Pour le moment, cela vous réconfortera mieux que de l'eau, même bénite.

Anne ne se le fit pas dire deux fois... En quelques lampées, elle vida son verre.

— Un autre ?... proposait le détective, le plus sérieusement du monde.

— Non, ça suffit... refusait la nounou... Faut jamais abuser des bonnes choses...

— Maintenant, recommandait le faux Augustin, vous allez vous rendormir tranquillement... Nous allons attendre, pour nous coucher, ma nièce et moi, que nos patrons soient rentrés.

— Surtout, recommandait la nourrice, ne dites rien devant Madame.

Et tout en jetant un regard inquiet vers la porte enfoncée, elle ajouta :

— Comment allez-vous lui expliquer tous ces dégâts ?

Chantecoq répliquait :

— J'en ai pour dix minutes à remettre tout cela en place.

« Armandine, reste auprès d'Anna, pendant que je vais chercher les outils nécessaires.

Il s'en fut pour revenir quelques minutes après avec un marteau, des petits clous, un pot de colle forte et un pinceau qu'il avait découvert dans la buanderie, à côté d'un établi de menuisier.

Pendant qu'il se livrait avec adresse aux opérations nécessaires, Anne lui faisait observer :

— Vous auriez mieux fait de passer par la chambre de Monsieur et de Madame et par le cabinet de toilette.

Le roi des détectives, avec un aplomb imperturbable, répliquait :

— J'ai bien essayé, mais impossible.

— Pourquoi donc ?

— La porte de la chambre de Monsieur et Madame était fermée à clef.

Tandis que le limier lançait vers elle un regard oblique et attentif, Anne répliquait :

— Vous en êtes bien sûr ?

— Absolument.

— Ça m'étonne, car jamais Monsieur et Madame ne ferment leur porte à clef quand ils s'en vont.

— Ce soir ils avaient fait une exception, déclarait Chantecoq.

La nourrice que ce débat semblait avoir quelque peu troublée, malgré son peu d'importance apparente, reprenait :

— C'est drôle tout de même !

Chantecoq, tout en continuant à raccommoder le panneau, reprenait négligemment :

— Sans doute aviez-vous fermé aussi la porte qui fait communiquer le cabinet de toilette avec votre chambre.

Anne parut quelque peu interloquée par cette question... Elle hésitait à répondre.

Après quelques secondes de réflexion, elle se décida à dire :

— Ma foi, je ne me rappelle pas.

— C'est bien facile à vérifier, déclarait Météor, qui s'en fut vers la porte.

— La serrure est libre, fit-il, et le verrou n'a pas été poussé.

Anne, gênée, tentait d'expliquer :

— Je me souviens à présent. Madame m'avait recommandé, avant de sortir, de ne pas fermer cette porte, afin qu'en rentrant elle pût venir embrasser celui qu'elle prend pour son petit Jackie.

— Ah ! très bien, ponctua Chantecoq... tout s'éclaire... D'ailleurs, je ne sais pas pourquoi je vous demande cela... Et puis je me mêle de choses qui ne me regardent pas.

— Ne dites pas cela, mon bon Augustin, protestait la nourrice...

L'enfant, réveillé par le bruit des voix et des coups de marteau, cependant très légers, que le roi des détectives frappait sur les pointes, avec lesquelles il consolidait les voliges du panneau enfoncé, faisait entendre quelques cris.

— Voulez-vous me le passer ? demandait Anne à la fausse Armandine, car je ne me sens pas encore la force de me lever.

Météor répliquait :

— Ne vous tourmentez pas, je vais m'en occuper.

— S'il a faim, objectait la nourrice, ce n'est pas vous qui allez pouvoir lui donner à téter.

— Le fait est, reconnaissait Météor, en étouffant une formidable envie de rire, que cela me serait assez difficile... Moi je suis une vieille fille.

— Ne dites pas cela, se récriait Anne... Vous êtes très jeune au contraire. Ça se voit, non seulement à votre visage, mais à vos mouvements... et si vous vouliez vous marier, cela ne vous serait pas bien difficile.

— Oh ! moi, le mariage, j'en pince pas, répliquait dédaigneusement Météor...

— Cela a son bon et son mauvais côté, philosophait la nounou. Mais faut pas cracher dessus tout de même.

« Vous, j'en suis sûre, vous feriez une très bonne ménagère, une excellente mère de famille, et je suis sûre que vous rendriez un homme très heureux.

Météor, qui n'en pouvait plus, se gonfla les joues à se les faire éclater et s'asseyant à côté du gosse qui s'était mis à brailler résolument, — ce qui prouvait qu'il avait déjà récupéré quelques forces, — il se mit à le bercer tout en lui chantonnant d'une voix de fausset :

Fais dodo, Colin mon p'tit frère
Fais dodo t'auras du gâteau.

Le petit se tut bientôt... Chantecoq avait terminé son travail.

— Maintenant, fit-il, que tout est rentré dans l'ordre, nous allons vous dire bonsoir.

— C'est ça, mon bon Augustin.

— Tâchez de bien dormir.

— Et vous aussi, Armandine.

— Vous n'avez plus besoin de nous ?

— Non, merci.

Le détective et son secrétaire se retirèrent.

Une fois sur le palier, Chantecoq dit à Météor :

— Descendons à la cuisine, j'ai l'idée que nous allons y faire d'intéressantes découvertes.

Ils gagnèrent le sous-sol.

Lorsqu'ils eurent pénétré dans la cuisine, le limier dit à son collaborateur :

— Prépare-nous un bon café... Cela ne nous fera pas de mal... Au contraire.

— Patron, affirmait Météor, je vais vous soigner cela.

Tandis qu'il se livrait aux préparatifs méticuleux nécessités par la confection d'un moka parfait, Chantecoq, qui avait allumé partout l'électricité, commençait ses investigations.

Tout en se livrant aux plus minutieuses recherches qui ne devaient laisser aucun coin ni recoin inexploré, le roi des détectives raisonnait ainsi :

« Maintenant, j'en suis sûr, cette Anne est de mèche avec les ravisseurs de Jackie, et les événements qui viennent de se dérouler s'enchaînent et s'expliquent avec une logique et une clarté remarquables.

« Ainsi que je l'avais prévu, nos adversaires s'étant aperçus de la disparition de cette bague qui risquait mieux que de les compromettre, mais de les trahir, ont résolu de mettre tout en œuvre pour la récupérer.

« Ayant su d'autre part, et certainement par cette Anne qui avait dû surprendre quelques propos tenus par son maître, que je me trouvais à Ker-Yvette, sous un déguisement, en train de faire une enquête sur l'enlèvement du petit Jackie, ils auront résolu de faire d'une pierre deux coups, c'est-à-dire, tout en retrouvant la bague, de se débarrasser à tout jamais de moi, et de Météor par la même occasion.

« Pendant que nous étions en train de dîner ou de nous camoufler, Météor et moi, la Havraise aura introduit dans la maison un, deux ou trois, peu importe leur nombre, de nos adversaires.

« Elle les aura cachés quelque part, probablement dans la penderie, qui est située au fond du cabinet de toilette.

« Pour se manifester, ils auront attendu que nous fussions descendus dans le sous-sol... Au lieu de nous assassiner froidement, ce qui eût été évidemment presque aussi dangereux pour eux que pour nous, ils ont attendu que nous fussions engagés dans le couloir souterrain, et, convaincus que leurs copains, — qui devaient être en train de rechercher la bague dans le condnit où ils avaient dû pénétrer à marée basse par la brèche du « Trou du Souffleur », nous feraient, en douce, notre petite affaire, ils nous auront bouché notre retraite en replaçant devant l'entrée du conduit la plaque de tôle qu'ils avaient retrouvée dans la soute à charbon.

« Evidemment, ce n'était pas trop mal imaginé, mais ils avaient oublié que j'ai acquis au cours de ma déjà longue carrière une certaine expérience dans ce genre de sport qui s'appelle la police criminelle, et que, soit dit sans faux orgueil, si rusé et si dépourvu de scrupule que l'on puisse être, il faut tout de même compter un peu avec moi.

« Maintenant, que déduire de tout ceci?... Oh ! c'est bien simple !

« 1° Ainsi que je l'avais flairé, Anne est la complice des ravisseurs ;

« 2° Ceux-ci, — je ne parle pas des deux

qui trempent dans le « Trou du Souffleur », sans doute pour l'éternité, mais des autres, qui, il y a une heure ont cherché à nous couper la retraite, — pour dérouter les soupçons que la Havraise pouvait nous inspirer, se sont livrés à cette opération de bâillonnement et de ligotage qui manquait un peu de soin et de finesse dans son exécution...

« Ce n'est déjà pas mal... Mais il y a encore mieux... Eh ! oui, beaucoup mieux...

« Maintenant, l'énigme se débrouille, le mystère s'éclaircit.

« Cet après-midi, au cours de ses confidences, Anne m'a raconté une histoire qui, plus que jamais, doit fixer mon attention... c'est-à-dire celle de cette famille d'Américains, les Colmadge... où elle avait été en place et dont la fille avait épousé le frère de ce Wilbright, le voisin et l'ami intime des Lachesnaye.

« Résumons... c'est cela, résumons :

« Miss Colmadge est amoureuse d'un acteur de cinéma.

« Par la volonté de ses parents, elle est contrainte d'épouser le Wilbright en question, un noceur, un paillard, qui la rend très malheureuse... Ce qui ne l'empêche pas, d'ailleurs, de lui faire un enfant.

« La jeune femme meurt d'une embolie ou... d'autre chose, laissant un bébé qui a aujourd'hui six mois, c'est-à-dire l'âge du petit Jackie.

« Légalement, ce bébé doit hériter de la fortune des Colmadge qui, probablement et même certainement, doit être considérable.

« Supposons que cet enfant soit tombé gravement malade, qu'il ait été condamné par les médecins, qu'il n'ait plus que quelque temps à vivre comme celui qui dort en ce moment là-haut.

« Plus d'héritage... et le papa qui doit être au bout de son rouleau et compter pour vivre dans le présent et dans l'avenir sur les picaillons de ses beaux-parents, a très bien pu se dire :

« — Si mon fils vient à mourir, je suis à la côte... Pas de ça !... »

« Alors, pourquoi n'aurait-il pas imaginé de substituer à son bébé, si mal en point, un superbe poupon tel que le petit Jackie.

« Autre recoupement, ce Wilbright a un frère qui est le voisin, l'ami, le commensal des Lachesnaye et auquel ceux-ci ont accordé toute leur confiance, leur amitié, leur estime.

« Eh ! parbleu, cette histoire de revenants lancée par lui... Ce procès-verbal qui ne doit exister que dans son imagination est un faux qu'il a fabriqué de toutes pièces, tout cela a été inventé pour servir de prétexte aux événements qui se sont déroulés depuis quarante-huit heures à Ker-Yvette en vue de frapper de terreur les domestiques, sauf Anne, bien entendu, et de les forcer à déguerpir.

« Tout s'explique ainsi, y compris le coup du passage secret qui aura été repéré par le Wilbright d'ici... tout, enfin tout...

« Il n'y a plus qu'à savoir à qui a été vendue la bague que j'ai trouvée ce soir... Je le saurai demain, avant midi...

« Donc, inutile de nous fatiguer en recherches qui ne me donneraient rien de plus...

« Mon tableau de chasse est suffisant... Allons déguster l'excellent moka que ce précieux Météor a dû nous distiller. »

Et, rentrant à la cuisine, il lança à son secrétaire, qui était en train de faire passer son café :

— Mon garçon, je t'apporte une bonne nouvelle.

Météor se gonfla les joues :

— Tu sais, pousuivait le roi des détectives, que je ne bluffe jamais.

— Si je le sais !

— Eh bien, mon petit, martela le grand limier, je crois pouvoir t'affirmer qu'après-demain tu pourras recommencer à pêcher la crevette.

XI

OU CHANTECOQ NOUS DÉMONTRE QUE SON SAC A MALICES EST LOIN D'ÊTRE ÉPUISÉ

A peine le roi des détectives et son secrétaire avaient-ils absorbé leur café, qu'un bruit de pas dans le vestibule placé au-dessus de leur tête attirait leur attention.

Le limier fit aussitôt :

— Ce sont certainement les Lachesnaye qui rentrent. Toi, attends un peu et va te coucher ensuite discrètement, car j'imagine que demain la journée sera plutôt « gratinée » et que nous aurons besoin de toutes nos forces.

Ceci dit, Chantecoq escalada l'escalier et apparut dans le vestibule au moment où le jeune artiste et sa femme se préparaient à regagner leur chambre.

— Monsieur et Madame n'ont besoin de rien ? demanda le faux valet de chambre.

— Non, mon ami, je vous remercie, répliquait Yvette qui, toute souriante, semblait enchantée de la soirée qu'elle venait de passer chez Wilbright.

Et tout de suite elle ajouta avec une nuance d'inquiétude :

— Baby n'allait pas plus mal ?

— Ça, non, madame, au contraire, répliquait le détective avec une assurance merveilleuse... Il allait même beaucoup mieux et il s'est très bien endormi.

— Nounou a-t-elle bien dîné ?

— Elle a paru très satisfaite.

— C'est très bien. Bonsoir, Augustin. Vous n'auriez pas dû nous attendre.

— Oh ! madame, il n'est pas très tard.

Gaiement, Mme Lachesnaye lançait en atteignant la première marche :

— Croyez qu'ici surtout, nous n'avons pas l'habitude, mon mari et moi, de rentrer aussi tard.

Avant de lui emboîter le pas Lachesnaye dirigea vers le limier un coup d'œil interrogateur.

Tandis qu'Yvette continuait l'ascension de l'escalier, Chantecoq s'approcha du peintre et lui murmura à l'oreille :

— Tâchez, sous un prétexte quelconque, de venir me rejoindre tout à l'heure dans le studio.

Lachesnaye fit un geste d'acquiescement et rejoignit sa femme au moment où elle pénétrait dans sa chambre.

— J'ai envie d'aller embrasser baby fit-elle.

— Non, chérie, ne fais pas cela.

— Pourquoi ?

— Tu risquerais de le réveiller, et puisque Augustin t'a dit qu'il allait mieux...

— Tu as raison.

Ils se déshabillèrent.

Lorsque Jean fut en pyjama, il s'exclama :

— Ça ne t'ennuie pas que je lise un peu ?

— Pas du tout, répliquait la jeune femme... d'autant plus que j'ai l'intention d'en faire autant... Je n'ai pas du tout envie de dormir.

— Le fait est que Wilbright nous a fait boire un petit peu trop de champagne...

— A un moment, la tête commençait à me tourner... Heureusement qu'il a eu l'idée de nous faire faire un petit tour sur la côte, sans cela je crois que pour rentrer j'aurais dû demander le secours de ton bras.

— Alors, fit Jean, je vais descendre chercher des bouquins dans l'atelier.

— Tâche de me trouver quelque chose d'intéressant...

— Un roman ?

— Non, des mémoires historiques... Ceux de Mme Campan, la première femme de chambre de Marie-Antoinette.

— C'est entendu. Mais je me demande, par exemple, où j'ai pu les fourrer.

Jean s'en fut en chantonnant, dissimulant ainsi le désir anxieux qu'il avait d'entendre ce que Chantecoq avait certainement d'important à lui dire. Il trouva le détective dans le studio.

Avec sa netteté habituelle, celui-ci attaqua :

— Je commence par vous dire, cher monsieur, que tout marche admirablement, même beaucoup mieux et plus vite que je ne l'eusse espéré.

« Permettez-moi cependant de ne rien vous dire encore, d'abord parce que ce serait extrêmement long et que votre absence pourrait sinon inquiéter, tout au moins troubler Mme Lachesnaye, puis parce que je n'aime pas vendre la peau de l'ours avant que la bête ne soit tout à fait à terre.

« Or, si l'ours a reçu quelques balles dans la peau, il court encore... et c'est ou mort ou bien muselé que j'entends vous le présenter. Je me contenterai donc de vous poser une simple question.

— Dites, je vous en prie !

— Comment votre nourrice est-elle entrée chez vous ? Est-ce par l'intermédiaire d'un bureau de placement ou bien par recommandation ?

Cette demande parut interloquer vivement le jeune artiste, car il fit aussitôt :

— Ah çà ! est-ce que vous soupçonneriez Anne ?...

Le roi des détectives interrompait :

— Je vous en supplie, cher monsieur, ne m'interrogez pas ! Je ne pourrais pas vous répondre, parce que cela m'est interdit.

Chantecoq avait parlé avec un tel accent d'autorité bienveillante, que Lachesnaye ne jugea pas utile d'insister, et, tout de suite, il reprit :

— Anne nous a été recommandée par notre ami Wilbright.

— Très bien, cher monsieur, je vous remercie.

« Maintenant, je vais pouvoir faire un somme jusqu'à demain, car je ne puis que vous répéter ce que je viens de vous dire à l'instant même : tout marche admirablement bien.

Lachesnaye, dominé par l'ascendant irrésistible que le roi des détectives exerçait toujours sur ceux auxquels il avait affaire, lui tendit spontanément la main, tout en disant :

— Je n'ajouterai qu'une chose, monsieur Chantecoq, c'est que ma confiance en vous est tellement grande que, moi aussi, pour la première fois depuis quarante-huit heures, je vais pouvoir dormir tranquille.

Chantecoq se retira le premier ; le jeune peintre prit dans une bibliothèque deux livres, dont celui que sa femme lui avait réclamé, et il regagna son appartement.

La nuit se passa sans incident. Le lendemain matin, ainsi qu'il l'avait demandé la veille à leur nouveau valet de chambre, M. et Mme Lachesnaye trouvèrent leur petit déjeuner prêt dans le studio à l'heure dite.

Yvette observa que, tout en les servant, Augustin avait un air plutôt embarrassé. Son visage reflétait même une certaine tristesse. Lorsqu'il fut sorti, elle dit à son mari :

— Tu n'as pas remarqué qu'Augustin semblait soucieux, préoccupé ? Peut-être ne se plaît-il pas à la maison ?

— Cela m'étonnerait, répliqua Jean, ; en tout cas, je peux le lui demander.

Comme Chantecoq reparaissait, Lachesnaye lui demanda, jouant lui aussi son rôle, qui consistait à tout dissimuler à sa femme d'une vérité qui risquait de la frapper d'un coup peut-être irrémédiable :

— Dites-moi, mon garçon, vous n'avez pas l'air satisfait ?

— Oh ! mais si, monsieur, répliquait le détective.

— Alors, qu'avez-vous ? insistait Yvette. Hier soir, vous me paraissiez très content, et aujourd'hui vous faites une figure qui donnerait à penser que vous vous déplaisez ici.

— Oh ! pas du tout, madame, protestait le

limier, bien au contraire ; je disais tout à l'heure à ma nièce que vraiment nous avions eu de la chance que M. le docteur Le Bosser voulût bien nous recommander à vous.

— Alors, je ne comprends pas, scandait le peintre.

— Moi non plus, appuyait la jeune femme.

Chantecoq reprenait :

— Je ne voulais pas le dire à Monsieur, ni à Madame, parce que je suis si nouveau dans la maison, et je ne voudrais pas qu'ils aient déjà de moi une mauvaise impression, mais j'ai reçu tout à l'heure un télégramme qui m'a annoncé que ma sœur, qui habite Nantes, est très gravement malade et qu'on désespère même de la sauver.

— Pauvre garçon, plaignait Yvette.

Lachesnaye, qui avait deviné les intentions du détective, reprenait :

— Cette sœur est bien la mère d'Armandine ?

— Oui, monsieur ! Même que je n'ai pas encore osé lui annoncer cette mauvaise nouvelle ; car la pauvre petite va avoir bien du chagrin, surtout si elle ne peut pas voir et embrasser sa mère avant qu'elle ne s'en aille pour toujours.

Chantecoq avait prononcé ces derniers mots avec un tremblement dans la voix, qui acheva d'émotionner Yvette, dont l'excellent cœur était toujours prêt à s'apitoyer sur les chagrins des autres.

Et elle fit :

— Il faut partir tout de suite, tous les deux... Dans des cas pareils, il n'y a pas d'hésitation possible.

— Oh ! madame, s'écriait Chantecoq, vous êtes vraiment trop bonne ; mais je ne voudrais pas laisser Monsieur et Madame dans l'embarras, surtout le lendemain du jour où nous sommes entrés à leur service.

— Madame a raison, intervenait Lachesnaye. Vous devez avoir un train qui part de Quiberon, je crois, vers une heure, et vous n'aurez qu'à le prendre, il vous emmènera à Auray, et là, vous trouverez un express qui vous conduira à Nantes. Je crois qu'il ne marche pas très vite, mais vous arriverez tout de même plutôt à destination que si vous attendiez le rapide du soir.

Le faux Augustin se confondait :

— Je ne sais vraiment trop comment remercier Monsieur et Madame de leur bonté.

« Si Monsieur et Madame le veulent bien, dès que ce sera fini là-bas, nous reviendrons tout de suite. Mais, en attendant, je suis bien ennuyé, car je me demande comment Monsieur et Madame vont faire pour se débrouiller pendant notre absence.

— Ne vous inquiétez pas, mon ami, déclara Yvette, nous nous tirerons toujours d'affaire.

« Maintenant, allez apprendre, avec tous les ménagements possibles, la triste vérité à votre nièce, et dites-lui bien que nous prenons une part très vive à sa peine.

Lachesnaye ajouta :

— Je suis obligé d'aller à Quiberon dans une heure avec l'auto. Tenez-vous prêts, Armandine et vous, afin que je vous emmène.

— Monsieur est vraiment bien aimable.

— Je doute que je trouve ici quelqu'un pour vous conduire. Par ce beau temps, Jean-Marie doit être à la pêche.

Chantecoq reprenait :

— Monsieur est véritablement trop aimable. Ça nous évitera, en effet, à Armandine et à moi, une longue course à pied par ce soleil. Nous mangerons un morceau sur le pouce, et comme cela nous serons sûrs de ne pas manquer notre train.

Chantecoq s'en fut, enchanté d'être aussi bien compris et secondé par Lachesnaye.

En effet, il avait hâte de quitter le plus tôt possible Ker-Yvette, afin de se livrer à certaines opérations policières qu'il avait ruminées, qui, selon lui, devaient le conduire au succès final.

Une heure après, il revenait dans le studie, flanqué d'Armandine, dont les yeux, consciencieusement frottés avec des oignons, versaient beaucoup de larmes.

Mme Lachesnaye, qui les attendait, leur prodigua des paroles de consolation jusqu'au moment où son mari apparut en costume de sport, et dit aux pseudo-domestiques, qui tenaient à la main la valise avec laquelle ils étaient arrivés la veille :

— Nous partons.

Chantecoq n'avait jamais menti avec plus de plaisir, puisque ce travestissement de la vérité, non seulement était indispensable à la réussite de l'affaire, mais encore à la tranquillité morale de cette pauvre mère, de de cette exquise femme dont il ne fallait à aucun prix troubler la touchante illusion.

Fignolant jusqu'au bout son rôle, il crut devoir ajouter :

— Ma nièce et moi, nous avons laissé là-haut toutes nos affaires dans une malle, pour quand nous reviendrons, puisque Monsieur et Madame veulent bien nous conserver à leur service... Madame pourra voir que tout est bien en ordre.

— J'en suis sûr, Augustin.

— Alors, au revoir, madame !

Météor-Armandine, étouffant ses sanglots, balbutia deux ou trois paroles inintelligibles, et elle s'en fut, au bras de son oncle, s'installer dans la voiture, où elle s'effondra avec toutes les apparences d'un désespoir que rien ne peut apaiser.

Lachesnaye, qui conduisait fort bien, prit le volant. La voiture s'éloigna dans la direction de Kerné, d'où elle gagna la grande route qui conduit à Quiberon.

En chemin, Chantecoq dit à Lachesnaye :

— Vous m'avez admirablement compris, et vous m'avez singulièrement facilité les choses.

— Où dois-je vous conduire ? interrogeait le jeune artiste.

— A Quiberon, où j'ai un coup de téléphone à demander pour Paris ; ensuite, je vous prierai de me déposer à deux ou trois cents mètres du village de Kerhostin. Vous pourrez ensuite retourner chez vous, attendre les événements avec sérénité, car vous ne tarderez pas à avoir de mes nouvelles.

Lachesnaye, qui ne pouvait faire moins que de partager l'optimisme admirable du grand détective, reprenait :

— Véritablement, c'est pour moi une chance inespérée que vous soyez venu villégiaturer dans ce beau pays, et, surtout, que mon ami Le Bosser ait été le vôtre.

— En tout cas, déclarait Chantecoq, c'est pour moi, je vous l'assure, une joie profonde de vous rendre un bonheur dont votre femme et vous êtes si parfaitement dignes.

Filant à belle allure, l'auto arriva promptement à Quiberon et stoppa devant le bureau de poste, qui se trouve à l'entrée de la ville.

— Je crois que cela va demander un certain temps, fit Chantecoq, car il faut que je téléphone à Paris.

« Pendant ce temps, si vous avez des emplettes à faire, profitez-en. Ce coup de téléphone est extrêmement important, et doit, selon moi, confirmer matériellement une certitude que j'ai déjà dans l'esprit, et je serais très heureux si je pouvais vous déclarer tout à l'heure que je ne me suis pas trompé.

— C'est entendu, monsieur Chantecoq, acquiesçait le peintre, je vais aller faire mon marché et je reviendrai ensuite ici.

Chantecoq pénétra dans le bureau de poste avec Météor. Il s'en fut au guichet du téléphone et demanda une communication pour Paris.

Ce jour-là, la ligne n'était pas trop chargée. Il l'obtint au bout d'une demi-heure environ.

C'était au bijoutier Logeron, qu'il téléphonait, afin de lui demander à qui appartenait la bague qu'il avait trouvée la nuit précédente dans le couloir souterrain.

M. Logeron, qui, au nom de Chantecoq,

était venu immédiatement à l'appareil, lui déclara, sans se faire prier le moins du monde, que cette bague avait été achetée chez lui, dix-huit mois auparavant, par une Américaine nommée miss Colmadge, qui avait dû l'offrir à son fiancé, M. Douglas Wilbright...

Chantecoq, radieux, remercia chaleureusement son aimable correspondant et revint triomphalement vers Météor, auquel il dit simplement :

— Victoire ! Je ne m'étais pas trompé... Maintenant, nous allons commencer à rire.

Lachesnaye revenait quelques instants après. Chantecoq et Météor remontaient en voiture, et le détective confia à l'artiste :

— Le coup de téléphone que je viens de donner à Paris a tout confirmé. Demain, aujourd'hui peut-être, nous saurons ce qu'est devenu votre petit Jackie ; quoi qu'il en soit, d'ores et déjà, je vous garantis de la façon la plus absolue qu'on ne lui a fait aucun mal.

« Maintenant, je vais vous demander de bien vouloir nous ramener, mon secrétaire et moi, jusqu'à mi-route de Saint-Pierre et de Kerbostin, car je vais entrer dans la période active de mes recherches.

Lachesnaye fit aussitôt ce que le détective lui demandait. Quelques minutes après, il arrêtait son auto à l'endroit désigné.

Après avoir échangé avec lui une cordiale poignée de main, le détective et son secrétaire descendaient de voiture et gagnaient, par un chemin de traverse, leur villa, où Gautrais et Marie-Jeanne étaient bien loin de les attendre si tôt.

Inutile de dire que, suivant les instructions du détective, le mannequin qui le représentait était toujours couché dans son lit, et que Gautrais, suivant le mot d'ordre, s'était arrangé de telle sorte qu'il fût aperçu par deux ou trois personnes du pays.

Immédiatement, Chantecoq dit :

— Tu vas tout de suite dire à Marie-Jeanne de nous faire un bon déjeuner, que l'on nous servira, non pas dans la salle, mais dans la chambre de Météor.

« Après quoi, tu partiras immédiatement pour le village de Kerné. Tu prendras la moto de Météor. Tu t'en iras sonner à la villa de l'Américain nommé Wilbright ; tu raconteras au domestique qui t'ouvrira que ton patron, M. Chantecoq, est très malade, que tu cherches partout le docteur Le Bosser, qu'on t'a dit qu'il était chez M. Wilbright et que tu lui demandes de passer le plus tôt ici. Si, par hasard, le docteur était là, car tout arrive, tu le laisserais venir tranquillement sur sa bécane, mais tu lui dirais que je l'invite à déjeuner, car j'ai beaucoup de choses à lui dire.

— C'est compris, patron, répliquait Gautrais.

Et il s'en fut exécuter les ordres de son maître.

Chantecoq continuait :

— Quant à toi, Météor, tu vas reprendre ta figure habituelle et tu t'arrangeras de façon à faire savoir dans le pays et aux alentours que tu es revenu de randonnée ce matin et que tu m'as trouvé très malade et que tu es très inquiet, car j'ai beaucoup de fièvre.

— Bien patron.

— Un mot encore : est-ce que dans notre garde-robe tu as apporté la défroque de missionnaire ?

— Oui, patron, celle qui va avec la grande barbe grise et la perruque au crâne dénudé ?

— Parfaitement. Tu vas me la préparer pour quelques heures, je rentre dans les ordres.

— Patron, dans un quart d'heure tout sera prêt.

— Je n'en ai besoin que dans une heure. Aussi, tu as tout ton temps pour changer de sexe et de vêtements. Moi, je m'en vais me déshabiller et préparer mon travail de l'après-midi.

Il passa dans son cabinet de travail, et,

quelques minutes après, revêtu d'un pyjama, il était redevenu un Chantecoq en chair et en os.

S'étendant sur une chaise longue en osier, il se mit à bourrer sa pipe, et, l'ayant allumée, il grommela, tout en aspirant quelques bouffées :

— Maintenant, renfermons-nous dans notre cabinet de travail.

Fermant à demi les yeux, il se plongea dans ses réflexions, qu'il entrecoupait de temps en temps par ces phrases :

« Evidemment, il doit être au courant de tout, mais comment le faire parler ?

« Ça ne va pas être commode. Pourtant, cela me ferait gagner joliment du temps ; enfin, on en a vu d'autres, et on en verra d'autres encore.

« Somme toute, je suis placé sur un excellent terrain. Oui, mais voilà... il s'agit d'attacher le grelot, et ensuite de le faire sonner.

« Allons, mon vieux Chantecoq, réfléchis encore, tu vas trouver, et puis, si tu ne trouves pas, une fois que tu seras en contact avec l'ennemi, ah ! je suis bien tranquille... Le Saint-Esprit viendra te visiter et répandre sur toi ses lumières, comme si tu étais un des douzes apôtres. »

Il réfléchit encore, mais cette fois en silence, puis, se redressant tout à coup, juste au moment où sa pipe venait de s'éteindre, il s'écria :

— Cette fois, ça y est, il n'y a pas à tergiverser ; avec des cocos pareils, tous les moyens sont permis et même ordonnés.

« Vraiment, je ne sais pas pourquoi on prend tant de ménagements avec la crapule, quand la crapule en prend si peu avec les honnêtes gens.

« Ah ! fumons encore une bonne pipe. Décidément, il n'y a rien de tel pour me surexciter les méninges et galvaniser mon imagination.

Son second calumet terminé, il allait retourner dans sa chambre, lorsque Météor apparut, portant sous son bras une soutane et un chapeau d'ecclésiastique, et tenant d'une main une paire de gros souliers ferrés et de l'autre une boîte en carton, assez volumineuse.

Il déposa le tout sur des chaises, et il s'enquéra :

— Alors, patron, est-ce que je peux maintenant aller faire un tour dans le village ?

— Mais certainement, et surtout tâche d'avoir l'air bien inquiet.

— Est-ce qu'il faut que je frotte encore les yeux avec des oignons ?

— Ah ! non, n'exagérons rien !

— Patron, excusez-moi...

— Et tâche aussi de savoir comment il se fait que les douaniers ne sont pas venus l'autre soir à Ker-Yvette.

— Bien, patron !

Il s'éclipsa.

Pendant ce temps, Gautrais était parti sur la moto du secrétaire. Dix minutes après, il atteignait la villa de l'Américain. Il sonna à la porte. Le valet de chambre Harold s'en vint lui ouvrir. Aussitôt, Gautrais, qui avait déposé sa machine contre le mur, fit, en enlevant poliment sa casquette :

— Je suis le valet de chambre de M. Chantecoq, et je viens vous demander si M. le docteur Le Bosser n'est pas ici.

— Pourquoi ? interrogeait Harold.

— J'allais vous le dire, répliquait Gautrais, qui avait su donner à son visage une expression de réelle inquiétude.

Et il fit aussitôt :

— Mon patron a été pris ce matin d'une fièvre très violente. Il se plaint d'un violent point de côté. Il a très mal à la tête. Il tousse. Enfin, il a l'air bien malade.

« A Quiberon, on m'a dit que le docteur devait visiter ce matin M. Wilbright. Alors, je suis venu, car le cas est vraiment pressant et il y a sûrement quelque chose à faire tout de suite. Excusez-moi de vous avoir dérangé.

— Mais c'est tout naturel, répliquait Harold, avec un accent américain assez prononcé.

Et il poursuivit, fort courtoisement d'ailleurs :

— A Quiberon, on vous a bien renseigné ; M. le docteur Le Bosser est, en effet, passé voir M. Wilbright, qui avait eu une petite rechute dans la nuit ; mais il est parti il y a environ un quart d'heure.

Gautrais eut un geste de dépit.

Harold reprenait :

— Rassurez-vous, il ne doit pas être bien loin. Je crois que vous le trouverez chez la mère Leport, dont la fille a eu hier un accident en allant chercher du goémon sur la côte. Il paraît qu'elle s'est donné une entorse.

Gautrais, qui ne songeait d'ailleurs nullement à s'apitoyer sur le sort de la blessée, non pas qu'il fût inhumain, mais parce qu'il était très pressé, remercia vivement le valet de chambre de Wilbright, avec beaucoup d'effusion, et il demanda :

— Pourriez-vous être assez aimable pour me dire où se trouve la maison de Mme Leport ?

— On la voit d'ici, fit Harold, en indiquant une petite demeure de pêcheur, composée d'un rez-de-chaussée, aux murs crépis en blanc, et d'un toit aux ardoises très bleues, qui se trouvait seule à l'entrée du village, au milieu d'un champ de pommes de terre.

Gautrais prit sa motocyclette, et, jugeant inutile de l'enfourcher pour un si court trajet, il la poussa à la main, et gagna, par un sentier très étroit, la chaumière que Harold venait de lui montrer.

Le docteur Le Bosser, en effet, était en train de bander la cheville de la jeune Bretonne, qui, très dure au mal, comme toutes les femmes de la côte, ne faisait même pas entendre une plainte, et, avec un héroïsme naïf, se contentait de dire :

— Est-ce que vous pensez, monsieur le docteur, que je pourrai bientôt reprendre mon travail ?

Le Bosser lui répondait :

— Il faut compter au moins une quinzaine...

Cette fois, la pauvre fille fit entendre un gémissement qui se prolongea par ces mots :

— Quinze jours sans rien faire. Ah ! là ! là ! si je pouvais marcher, je m'en irais me jeter dans la mer... Comme ça, ce serait ben plus vite fini...

— En effet, reprenait le médecin ; seulement, ça serait une solution un peu trop radicale.

Et se tournant vers la vieille, qui commençait à invoquer tous les saints de la Bretagne, que Dieu lui-même n'a jamais dû réussir à compter, M. Le Bosser grommela :

— Allons, allons !... ne vous faites donc pas de mauvais sang comme ça !...

Mme Leport larmoyait :

— Qu'est-ce qu'on va manger pendant ce temps-là, mon bon m'sieu ? On n'a pas le sou à la maison, et, c't'année, les pommes de terre n'ont pas donné !

— Je vous vois venir, répliquait Le Bosser, vous me racontez tout cela pour que je ne vous envoie pas ma note.

— Sûr que je serais ben en peine de vous payer, puisque je dois vingt-cinq francs à mon boulanger.

— Ah ! vous devez vingt-cinq francs à votre boulanger ! s'écriait Le Bosser, sur un ton de sévérité comique. Ce n'est pas bien de faire des dettes comme ça.

— Surtout, dénonçait la fille, qu'elle trouve toujours des sous pour acheter de la goutte.

— La goutte ! grommelait la vieille. C'est pas pour rien qu'on l'a appelée de l'eau-de-vie, et si j'en bois, c'est pasque j'veux point encor mourir.

— Allons, rassurez-vous, reprenait le médecin, avec bonhomie, je ne vous demanderai rien.

Et, tirant de sa poche un portefeuille, il en sortit quelques billets en disant :

— Voilà vingt-cinq francs pour payer le boulanger ; seulement, ne vous avisez pas de les employer à acheter de l'alcool, parce que, alors, moi, quand vous serez malade, je refuserais de vous soigner.

Le docteur Le Bosser s'en fut, accompagné par les remerciements de la fille et les bénédictions de la vieille.

Dehors, il rencontra Gautrais, qui guettait sa sortie avec grande impatience.

Tout de suite, le domestique de Chantecoq dit au docteur :

— Monsieur Chantecoq est rentré à sa villa, et il voudrait bien vous voir. Il m'a chargé de vous inviter à déjeuner. Tout ce que je puis vous dire, c'est qu'il en a long à vous raconter.

Le médecin répliquait :

— J'ai encore quelques visites à faire ; mais retournez tout de suite. Je serai à midi sonnant chez lui.

— Je vous remercie, monsieur Le Bosser. Encore un mot, s'il vous plaît ?

— Parlez, mon ami.

— Si quelqu'un vous demandait des nouvelles de M. Chantecoq, de dire à ces personnes que je suis venu vous chercher parce que mon patron avait attrapé un refroidissement et qu'il était gravement malade.

— C'est entendu.

Le Bosser enfourcha sa bécane, et Gautrais grimpa sur sa moto pour s'en aller retrouver son maître, qui le félicita sur la vélocité et l'intelligence avec laquelle il s'était acquitté de sa mission. Puis il demanda :

— Tu n'as pas vu, ni même aperçu le sieur Wilbright ?

— Non, patron.

— Ce domestique, quelle tête a-t-il ?

— Au premier abord, il a l'air un peu niquedouille... Pardonnez-moi l'expression, je veux dire...

— Inutile de traduire, j'ai compris.

— Mais quand on le détaille un peu, ça doit vous être une lame d'autant plus dangereuse qu'on ne se méfie pas d'elle.

— Solide ?

— Oui, assez musclé. Mais pas de taille avec vous, m'sieu Chantecoq...

— Maintenant, va vite retrouver Marie-Jeanne, et dis-lui que le docteur Le Bosser déjeune avec nous et qu'elle soigne tout particulièrement le déjeuner.

« Pour ne pas perdre de temps, je vais aller revêtir mon vêtement d'ecclésiastique, sous lequel je vais poursuivre la dernière phase de mon enquête.

Ainsi qu'il l'avait annoncé, le docteur Le Bosser, à midi tapant, arrivait à la villa de Chantecoq. Météor, qui le guettait, le fit tout de suite monter dans la chambre où le couvert avait été dressé, pour la raison bien simple que, de là, il était impossible de voir de l'extérieur ce qui s'y passait.

A l'aspect du vieux missionnaire, qui, assis dans un fauteuil, fumait une énorme bouffarde, tout en sirotant un verre de porto de première qualité, ce bon docteur, bien qu'il se doutât qu'il avait devant lui le roi des détectives, ne put réprimer une exclamation de surprise, tant son ami avait su incarner de la façon la plus vivante ce nouveau personnage qu'il avait choisi pour des raisons connues de lui seul, et qui ne pouvaient pas manquer d'être très sérieuses.

Chantecoq l'accueillit tout de suite avec sa cordialité habituelle, et versa lui-même un verre de porto à ce brave docteur, auquel ce dernier, bien qu'il l'interdît absolument à tous ses clients, s'empressa de faire un sort ; puis, on se mit à table, et, tout en dégustant la cuisine de Marie-Jeanne, qui était évidemment de qualité supérieure à celle de l'éphémère Armandine, Chantecoq raconta au docteur Le Bosser, littéralement émerveillé, tout ce qui s'était passé au cours de la nuit précédente à la villa Ker-Yvette.

Lorsqu'il eut terminé, le grand limier fit, d'un air légitimement satisfait :

— Eh bien, mon bon ami, je crois que voilà du bon travail.

— C'est tout simplement ébouriffant, s'extasiait Le Bosser.

— Et quelle conclusion en tirez-vous? interrogeait le détective avec un malicieux sourire.

— Elle est très simple ; c'est que Wilbright, le voisin des Lachesnaye, a servi à son frère d'indicateur pour l'enlèvement du petit Jackie.

— En effet, approuvait Chantecoq, cela saute aux yeux. Il ne me reste donc plus qu'à faire avouer à ce gredin toute la vérité et principalement à le contraindre à me révéler l'endroit où l'on a caché le pauvre petit gosse.

— Pour vous, observait le médecin, cela sera un jeu d'enfant.

— Eh ! eh !... s'écriait le roi des détectives, en hochant la tête, ce ne sera peut-être pas si facile que cela... En tout cas, ce Wilbright a tout l'air d'un dangereux coquin, doublé d'un très habile homme, et il ne se laissera sûrement pas tirer les vers du nez aussi facilement que vous semblez le croire.

« Aussi, sans vous demander, puisqu'il est votre client, de trahir le secret professionnel, je vous serais néanmoins très reconnaissant si vous pouviez me donner certains renseignements sur ses habitudes, par exemple, ou ses relations, sur ce que vous savez de son passé, etc..., etc..., enfin tout ce que vous jugerez capable de m'être utile.

— Mon cher ami, répliquait Le Bosser, vous savez à quel point je suis toujours désireux de vous être agréable.

— Oui, je le sais, et vous me l'avez prouvé.

— Eh bien, je crains, dans cette occasion, que je ne vous sois pas d'un grand secours.

« Les habitudes de Wilbright? Elles sont celles d'un célibataire qui vit seul avec ses domestiques, en même temps que celles d'un artiste, plus amateur d'ailleurs que professionnel, et qui ne semble nullement doué du feu sacré qui anime, par exemple, le jeune Lachesnaye.

« Je crois cependant qu'il aime beaucoup le whisky et autres liqueurs fortes ; car, lorsque l'on va chez lui, je le trouve presque toujours en train de déguster une de ces boissons qui lui sont favorites et dont, d'ailleurs, il vous force, si vous ne voulez pas lui déplaire, à ingurgiter un verre, et, si vous voulez lui faire plaisir, à en avaler plusieurs.

— Ceci est très intéressant, notait Chantecoq au passage.

— Quant à ses relations, reprenait le docteur, je ne lui en connais pour ainsi dire pas. Je sais que l'hiver dernier, à la Noël, il avait amené chez lui plusieurs personnes de Paris pour réveillonner.

— Ah ! oui, fait Chantecoq, le coup des revenants.

— Mais je dois vous dire que ses invités ont quitté le pays le lendemain, et que nul, ici, n'a eu l'occasion de leur adresser la parole.

« Quant à son passé, je n'en ai appris que ce que m'a raconté Lachesnaye, et ce qu'il a pu vous dire lui-même. Je dois vous dire que j'ignorais qu'il eût un frère, et je crois que Lachesnaye doit être dans le même cas que moi.

Chantecoq reprenait :

— Inutile, mon cher docteur, de vous creuser davantage la cervelle ; maintenant, je suis tranquille. Du moment que Wilbright aime l'alcool, tout va bien.

« Cependant, j'ai encore une question à vous poser.

— Je vous en prie !

— Je ne vous ennuie pas trop ?

— Non, jamais.

— Wilbright a à son service un valet de chambre et une cuisinière?

— C'est cela même.

— Etes-vous à même de me donner quelques tuyaux sur eux?

— Mon Dieu, oui. Harold est Américain. J'ai entendu Wilbright répéter à plusieurs reprises, devant moi, que ce garçon était depuis plusieurs années à son service et qu'il le considérait comme le modèle des serviteurs.

« Quant à la cuisinière, c'est une femme du pays, une veuve de marin, qui bénéficie d'une bonne réputation et que je crois incapable d'une mauvaise action.

— Etait-elle là, le soir du réveillon?

— Non, elle n'est entrée chez Wilbright que depuis le mois de juin dernier, et cela, d'ailleurs, sur ma recommandation.

— Vous a-t-elle communiqué ses impressions sur son maître?

— Oui, elle m'a dit que, si elle n'avait pas grand besoin de gagner sa vie, elle ne serait pas longtemps restée chez lui, d'abord parce qu'il était buveur, et qu'ensuite il ne lui adressait jamais la parole, lui faisant transmettre ses ordres par le valet de chambre.

Chantecoq réfléchit un instant. Puis il reprit :

— Est-ce que cette cuisinière couche dans la maison de Wilbright?

— Non, répliquait le docteur, elle s'en va tous les soirs, vers six heures, retrouver sa vieille mère, qui vit dans une petite masure, à Kerné.

— Bien, posait le roi des détectives d'un air satisfait. Maintenant, je sais sur quel terrain je m'aventure. Mon cher docteur, vous m'avez tout à fait bien renseigné.

Le déjeuner s'acheva, sans qu'il ne fût plus fait aucune allusion au mystère que Chantecoq était en train d'élucider.

Le docteur s'en fut vers une heure et demie, après s'être excusé, car sa consultation à Quiberon le réclamait.

Chantecoq retourna dans sa chambre, et prit, dans le tiroir de sa commode, un pistolet semblable à celui dont il s'était servi au cours de son expédition au « Trou du Souffleur », et le glissa dans sa poche. Puis, il s'en fut chercher une canne de fortes dimensions, et, soulevant le clou d'acier assez large qui était fixé sur son pommeau, il regarda l'entrée d'un tuyau en zinc qui occupait l'intérieur de la canne. Puis il partit tranquillement, à pied, à travers champs, après avoir donné à son secrétaire de mystérieuses instructions.

XII

OÙ L'ON VOIT QUE SI WILBRIGHT SE TENAIT SUR SES GARDES, CHANTECOQ ÉTAIT AUSSI SUR LES SIENNES.

James Wilbright, à demi étendu sur un divan, dans son atelier, fumait nonchalamment un cigare, les yeux à demi fermés, comme s'il se laissait aller à une rêverie d'artiste.

Or, le peintre américain ne devait pas beaucoup, en ce moment, songer aux motifs intéressants et pittoresques entre tous, que ce beau pays lui offrait en surabondance; car, au bout d'un instant, son visage se contracta, ses lèvres se pincèrent, et, jetant d'un mouvement brusque son cigare à peine à demi consumé à travers une baie ouverte sur le jardin, il proféra en anglais un juron qu'il n'eût pas été besoin de traduire en français, pour faire comprendre que celui qui le laissait échapper était d'une humeur exécrable.

Puis, s'approchant de sa table de travail, il appuya sur le bouton d'une sonnerie électrique.

Aussitôt, une tenture, qui dissimulait une porte, s'écarta, et Harold apparut.

Wilbright attaqua aussitôt, d'une voix sèche :

— J'ai réfléchi à ce que vous m'avez raconté tout à l'heure. Il est hors de doute que le valet de chambre de Chantecoq est venu ici en sondeur, et que toute cette histoire a été inventée pour endormir mes méfiances.

« Il n'y aurait donc rien d'étonnant à ce que, aujourd'hui ou demain, le détective que vous avez si justement repéré sous les traits du valet de chambre Augustin, ne se présentât ici sous un de ces déguisements dans l'art desquels il est passé maître. Eh bien, vous êtes assez au courant de toute cette histoire et vous m'avez suffisamment témoigné de dévouement depuis que vous êtes à mon service, pour que non seulement je continue à vous faire le confident de mes projets, mais aussi l'exécuteur de mes volontés, qui, je l'espère du moins, ne seront pas encore les dernières.

La situation est fort nette, et elle peut se résumer ainsi :

« Chantecoq doit savoir beaucoup de choses... Il a dû, notamment, acquérir la conviction qu'il y avait partie liée entre mon frère et moi, et que, par conséquent, je devais savoir ce qu'était devenu l'enfant.

« C'est donc moi d'abord qu'il va chercher à faire parler... Je ne lui dirai rien, c'est entendu, mais mon silence ne l'empêchera pas de continuer son enquête.

« Fatalement, — car il est très fort, — documenté, armé comme il l'est déjà... il atteindra son but...

« La supercherie de Douglas sera étalée au grand jour et le contrôle futur de la fortune des Colmadge lui échappera à tout jamais, sans compter les poursuites judiciaires dont il sera l'objet ainsi que moi, son complice.

Harold appréciait :

— Je me demande pourquoi, tranquille comme vous l'étiez, vous avez été vous fourrer dans un pareil guêpier ?

L'Américain eut un haussement d'épaules.

Sur un ton de familiarité que lui permettaient les liens plutôt équivoques qui l'unissaient à son maître, le valet de chambre continuait :

— Pourtant, vous n'étiez pas en très bons termes avec votre frère.

Wilbright expliquait :

— Depuis la mort de sa femme, nous nous étions rapprochés... Et puis, nécessité fait loi... J'avais fait de grosses pertes à la Bourse, et je me trouvais dans une situation plutôt fâcheuse.

— Je m'en doutais.

— Il fallait en sortir par n'importe quel moyen... La vente de mes tableaux n'était pas une ressource suffisante pour combler le déficit de ma caisse et me permettre de mener l'existence indépendante et confortable qui, seule, me convient.

« Alors, j'ai accepté de prêter à mon frère — prêter, c'est une façon de parler — disons plutôt de lui vendre mon appui.

« Ainsi que vous le savez, tout avait très bien marché... Jamais les Lachesnaye ne m'eussent soupçonné, et je suis convaincu que, pas plus qu'eux, la police officielle n'eût jamais songé à aiguiller de mon côté ses recherches.

« Il a fallu que ce maudit Chantecoq se mêlât de cette affaire... Et maintenant, il nous tient.

— C'est possible, admettait Harold... mais il ne tient pas l'enfant.

— Si nous refusons de le lui rendre, il nous dénoncera certainement à la justice, Douglas et moi, nous serons arrêtés... et vous aussi, sans doute. C'est gai...

— Le fait est, reconnaissait Harold, que ce n'est pas très rassurant.

— Partir, reprenait Wilbright... d'abord il faut de l'argent, beaucoup d'argent, et Chantecoq, habile comme il l'est, aura vite fait de retrouver nos traces... Cependant, il faut en sortir.

— Oui, il faut en sortir, appuyait le domestique... car je ne tiens pas à faire connaissance avec les cachots de la République française, bien qu'ils soient, dit-on, beaucoupcoup plus habitables que les geôles de notre pays.

— En France, soulignait l'Américain, avec beaucoup plus de naïveté que d'ironie, on a beaucoup plus de considération pour les malfaiteurs qu'en Amérique.

— C'est possible, concédait Harold, mais rien ne vaut encore la liberté.

— A qui le dites-vous ! Et pour rien au monde je ne voudrais perdre la mienne.

— Il y aurait peut-être un moyen de tout arranger, insinuait Harold.

— Lequel ?

— Ce serait, par exemple, de dire à Chantecoq, s'il se présente :

« — Si vous me promettez que je ne serai pas inquiété, ainsi que mon valet de chambre, je vous fournirai immédiatement le moyen de récupérer le petit Lachesnaye.

— Vous croyez que Chantecoq acceptera cette combinaison ?

— Pourquoi pas ?

— Et s'il ne me tient pas parole... s'il nous fait coffrer ?

Harold réfléchit un instant. Puis, tandis qu'une lueur mauvaise s'allumait dans ses yeux, il reprit :

— Il y aurait bien un autre moyen... qui, d'abord, aurait pour résultat de nous mettre à couvert, puis de vous procurer une somme d'argent qui ne serait peut-être pas la grosse fortune, mais vous donnerait le temps de voir venir.

— Parlez donc ! invitait l'Américain, très curieux de connaître l'expédient que son valet de chambre avait imaginé.

Harold reprenait :

— Il est bien entendu que si vous touchez une prime, j'en aurai ma part ?

— Fixez-la vous-même.

— La moitié.

— Soit ! accepta Wilbright...

Car il se sentait traqué, et, pour échapper à Chantecoq, il eût été capable de tous les sacrifices.

— Eh bien, voici ! fit Harold.

S'approchant de son patron, il lui parla à l'oreille, comme s'il redoutait que les paroles qu'il allait prononcer ne fussent surprises par quelque oreille indiscrète.

Au fur et à mesure qu'il s'exprimait, le visage de Wilbright se détendait et prenait une expression de satisfaction sans cesse grandissante.

Quand Harold eut terminé, l'Américain déclara simplement :

— *All right!* Téléphonez tout de suite à Lachesnaye que je l'attends ici pour une communication urgente.

Le valet de chambre s'en fut vers l'appareil, qui était placé dans le vestibule.

Wilbright, qui semblait entièrement rassuré, fit entre ses dents :

— Décidément, cet Harold est un précieux serviteur, et il a le droit d'avoir les dents un peu longues.

Cinq minutes après, Harold revenait annoncer :

— M. Lachesnaye sera ici dans un quart d'heure.

— Bien.

On sonnait à l'entrée.

— Ah çà ! fit l'Américain, qui peut bien venir me rendre visite à pareille heure ?

— Peut-être est-ce Chantecoq, supposait le domestique.

— Allez toujours voir.

— Et si c'est lui ?

— Dites que je ne suis pas là.

— Mauvais ! fit observer le valet de chambre.

— Pourquoi ?

— Vous auriez l'air d'avoir peur, et cela pourrait bien précipiter les événements.

L'essentiel est de gagner le temps nécessaire pour vous mettre d'accord avec Lachesnaye.

— Vous avez raison.

— Allez ouvrir, ordonnait James.

« Avant d'introduire le visiteur, quel qu'il soit, venez me faire part de votre impression.

— Compris.

Deux minutes après, Harold reparaissait devant son maître. Il tenait un plateau à la main sur lequel il y avait une lettre.

Tout en la présentant à l'Américain, il fit à voix basse :

— Ce n'est pas Chantecoq.

— Vous en êtes sûr ?

— Absolument. C'est un missionnaire, le révérend Properec, de l'ordre de la Croix africaine... Il a l'air, ma foi, d'un très digne homme.

— Vous êtes bien certain que ce n'est pas Chantecoq qui se cache sous ce missionnaire?

Sans la moindre hésitation, Harold répliquait :

—Si habile soit ce détective à se camoufler, il est impossible qu'il se soit transformé à ce point.

Tout en écoutant son valet de chambre, Wilbright avait parcouru la lettre que celui-ci venait de lui remettre.

Elle était ainsi conçue :

« Monsieur,

« Bien que je n'aie pas l'honneur de vous « connaître, je me permets de solliciter de « votre bienveillance quelques instants d'en- « tretien.

« En voici l'objet :

« De passage en France et séjournant « chez un prêtre de mes amis, M. l'abbé Le « Gornec, chanoine et vicaire général du « diocèse de Vannes, j'ai entendu raconter « par lui qu'à l'époque de la Noël dernier, « votre villa avait été visitée par des esprits.

« M'intéressant beaucoup aux phénomè- « nes de l'au-delà dans la mesure et dans « les conditions que nous prescrit notre « sainte mère l'Eglise, et conformément aux « récentes instructions de Notre Saint Père « le pape Pie XI, j'ai pensé que je recueille- « rais sans doute auprès de vous des rensei- « gnements dignes d'attention.

« Je suis d'ailleurs l'auteur d'un ouvrage « intitulé : *Des phénomènes surnaturels en* « *Afrique*, dont vous avez peut-être entendu « parler. Aussi, j'ose espérer que vous ne « refuserez pas de me recevoir. Soyez per- « suadé que je n'abuserai pas de votre bien- « veillance.

« Veuillez agréer, monsieur, l'assurance « de ma considération la plus distinguée.

« R. P. PROPEREC. »

Cette missive des plus correctes ne pouvait qu'achever d'endormir la méfiance de l'Américain.

Aussi, ordonna-t-il à son serviteur d'introduire immédiatement le visiteur.

Il n'y avait rien de surprenant à ce que, tout en se tenant sur ses gardes, Harold eût affirmé à son patron qu'il était impossible que Chantecoq se cachât sous la soutane de ce missionnaire.

Jamais, en effet, deux individus n'avaient présenté un aspect plus différent que celui du détective et du personnage que celui-ci représentait à l'heure présente.

Autant Chantecoq était svelte, élancé, nerveux et réalisait le type du parfait sportman qui a su, malgré les années, conserver des muscles solides, un corps souple et entraîné, autant ce vieux prêtre au profil en coup de sabre, au teint hâlé, ridé, parcheminé, à la barbe grisonnante et emmêlée, à la démarche lourde, fatiguée, représentait d'une façon exacte le type du pionnier en soutane, usé par les éléments malsains, les fatigues et les privations de toutes sortes.

En pénétrant dans le studio de l'Américain, il enleva son chapeau et laissa apparaître un front traversé par ces profondes cicatrices que laisse après elle l'opération du trépan et qui achevait de donner à sa physionomie un aspect qui commandait encore plus le respect que la compassion.

Entièrement rassuré, Wilbright s'en fut vers lui en disant :

— Monsieur le missionnaire, soyez le bienvenu.

Chantecoq répondait d'une voix rauque, enrouée :

— Je vous remercie de votre aimable accueil, et je vous prie de m'excuser. Ma curiosité ne vous semble pas trop indiscrète ?

— Nullement, répliquait l'Américain, je suis très heureux de vous renseigner.

Remarquant la poussière qui recouvrait ses grosses chaussures, il ajouta :

— Vous êtes venu à pied ?

— Mais oui.

— De Quiberon ?

— De Quiberon.

— Vous devez être très las.

— Pas trop... J'ai l'habitude des longues, longues marches dans la brousse, et le soleil de Bretagne, si beau soit-il, lorsqu'il veut s'en donner la peine, ressemble à une caresse quand on le compare au soleil africain.

— Asseyez-vous donc, monsieur le missionnaire, invitait le maître de la maison en désignant à son hôte un fauteuil placé près d'une petite table sur laquelle se dressaient plusieurs bouteilles de liqueurs, flanquées de verres à dégustation d'une capacité plus que respectable.

Le roi des détectives s'installa avec les gestes lents et un peu cassés d'un semi-vieillard dont les articulations ne fonctionnaient plus sans quelque peine.

— Maintenant, lançait cordialement Wilbright, interrogez-moi, je vous répondrai.

Mais, remarquant que le regard du père Properec s'arrêtait avec complaisance sur les fioles aux étiquettes aussi variées que tentatrices, il s'empressa d'ajouter :

— Sans doute, monsieur le missionnaire, prendrez-vous quelque chose.

Le limier esquissa un geste assez vague pour que son interlocuteur le prît pour un signe d'acquiescement.

— Whisky ? proposait-il.

Les yeux de Chantecoq que surmontaient d'épais sourcils, demeurés très noirs, eurent un léger papillotement.

Déjà, Wilbright avançait la main vers la bouteille.

Avec une timidité qui contrastait avec sa physionomie, le faux missionnaire fit :

— Si cela vous est égal, je préférerais un peu de vieille fine.

— C'est bien facile.

Wilbright s'empara d'une bouteille et remplit deux verres à dégustation avec le liquide doré qu'elle contenait.

Pendant ce temps, Chantecoq, très adroitement, avait soulevé le gros clou plat qui fermait le réservoir pratiqué à l'intérieur de sa canne.

Il se disait :

« Je puis déguster sans danger ce premier verre, car je suis sûr que cette fine ne contient pas de poison, puisqu'il va en boire, lui aussi. En attendant, me voilà paré pour le second et pour les autres que, d'après ce que m'a dit Le Bosser, il ne manquera pas de m'offrir. »

Tout en dissimulant dans le creux de sa main gauche la poignée de sa canne, Chantecoq saisit le verre que lui offrait l'Américain, qui, une fois débarrassé, s'empara de l'autre et le porta à ses lèvres. Le détective en fit autant. La fine était de marque inférieure.

« Décidément, se dit le grand limier, les Américains ne savent pas apprécier les bonnes choses... »

Il reposa sur la table le verre entamé...

puis, en un mouvement dont la rapidité et l'adresse prouvaient qu'il avait déjà dû souvent l'exécuter, Chantecoq s'empressa de faire passer dans le réservoir pratiqué à l'intérieur de sa canne le breuvage qu'il dédaignait d'absorber.

Puis, tranquillement, il fit :

— Cher monsieur, voulez-vous que j'en vienne tout de suite au but de ma visite ?

— Certainement.

— Ainsi que je vous l'ai écrit, je vous serais très reconnaissant si vous vouliez bien me donner quelques détails sur les apparitions qui ont eu lieu ici l'hiver dernier.

L'Américain, qui avait absorbé d'un seul trait l'eau-de-vie très ordinaire avec laquelle son valet de chambre remplaçait la vieille fine qu'il préférait déguster lui-même, répliquait fort complaisamment :

— A vrai dire, monsieur le missionnaire, il n'y a pas eu d'apparition... mais des grands coups frappés dans les portes, les fenêtres, qui s'ouvraient d'elles-mêmes, des bruits bizarres, des cris, des sanglots, des gémissements...

— Tout ceci, déjà, est fort curieux, soulignait le roi des détectives... et certainement, d'après ce que l'on m'a dit, se serait passé pendant la nuit de Noël.

— C'est cela.

— Vous étiez seul ?

— Non, j'avais plusieurs invités.

— Tous ont entendu.

— Tous.

— Et personne n'a rien vu ?

— Personne.

— Sans doute avez-vous consigné ces faits par écrit ?

— Parfaitement. J'ai rédigé un procès-verbal que j'ai fait signer à mes amis.

— Ne pourriez-vous pas me le montrer ?

— Avec plaisir... mais vous ne buvez pas, monsieur le missionnaire ?

— Excusez-moi, je n'ai plus la tête très solide.

L'Américain remplit de nouveau les verres dont, quelques instants auparavant, il avait avalé le contenu avec tant de maestria, et le vida d'un train.

Puis, il reprit :

— J'ai laissé le contrat dans ma chambre. Vous permettez que j'aille le chercher ?

— Certainement, je m'excuse même de vous occasionner ce dérangement.

James se dirigeait vers un escalier qui conduisait directement dans son studio au premier étage, lorsque Harold apparut, annonçant :

— C'est M. Lachesnaye.

Wilbright fit :

— Faites-le entrer dans le petit salon, je suis à lui dans un instant.

Harold se retira. L'Américain continua l'ascension de l'escalier et disparut par une porte pratiquée sur une galerie.

Demeuré seul, Chantecoq se dit :

— Je suis curieux de savoir ce qui va se passer entre Lachesnaye et Wilbright.

Trois minutes après, Wilbright reparaissait. Il semblait décontenancé et, tout en redescendant les marches, il lança au pseudo-missionnaire :

— Je suis au regret, mais je ne retrouve pas la pièce dont je vous parlais. Je crains de l'avoir emportée à Paris, par mégarde, lors de mon dernier voyage.

« Tout à l'heure, lorsque la personne qui vient me voir sera partie, je chercherai encore.

« Je ne vous demande pas d'attendre, car cela vous forcerait à demeurer ici un certain temps ; mais, si vous êtes encore pour quelques jours à Vannes, je me ferai un plaisir de vous y envoyer une copie du document en question.

— Vous êtes véritablement trop aimable, cher monsieur, remercia le roi des détectives en se relevant.

— Monsieur le missionnaire, reprenait James, pardonnez-moi de ne pas vous accorder plus de temps ; mais je ne comptais pas sur votre visite et avais donné à un de mes amis, un rendez-vous qui ne souffre aucun retard.

Le limier répliquait :

— C'est à moi, monsieur, de m'excuser d'avoir abusé ainsi de votre extrême amabilité. Permettez-moi de compter sur votre aimable promesse.

— Vous le pouvez.

L'Américain reconduisit le visiteur jusque dans le vestibule dont Harold ouvrait la porte.

Chantecoq en franchit le seuil, en s'appuyant sur sa canne-réservoir et s'en fut d'un pas traînant.

Pendant ce temps, Wilbright avait réintégré son studio et, ouvrant la porte du petit salon, il interpellait :

— Cher ami, venez, je vous prie !

Lachesnaye s'avança vers lui, la main tendue. Wilbright la serra avec une vigueur toute américaine ; puis il fit :

— J'étais en train de congédier le plus poliment possible un vieux raseur de curé, qui, paraît-il, s'occupe de spiritisme.

« Ayant entendu dire qu'il y avait ici des revenants, il était venu m'interwiever.

Lachesnaye, tout en regardant bien son voisin dans les yeux, lui disait :

— C'est sans doute pour me parler revenants que vous m'avez fait demander de venir vous voir dans le plus bref délai ?

— Non, mon cher ami, répliquait James, en affectant une certaine gravité...

« Si, au lieu de passer chez vous, je vous ai prié de venir me voir aussi rapidement que possible, c'était parce que j'avais une petite explication très franche, très loyale et très affectueuse à vous demander.

— A quel sujet ? questionnait le jeune artiste, interloqué par ce début.

L'Américain répliquait :

— Pourquoi ne m'avez-vous pas dit toute la vérité ? Pourquoi m'avez-vous fait des cachotteries, à moi, qui, de tous vos amis, suis peut-être le seul sur lequel vous puissiez entièrement compter.

Lachesnaye répliquait :

« Je ne saisis pas du tout le sens de vos paroles.

— Réfléchissez un peu.

— A quoi bon ? Mieux vaut que vous me disiez tout de suite ce que vous me reprochez ? Il me sera beaucoup plus facile de vous répondre.

— Soit, acquiesçait James. Vous m'avez raconté hier que les deux domestiques qui étaient entrés chez vous le jour même n'étaient autres que deux inspecteurs de la brigade mobile de Rennes.

— Oui, et après ?

— J'ai le regret de vous dire, mon cher Lachesnaye, que vous m'avez induit en erreur, et volontairement, ce qui m'a fait beaucoup de peine. Ces deux soi-disant inspecteurs n'étaient autres, en effet, que le détective privé Chantecoq et son secrétaire.

— Puis-je vous demander comment vous avez appris cela ? s'exclama Lachesnaye d'un ton qui, d'amical, était devenu presque glacial.

Nullement embarrassé, Wilbright déclarait :

— Je ne vous le dirai, mon cher, que quand vous m'aurez appris pourquoi vous avez cru devoir user avec moi d'un pareil procédé.

Sans le moindre embarras, le peintre expliquait :

— C'est Chantecoq qui m'avait fait promettre que je ne révèlerais à personne sa véritable identité et je ne vois donc pas ce que le mensonge forcé que j'ai dû vous faire peut avoir d'offensant pour vous.

— Vous auriez pu demander à Chantecoq de faire une exception en ma faveur.

— Il m'avait formulé trop nettement sa décision pour que je le prie de me laisser me départir, même envers vous, du silence qu'il m'avait imposé.

— Me soupçonnerait-il donc ?

— De quoi ?

— Mais, voyons, mon cher, d'avoir trempé dans l'enlèvement de votre fils ?

— Je ne vois vraiment pas pourquoi vous me posez une pareille question.

— Je constate que vous êtes plutôt gêné pour me répondre. Malgré tout, je reste votre ami, et je n'en veux nullement à ce policier qui fait son métier, très mal, certainement, s'il me croit capable d'une action aussi abominable et je vais vous en donner immédiatement la preuve.

Gravement, Wilbright poursuivit :

Ce matin, j'ai reçu la visite d'un homme qui m'a déclaré savoir ce qu'était devenu votre petit Jackie et l'endroit où Jackie se trouvait, ajoutant qu'il se faisait fort, moyennant une somme de cinq cent mille francs, de vous restituer votre enfant. Il a affirmé que, si vous refusiez de donner suite à cette affaire, l'enfant resterait entre les mains de ceux qui le détenaient dans un lieu tel qu'il était absolument impossible, même aux policiers les plus habiles, y compris M. Chantecoq, de l'arracher à leurs mains, et il m'a prévenu que, si l'on touchait à sa personne, et si on le faisait arrêter lui-même, non seulement il ne parlerait pas, mais, dans les vingt-quatre heures, l'enfant serait sacrifié. Voilà pourquoi je vous ai fait venir d'urgence.

— Je vous remercie, répliquait froidement le jeune artiste. Mais, avant de répondre à l'offre que vous me transmettez, je voudrais vous poser une question.

— Dites, je vous prie.

— Comment se fait-il que ce soit à vous et non à moi que ce messager se soit adressé ?

— Pour deux raisons, expliquait James. La première, parce qu'il savait que j'étais votre fidèle ami, et que j'accepterais immédiatement de servir d'intermédiaire entre lui et vous, et la seconde parce que, connaissant ma nationalité américaine, il me reconnaissait toutes les aptitudes nécessaires pour traiter une affaire qui, en France, peut vous paraître exorbitante, mais qui, dans notre pays, semblerait beaucoup moins exceptionnelle.

— Alors, votre avis ? questionnait froidement Lachesnaye.

— Wilbright répliquait :

« Il n'y a pas à hésiter, il faut en passer par les conditions de ces bandits.

— Je n'ai pas ces cinq cent mille francs en compte, déclarait le jeune artiste. Il va falloir que je réalise des valeurs. Cela demandera un certain temps.

— Ils attendront. Du moment que vous serez d'accord sur le principe, ils ne feront aucune espèce de difficulté pour vous accorder tous les délais nécessaires.

Le peintre objectait :

— Qui me dit qu'une fois cet argent versé ils me rendront mon enfant ?

Sans se démonter le moindrement, l'Américain déclarait :

— C'est exactement ce que j'ai dit à leur envoyé ; il m'a répondu que je ne devais avoir aucune espèce d'inquiétude à ce sujet et qu'il était prêt à demeurer entre nos mains tant que l'enfant ne vous serait pas restitué.

Lachesnaye, qui avait écouté son interlocuteur avec un sang-froid véritablement digne d'éloges, sentait cependant peu à peu, une grande colère s'emparer de lui.

Comme il se taisait, cherchant à se maîtriser, Wilbright l'interpella :

— Eh bien, vous ne dites rien ? Vous ne me répondez pas ?

— Je n'ai pas à vous répondre.

— Pourquoi ?

— Parce que je juge cette proposition inacceptable.

— Vous trouvez la somme trop forte ?

— Non, je trouve le procédé par trop révoltant.

— Mon cher, quand on est pris et qu'on ne peut pas faire autrement...

Lachesnaye éclatant, s'écria :

— Mais, quand on peut faire autrement !

Et s'élevant, il s'en fut droit vers Wilbright et lui dit d'une voix menaçante :

— Tout à l'heure, vous m'avez reproché de ne pas avoir dit la vérité... A mon tour de vous dire : Wilbright, vous mentez ! Personne, ce matin, n'est venu chez vous pour vous offrir ce prétendu marché.

« L'intermédiaire, c'est vous !

— Moi ?

— Oui, c'est vous et pas d'autre, et vous allez me dire tout de suite où est mon fils...

— Vous êtes fou !

— Non, j'ai toute ma raison... vous allez parler, vous dis-je, ou bien...

Il n'acheva pas... Wilbright, l'empoignant au collet, rugissait, hors de lui :

— Si vous ajoutez un mot, je vous étrangle.

Surexcité par la fureur, Lachesnaye allait s'élancer sur celui que, la veille encore, il croyait son meilleur ami, et qui, aujourd'hui, se révélait à lui le plus lâche des traîtres... Mais il n'en eut pas le temps... L'Américain, sortant un browning de sa poche, le braquait dans la direction du jeune artiste...

Celui-ci l'empoigna par le bras, cherchant à le désarmer. Une lutte âpre, sauvage, s'engagea... Une détonation retentit, lorsque la porte du studio s'ouvrit d'un seul coup et Chantecoq, toujours en missionnaire, s'élança d'un bond sur Wilbright et, lui assénant un terrible uppercut, l'étendit raide sur le sol, où il demeura inanimé, et s'adressant à Lachesnaye, il lança de sa voix claironnante :

— Malheureux ! quelle imprudence avez-vous commise en vous jetant ainsi dans la gueule du loup !

« Heureusement que je veillais.

— Monsieur Chantecoq ! s'écria le jeune artiste, qui avait reconnu la voix du détective.

— Oui, moi. Maintenant, nous allons attendre que cet immonde coquin reprenne ses sens pour le soumettre à un interrogatoire des plus serrés.

« S'il ne veut rien nous dire, nous aurons la ressource de nous adresser à son valet de chambre.

— Harold ?

— Oui.

« En ce moment, il ne serait pas en état de nous répondre, car il dort d'un profond sommeil.

Tout en souriant dans sa barbe, et en sortant de la poche de sa soutane le pistolet à forme bizarre dont il s'était déjà servi au cours de son exploration au « Trou du Souffleur », le grand limier expliqua :

— Cette arme, qui a été inventée par un de mes amis, un as de la chimie et de la mécanique, ne contient ni poudre ni balle, mais un projectile qui, projeté par un simple ressort métallique, se dissout lorsqu'il rencontre un obstacle, une bouffée de gaz qui annihile subitement toute personne atteinte, au moins pendant deux bonnes heures.

En attendant que la préfecture de police l'ait adopté pour ses agents et inspecteurs, j'en ai fait mon profit.

« Si, tout à l'heure, je ne m'en suis pas servi contre Wilbright, c'est que vous étiez si près de lui que, fatalement, vous eussiez été endormi, vous aussi.

« Estimant que c'était fort inutile, j'ai préféré employer un moyen plus... personnel et dont vous ne risquiez pas de subir les conséquences.

« Maintenant, en attendant que votre voisin revienne à lui, voulez-vous m'expliquer pourquoi vous vous trouvez ici et m'expliquer les raisons de votre rixe avec Wilbright ?

Lachesnaye fit à Chantecoq le récit du

coup de téléphone d'Harold et de l'entrevue qu'il venait d'avoir avec l'Américain.

Le roi des détectives fit :

— Ainsi que vous l'avez tout de suite deviné, Wilbright n'est nullement l'intermédiaire entre vous et la bande de malfaiteurs qui a enlevé votre enfant dans le but de vous faire chanter.

« Se sentant à la veille d'être démasqué comme complice de l'enlèvement du petit Jackie, il a voulu faire la part du feu, et, tout en s'assurant l'impunité, obtenir de vous une somme d'argent dont il avait le plus grand besoin.

« Ne m'avez-vous pas dit que, depuis quelque temps, il était devenu morose.

— Parfaitement.

— Vous attribuiez cette mélancolie à un chagrin d'amour?

— C'est exact.

— Vous étiez dans l'erreur... Wilbright est ruiné... Je l'ai appris par notre commun ami Le Bosser... Celui-ci, par discrétion, n'avait pas voulu vous en parler, mais il ne m'a pas caché à moi que Wilbright n'avait pas encore fini de payer l'entrepreneur qui avait aménagé sa villa et que celui-ci, après plusieurs réclamations demeurées inefficaces, avait l'idée de l'attaquer en justice.

— Monsieur Chantecoq, s'écriait Lachesnaye, vous êtes vraiment admirable.

— Allons donc !

— Vous n'oubliez jamais aucun détail, ni aucun facteur même psychologique.

— Ceux-ci sont parfois les plus importants, car ils vous permettent presque toujours de remonter de l'effet à la cause, et en matière de police, c'est la vérité qui doit être à la base de tout.

« Mais, attention, notre ami James commence à revenir à lui.

« Je vais vous demander de vous étendre à plat ventre sur ce divan, de vous tourner vers le mur et de faire le mort jusqu'au moment où je vous dirai de vous relever.

« Ne me demandez pas pourquoi, car je n'aurais plus le temps de vous l'expliquer.

« D'ailleurs, un peu de patience, vous ne tarderez pas à le savoir... C'est une simple malice de ma façon.

Lachesnaye, aussitôt, se coucha sur le divan, dans la position que lui avait indiquée le détective.

Quelques instants après, Wilbright entr'ouvrait les paupières et, instinctivement, portait la main à son menton douloureusement meurtri par le coup qui l'avait mis knock-out.

Tout d'abord, il dirigea un œil hagard vers le faux missionnaire qui se tenait debout devant lui et lui masquait Lachesnaye.

— Vous ! fit-il, d'une voix sourde.

Il voulut appeler :

— Harold !

Mais le roi des détectives lui disait :

— Inutile, il ne vous entendra pas. Il est parti chercher le docteur Le Bosser.

— Le docteur Le Bosser ?

— Votre téléphone ne fonctionnait pas, alors votre valet de chambre est parti sur sa bicyclette.

— Le docteur Le Bosser? répétait l'Américain, qui s'était redressé sur son séant.

Et, tout en écarquillant les yeux, il ajouta :

— Pourquoi ?

— Ah ! vous en faites de belles ! s'écria le limier.

— Moi ! ponctuait le misérable, qui n'avait pas encore retrouvé entièrement tous ses esprits.

— Regardez ! reprenait Chantecoq, en désignant le jeune artiste figé sur le divan dans une immobilité absolue...

— Lachesnaye ! fit-il en passant la main sur son front.

— Oui, Lachesnaye, appuyait le détective.

— Mort? prononçait l'Américain avec épouvante.

— Non ! blessé à l'épaule. Vous avez eu de la chance que je sois arrivé à temps pour faire dévier votre arme, sans quoi, vous l'atteigniez en plein cœur... et alors, il aurait été bien difficile d'arranger cette affaire.

— Arranger cette affaire! répétait Wilbright en fixant le missionnaire.

La lumière se fit tout à coup dans son esprit.

— Je comprends, fit-il... vous êtes Chantecoq.

— En effet, je suis Chantecoq... allons, relevez-vous... reprenez votre sang-froid et écoutez moi avec tout le calme dont vous êtes capable. Mais, avant tout, dites-vous bien que, si vous vous livriez contre moi à la moindre attaque, je ne vous raterais pas, vous pouvez en être sûr, et je vous préviens que les choses tourneraient très mal pour vous.

Et lui désignant un fauteuil, qui se trouvait au milieu de l'atelier, il lui dit :

— Asseyez-vous là, et ne bronchez pas... c'est le conseil que je vous donne.

Dominé par l'autorité qui émanait du détective, Wilbright exécuta docilement son ordre.

Il avait compris qu'en face d'un pareil adversaire, il n'était que bien peu de chose et que toute tentative de résistance ne ferait qu'aggraver son cas et que, quoi qu'il pût lui en coûter, le mieux pour lui était d'entrer en composition avec ce redoutable personnage.

Chantecoq était beaucoup trop perspicace pour ne pas avoir immédiatement deviné l'état d'esprit de l'Américain et reconnu en lui non pas un de ces bandits professionnels qui ont toujours dans leurs sacs mille et un tours, grâce auxquels ils parviennent trop souvent à échapper aux filets de la justice, si serrées en soient les mailles, mais à un criminel d'occasion qui, certes, ne manquait pas de dispositions pour réussir dans cette carrière, mais n'avait pas encore acquis l'expérience et le cran nécessaires.

Le chat allait pouvoir jouer avec la souris.

Tout de suite, Chantecoq attaquait, car, ainsi que toujours, il avait résolu de mener rapidement les choses...

— Monsieur Wilbright, j'irai droit au but.. j'ai pour mission de savoir ce qu'est devenu le petit Jackie, le fils de votre voisin, que vous avez failli tuer, il y a quelques minutes...

« Vous allez me le dire tout de suite.

— Mais, monsieur...

— Inutile de nier ni de tergiverser. Tout à l'heure, vous avez demandé cinq cent mille francs à M. Lachesnaye pour lui révéler ce que je ne vous demande pas, mais vous ordonne de me dire pour rien.

— Ce n'est pas moi qui sais, cherchait à éluder Wilbright... c'est une autre personne qui...

Chantecoq interrompait.

— Ne cherchez pas à me faire prendre des vessies pour des lanternes... Je suis au courant de tout et je vais vous en donner la preuve.

« Votre frère, veuf de la fille du richissime Colmadge, avait un petit garçon âgé de six mois, qui était très malade et n'avait même plus que très peu de temps à vivre... ce qui ne faisait pas précisément son affaire, car cet enfant, une fois disparu, il devait renoncer à contrôler la fortune qui devait revenir au petit, et, par conséquent, renoncer à la part qu'il comptait se tailler largement dans le gâteau vraiment royal.

James allait répliquer, mais Chantecoq poursuivait :

— Attendez, je n'ai pas fini... je commence.

« Votre frère, qui est comme vous, d'ailleurs, un monsieur dénué de tout scrupule, ainsi qu'il y en a partout, aussi bien en Amérique qu'en France et en France qu'ailleurs, eut l'idée, ingénieuse peut-être, mais fort répréhensible à coup sûr, de substituer à son bébé défaillant un gosse solide et prometteur d'une santé magnifique.

« Il se trouva qu'à ce moment, ayant des besoins d'argent...

L'Américain esquissa un geste de protestation.

Chantecoq continuait :

— Si, monsieur Wilbright, un besoin très urgent... je suis très bien renseigné sur votre compte... Vous vous rapprochâtes de votre frère qui, profitant de la nécessité où vous étiez d'avoir recours à ses bons offices, vous fit part de son projet et vous demanda, moyennant une forte rétribution, de l'aider dans son exécution.

James ne bronchait plus, tant il était stupéfié par le début de ce réquisitoire... Il était, en effet, persuadé, au début de cet entretien, que Chantecoq allait s'évertuer à lui arracher la vérité... et pas du tout... C'était le limier qui, avec une exactitude parfaite, la lui racontait avec autant de précision que s'il l'avait vécue lui-même.

Le roi des détectives poursuivait avec cette impassibilité légèrement ironique qui le rendait si redoutable.

— Vous acceptâtes avec d'autant plus de facilité, que vous aviez sous la main le poupon réclamé, c'est-à-dire le petit Lachesnaye, le fils de votre voisin, de votre camarade.

« Reprenant à votre compte le dicton qui prétend qu'en affaires il n'y a pas d'amis, vous jetâtes sans hésitation, ni remords, votre dévolu sur lui.

« La difficulté était de vous en emparer...

« Cela ne vous rebuta nullement et vous commençâtes immédiatement à étudier un plan qui devait être d'ailleurs couronné de succès.

« Ayant découvert, je ne sais comment, et cela m'importe d'ailleurs fort peu, que, par le « Trou du Souffleur », on pouvait accéder à un couloir souterrain, aboutissant lui-même au puits intérieur qui se trouve dans les sous-sols de la villa des Lachesnaye, vous vous dites fort justement que cela pourrait vous être très utile pour accomplir la mission dont votre frère vous avait chargé.

« D'autre part, vous aviez entendu raconter par les gens du pays qu'il y avait des revenants sur la côte et que ces revenants n'étaient autres que des chouans qui avaient été fusillés sous la Révolution par les soldats de Hoche, précisément dans le vieux fort sur l'emplacement duquel était bâti Ker-Yvette.

« Faisant preuve d'une imagination que tant de romanciers vous envieraient, bien que, de nos jours, MM. les snobs qui savourent en cachette les feuilletons du *Petit Parisien* aient proclamé qu'en littérature l'imagination a fait faillite, afin de préparer votre affaire, de lui établir des bases solides, vous avez commencé par raconter dans le pays et puis à vos amis Lachesnaye que des revenants avaient visité votre villa.

« Pour faire accepter vos dires, vous avez déclaré que plusieurs de vos amis avaient été les témoins de ces manifestations de l'au-delà et qu'ils avaient signé un procès verbal de ces faits, celui que je vous réclamais tout à l'heure et que vous seriez d'ailleurs fort en peine de me montrer, *puisqu'il n'a jamais existé*.

« Avant d'organiser votre sabbat, vous avez tenu — ce qui était d'ailleurs très naturel — à vous assurer une complicité dans la place.

« Le hasard, c'est d'ailleurs la seule part qu'il ait eu dans cette histoire, avait voulu que la nourrice du petit Jackie eût été autrefois au service de la famille Colmadge.

« Cette femme, sous ses apparences bonasses et ses manifestations de bonté débordante et de franchise exagérée, est une de ces commères avides d'argent qui sont toujours prêtes à tout, pourvu que ça rapporte.

« Renseigné à son sujet par votre frère, vous fîtes auprès d'elle un premier sondage.

« Vous ne commîtes pas l'imprudence de lui demander de vous livrer le petit Jackie... Vous saviez fort bien qu'elle s'y fût refusée, à cause des conséquences graves que ce geste aurait pu avoir pour elle.

« Moyennant une forte rétribution et des promesses encore plus brillantes, vous obtîntes d'elle non seulement une neutralité bienveillante, mais encore tous les renseignements dont vous aviez besoin pour agir à coup sûr.

De plus en plus sidéré, Wilbright écoutait Chantecoq. C'était bien ainsi que tout s'était passé.

Décidément ce n'était pas le roi des détectives privés qu'il avait devant lui, mais le prince des sorciers.

L'Américain d'ailleurs, n'était pas au bout de ses effarements.

Le limier, en effet, poursuivait :

— Cette nounou ne vous a nullement trahi. Au contraire elle a joué son rôle avec beaucoup d'aplomb et d'adresse. Elle vous en a donné pour votre argent. Je continue.

« Dès que vous avez été certain que vous pouviez compter sur elle, vous avez précipité le mouvement.

« Votre frère, ainsi que je vous le prouverai tout à l'heure, oui, votre frère à qui vous aviez révélé votre découverte souterraine et indiqué le moyen de l'utiliser sans danger ainsi que vous l'aviez déjà fait vous-même, est arrivé avant-hier au soir sur un glisseur de récent modèle piloté par un marin qui connaissait à fond ces dangereux parages.

« Pendant ce temps vous avez été faire un bout de conduite au docteur Le Bosser qui avait dîné en votre compagnie chez les Lachesnaye et en réintégrant votre domicile, vous avez ingurgité une drogue qui vous a donné un bel accès de fièvre... Tout cela pour vous procurer, en cas d'alerte, un alibi inconstestable. Passons.

« Afin d'effrayer les domestiques de Ker-Yvette dont la présence aurait pu déranger ses plans, votre frère, avec ses associés, dont je ne vous demanderai même pas le nom, à moins que vous ne m'y forciez se livra à une série d'exercices fantômatiques, ce qui, ainsi qu'il l'avait escompté, sema la panique dans le personnel qui, sauf la nounou, bien entendu, s'empressa de jouer des flûtes.

« Les patrons, évidemment, auraient pu en faire autant... Mais vous connaissiez très bien Lachesnaye et vous étiez convaincu qu'il n'était pas homme à fuir même devant les fantômes et qu'il voudrait apprendre lui-même le fin mot de cette abracadabrante histoire.

« Vous saviez également que madame Lachesnaye n'était pas femme à laisser son mari tout seul dans cette soi-disant maison hantée et qu'elle avait d'autant plus de raisons d'y rester qu'Anne tenait bon elle aussi, parbleu ! et ne pouvait par son attitude en apparence si courageuse, que raffermir son énergie, en admettant qu'elle fut défaillante.

« Tout cela a été fort bien conçu, préparé, fort bien exécuté... Vous aviez même eu l'idée ingénieuse de faire remettre en état la plaque de tôle qui bouchait l'extrémité du conduit et de supprimer le mécanisme qui l'ouvrait du côté du puits... C'était fort adroit... et je tiens à vous le répéter, pour des amateurs, vous avez remarquablement travaillé.

« Il y a notamment l'histoire d'une boule de feu qui, paraît-il, se promenait dans le jardin, circulait dans les couloirs et descendait même les escaliers... Ça, c'est un truc inédit, dont je ne serais pas fâché de connaître le secret, et qui prouve, en tout cas, que vous avez dans vos relations soit un remarquable illusionniste, soit un habile metteur en scène de cinéma.

Chantecoq fit une pause.

Après avoir jeté un coup d'œil vers Lachesnaye qui, fidèle à la consigne que Chantecoq lui avait donnée, conservait une immobilité parfaite, il reprit :

— Passons maintenant à la suite des événements.

« Le lendemain matin, averti par qui ? peu m'importe, je vous l'ai déjà dit, je ne m'occupe pas des comparses, donc, averti que le docteur Le Bosser et Lachesnaye ont eu avec le brigadier de la gendarmerie de Quiberon un entretien au cours duquel celui-ci s'est engagé à venir passer la nuit prochaine à Ker-Yvette, votre frère, ou vous, faites verser dans le plat de moules que dégustaient les deux représentants de la maréchaussée, une dose de poison, non mortelle, mais suffisante pour les rendre malades au point d'être obligés d'interrompre leur service pendant plusieurs jours...

« Quant aux douaniers, qui, eux aussi, avaient promis leur concours, j'ai appris ce matin par mon secrétaire, chargé par moi de faire une enquête à ce sujet, que le brigadier avait reçu une lettre anonyme, le prévenant que, sur la plage du fort Penthièvre, au début de la nuit, des contrebandiers devaient débarquer clandestinement un lot important de tabac.

« Ainsi que cela était à prévoir, nos braves gabelous donnant en plein dans le panneau, ont lâché les revenants pour les vivants bien inutilement d'ailleurs, et ils ne doivent pas encore en être revenus.

« Bref, tout ceci prouve un esprit d'organisation remarquable... Tous mes compliments...

« Le terrain une fois déblayé, tandis que le docteur Le Bosser vous faisait absorber un cachet de quinine et devait, quelques minutes après, être annihilé à son tour d'une façon un peu plus brutale que les douaniers, l'enlèvement du petit Jackie se produisait, précédé et accompagné de manifestations sur lesquelles je ne m'étendrai pas.

« Enfin, le coup a réussi... Jackie a été enlevé... On met à sa place un autre enfant : celui de votre frère... qui a reculé devant un crime atroce, celui d'avancer le trépas de ce pauvre petit être qui est son fils.

« Tout semble favoriser ses desseins. Mme Lachesnaye, en s'apercevant de la substitution, reçoit un tel coup, que sa raison chancelle.

« La demi-démence dont elle est atteinte lui fait considérer comme son fils la pauvre petite loque humaine qui a remplacé le sien. Elle croit seulement que son Jackie est malade.

« Pour ne pas porter un coup effroyable à la malheureuse, Lachesnaye et le docteur Le Bosser abondent dans son sens...

« Voilà une situation qui va singulièrement gêner les démarches de Lachesnaye et paralyser l'action de la justice.

« Jusque-là, votre frère et vous vous aviez été vernis, mais cela va changer.

« Lachesnaye apprend par Le Bosser que je suis dans le pays... Le Bosser est un vieil ami du front... Vous n'avez pas fait la guerre, ni votre frère non plus... Par conséquent, vous ne pouvez pas comprendre quels liens puissants sont ceux de la fraternité des tranchées et des champs de bataille.

« A la demande de Le Bosser, j'accepte tout de suite d'interrompre ma villégiature et j'entre en campagne.

« J'ai eu vite fait, d'abord, de soupçonner Anne, d'abord d'être de mèche avec ceux qui avaient enlevé le petit Jackie... et, quand j'ai su que vous invitiez M. et Mme Lachesnaye à dîner et à passer la soirée avec vous, je me suis dit que la nuit prochaine serait certainement marquée par de nouveaux incidents qui me mettraient certainement sur la piste que je flairais déjà... car je ne vous cacherai pas qu'après les confidences que j'avais provoquées de la part d'Anne, j'étais à peu près fixé, je pourrais même dire que je l'étais tout à fait.

« Je résolus cependant d'explorer le couloir souterrain, que moi aussi j'avais découvert, pas du côté de la mer, mais du côté du puits.

« Bien m'en prit, puisque j'y découvris une bague que votre frère avait perdue la veille en venant chercher le petit Jackie.

« Vous vous demandez, j'en suis sûr, comment ce diable de Chantecoq a bien pu savoir à qui appartenait ce bijou?... Ça, c'est mon secret et permettez-moi de le garder.

« Mais votre frère, qui s'était aperçu de la disparition de son bijou, soit parce qu'il était un cadeau que sa femme lui avait fait au temps de leurs fiançailles, soit parce que c'était un objet de réelle valeur, envoya deux de ses hommes explorer le couloir... Ils n'allèrent pas très loin...

« Après avoir tiré sur moi et m'avoir manqué, ils s'en furent piquer tous les deux une tête dans le « Trou du Souffleur », qui a pris sa revanche du succès que votre frère et vous aviez remporté sur lui.

« Je pourrais encore vous raconter d'autres incidents qui ont précédé, accompagné, ou suivi les faits que je viens de vous retracer... mais vous devez maintenant être suffisamment convaincu que j'ai en main de quoi vous faire coffrer immédiatement si vous ne répondez pas de la façon la plus prompte et la plus catégorique à l'unique question que je vais vous poser.

« — Où est Jackie ?

— Je n'en sais rien... répliquait l'Américain.

— Ne cherchez pas à me mentir.

— Je ne mens pas.

— Sans blague !... Et puis ne perdons pas de temps en palabres inutiles... Je vous tiens.

Et, tout en tirant de sa poche son pistolet somnifère, il le braqua sur James en disant :

— J'ai là de quoi non pas vous brûler la cervelle, mais vous annihiler pendant deux heures, c'est-à-dire juste le temps d'aller chercher les gendarmes de Quiberon et de vous remettre entre leurs mains sous la double inculpation de tentative d'assassinat et de complicité de rapt.

Comme Wilbright se taisait, Chantecoq accentua :

— Vous ne me croyez pas ?

Tout en maintenant l'Américain en respect avec son arme, le détective s'en fut à reculons jusqu'à la porte du vestibule qu'il ouvrit toute grande, et lui montrant Harold qui gisait étendu sur les dalles, il fit :

— Votre domestique vient d'en goûter. Quand il se réveillera, il pourra vous en dire des nouvelles.

Wilbright se dit :

« Décidément, avec ce diable d'homme, il n'y a rien à faire. »

Cependant, désireux de s'assurer l'impunité, il reprenait :

— Si je parle, qui me garantit qu'ensuite vous ne me dénoncerez pas ?

— Vous ne me connaissez pas, s'écria le roi des détectives, ou plutôt vous me connaissez mal... Jamais je n'ai manqué de parole à personne, et je vous promets que si, grâce à vous, le petit Jackie est rendu à ses parents, vous ne serez pas inquiété...

« Je ne suis pas un pourvoyeur de prisons et mon rôle n'est pas de provoquer des arrestations inutiles... et favoriser des représailles sévères et de provoquer des châtiments impitoyables...

« En l'espèce, je suis chargé de retrouver un enfant qui a été volé... Du moment que les voleurs me le rendent... l'incident est clos... Qu'ils aillent se faire pendre ailleurs.

— Mais, Lachesnaye ? objectait l'Américain.

— Lachesnaye, répétait le limier... du moment qu'il aura retrouvé son petit, il n'en demandera pas davantage et si je lui déclare que je me suis engagé envers vous, vous ne serez pas inquiété... Je suis sûr qu'il tiendra à ce que nos conventions soient respectées...

« Il est infiniment probable qu'il cessera toutes relations avec vous... mais sa vengeance se bornera à cette mesure à laquelle il vous restera à vous soumettre de bonne grâce.

« Allons, décidez-vous !

L'Américain gardait le silence...

Chantecoq, négligemment, tira de la poche de sa soutane le pistolet somnifère dont il avait menacé son interlocuteur de lui faire subir les effets.

Comprenant que ce n'était plus le moment de tergiverser, James s'écriait :

— Eh bien, je vais parler.

« Je reconnais d'abord que tout ce que vous avez dit, monsieur Chantecoq, est l'absolue vérité... et que les choses se sont passées ainsi que vous venez de me le dire.

« Quant à l'enfant, il se trouve en ce moment, à la Trinité-sur-Mer, soigneusement caché dans une villa appelée Ker-Bihan, où s'est également refugié mon frère.

« Celui-ci devait partir, dès hier, pour Cherbourg, avec le petit Jakie et une nouvelle nurse qu'il a amenée avec lui... Là, il devait prendre un paquebot pour l'Amérique. Il ne voulait pas, en effet, que les Colmadge s'aperçussent qu'on avait substitué à leur petit fils un autre bébé... Mais mon frère s'est blessé assez grièvement à la jambe, contre un rocher, au « Trou du Souffleur », et s'est trouvé dans l'obligation de retarder son voyage...

« Voilà tout ce que je puis vous dire.

« A vous de vous débrouiller avec lui.

« Je crois que, dans votre intérêt, il vaut mieux que je n'intervienne pas auprès de lui. Je vous ai tout dit, monsieur Chantecoq. J'ai confiance en vous. Je vous demande seulement de m'affirmer que Lachesnaye tiendra la parole que vous avez prise envers moi en son nom.

— Répondez, monsieur Lachesnaye... fit Chantecoq.

— Je la tiendrai, fit une voix vibrante...

Et le jeune artiste, se dressant sur ses jambes, fit en s'avançant vers l'Américain qui n'en croyait ni ses yeux ni ses oreilles.

— Vous êtes un ignoble individu qui mériteriez une punition sévère, puisque, par vous, j'ai failli perdre tout ce que j'avais de plus cher au monde, tout ce qui faisait ma joie de vivre, mon bonheur, ma femme et mon enfant.

« Mais je suis trop homme d'honneur pour ne pas souscrire à l'engagement que M. Chantecoq a pris et a fort bien fait de prendre en mon nom, envers votre personne.

« Wilbright, je ne déposerai donc aucune plainte contre vous... Vous portez votre châtiment en vous-même, et vous ne tarderez pas à en subir tout le poids.

L'Américain hasardait :

— Vous n'êtes donc pas blessé ?

— Non, répliquait Lachesnaye, mais sans M. Chantecoq, j'étais assassiné... Vous lui devez beaucoup de reconnaissance, car s'il a préservé ma vie, il a également sauvé votre tête.

— J'étais fou ! j'avais perdu la raison, bafouillait James, entièrement dégonflé.

— Je veux bien le croire pour vous, reprenait le roi des détectives.

— Maintenant, mon cher monsieur Lachesnaye, je vais vous demander de me conduire, sur-le-champ, avec votre auto jusqu'à la Trinité-sur-Mer où j'aurai avec Douglas Wilbright une petite explication qui me prendra, j'en suis sûr, beaucoup moins de temps que celle que je viens d'avoir avec son frère.

« Mais comme je suis homme de précaution avant tout et que je ne veux pas que le Wilbright numéro un soit prévenu par le Wilbright numéro deux de la visite que nous allons lui rendre, je vais avoir recours à un moyen aussi énergique qu'inoffensif pour interdire aux deux toute communication.

Avant que l'Américain eût eu le temps de prendre la plus élémentaire mesure de sauvegarde, Chantecoq, qui avait conservé à la main son pistolet somnifère, le braqua dans sa direction et appuya sur la détente.

Un coup sec retentit...

James oscilla sur lui-même, chancela et

s'en fut s'effondrer sur le divan que Lachesnaye venait de quitter.

— Maintenant, en route, pressait le grand limier.

— Le temps de chercher ma voiture et je suis à vous.

Chantecoq parcourut du regard le champ de bataille sur lequel il venait de remporter une victoire aussi éclatante.

Les deux vaincus, Wilbright et Harold, étaient littéralement anéantis, l'un sur le divan de l'atelier, l'autre sur les dalles du vestibule, les bras en croix comme s'ils faisaient « camarades ».

Paisiblement, le faux missionnaire quitta la maison dont il referma la porte et attendit Lachesnaye.

Bientôt, le soufflement d'un moteur annonça sa présence.

Chantecoq, voyant apparaître la torpédo six cylindres que pilotait le jeune peintre, s'élança et prit place à côté du conducteur, et le pria de le conduire à Kerhostin.

— Je veux, fit-il, terminer cette affaire sous les traits de Chantecoq... mais ne craignez rien, ce ne sera pas long... je suis très entraîné dans ce genre de sport.

— Je m'en suis aperçu, déclarait Lachesnaye dont le cœur battait d'impatience et d'allégresse à la pensée qu'il allait revoir son cher petit Jackie.

Ainsi que le détective le lui avait dit, Lachesnaye n'attendit pas longtemps. Vingt minutes après être rentré chez lui, Chantecoq reparaissait sous sa physionomie et ses traits habituels, flanqué de Météor auquel, tout en se démaquillant et en changeant de costume il avait narré avec sa concision habituelle son entrevue avec Wilbright.

Le visage du limier exprimait une satisfaction légitime... Il touchait au but.

Il dit à Lachesnaye :

— Excusez-moi de ne pas m'asseoir à côté de vous... Mais j'ai besoin de m'entretenir avec mon secrétaire.

Il s'installa à l'arrière de la voiture.

Le peintre mit en marche.

Les quinze kilomètres environ qui séparent Kerhostin de la Trinité-sur-Mer furent franchis en moins d'un quart d'heure.

En arrivant sur le pont, Météor qui avait écouté, comme toujours, avec beaucoup d'attention les instructions de son patron, demandait à un pêcheur :

— Connaissez-vous la villa Ker-Bihan ?

Le pêcheur répliquait :

— C'est tout là-bas, au bout du quai... une maison blanche en bordure du bois... On la voit d'ici...

— Celle dont la cheminée fume ? fit le secrétaire.

— C'est ça.

Lachesnaye repartit dans cette direction. Chantecoq dit au peintre :

— Je vais entrer seul dans la maison... Météor qui a reçu mes directives, vous dira ce que vous aurez à faire.

Chantecoq sonna à la grille de la propriété... une assez gentille villa très simple, qui semblait beaucoup mieux convenir à des retraités ou de vieux rentiers qu'à un Américain aux beaux-parents milliardaires.

Un valet de chambre vint ouvrir. Chantecoq lui dit avec un imperturbable aplomb :

— Je suis le docteur Le Bosser, de Quiberon et je viens de la part de M. James Wilbright, qui désire que je me rende compte de l'état de votre maître.

— Je vais prévenir Monsieur, fit le détective. Monsieur le docteur veut bien patienter une petite minute ?

— Très volontiers.

Quelques instants après, le valet de chambre reparaissait et priait le faux médecin de le suivre.

Sans méfiance, le gendre des Colmadge venait de tomber dans le piège que le limier lui avait tendu.

Il était couché dans le salon, sur une chaise-longue en osier...

Sa jambe droite était enveloppée dans un pansement... Il semblait beaucoup souffrir.

Il ressemblait à son frère cadet et représentait ce type uniforme d'Anglo-Saxons qu'on dirait fabriqués en série.

— Docteur, fit-il, dans un français assez correct, mais avec un accent yankee assez prononcé, je vous remercie beaucoup de vous être dérangé, car j'ai bien mal. Le médecin de Carnac, qui m'a visité, ne m'a pas caché que ma blessure avait un très mauvais aspect et qu'il me conseillait de me faire transporter à la clinique de Ker-Anna où il y a un excellent chirurgien qui, en cas de nécessité, m'opérerait fort habilement... mais cela m'est désagréable de m'en aller d'ici et de laisser mon petit garçon, un bébé de six mois, sous la garde d'une nurse que je connais à peine puisqu'elle n'est que depuis hier à mon service. Je vais donc vous montrer ma plaie...

— C'est inutile, monsieur, coupait le limier.

— Pourquoi ?

— Parce que je ne suis pas médecin.

Douglas Wilbright eut un sursaut d'étonnement.

— Comment, fit-il, vous n'êtes pas le docteur Le Bosser ?

— Non, je suis Chantecoq, détective privé.

— Chantecoq ! répétait l'Américain en blémissant. Ah çà ! monsieur, comment vous êtes-vous permis de pénétrer chez moi sous le nom d'un autre ?

— Parce que si je m'étais présenté sous le mien, vous m'eussiez immédiatement fermé votre porte !

« *Or, j'avais absolument besoin de vous voir !*

— Je vous ordonne de vous retirer.

— Ne vous fâchez pas, monsieur... D'abord cela vous ferait du mal, et il est inutile de faire monter votre température.

« D'ailleurs, ne croyez pas que je vienne ici animé d'intentions hostiles à votre égard... Loin de là... Ainsi que je vous l'ai dit, je suis détective privé et je fais mon métier.

« Villégiaturant dans la presqu'île de Quiberon, j'ai appris que vous aviez perdu une bague, à laquelle vous teniez beaucoup, et je me suis mis en tête de vous la retrouver...

« J'y suis arrivé et je vous la rapporte... je suis même tout à fait décidé à vous la rendre, mais à une condition, cependant.

— Laquelle ? interrogeait l'aîné des Wilbright qui commençait à comprendre le jeu de son interlocuteur.

Celui-ci reprenait avec son plus aimable sourire :

— C'est que vous allez me restituer en échange de ce bijou, l'enfant qu'il y a deux nuits vous avez volé aux propriétaires de Ker-Yvette.

L'Américain eut un nouveau sursaut... Cette fois ce ne fut pas de surprise, mais d'effroi.

Néanmoins il protesta :

— Monsieur, je ne sais pas ce que vous voulez dire.

— Vous le savez fort bien au contraire... affirmait Chantecoq.

— L'enfant qui est ici est le mien.

— Non monsieur... Le vôtre est à Ker-Yvette, et rien ne m'est plus facile de vous le démontrer, ainsi qu'à la justice qui, si vous persistez dans vos dénégations, va être immédiatement saisie par moi de cette affaire.

L'aîné des Wilbright reprenait :

— C'est très mal à vous de profiter que je suis en ce moment gravement blessé, et par conséquent en état d'infériorité manifeste, pour vous livrer contre moi à une attaque aussi injustifiée.

Chantecoq, toujours avec le même calme ripostait :

— Je ne suppose pas que vous me rendiez responsable de l'accident qui vous est arrivé.

« Si pénibles en soient pour vous les conséquences, il n'en est pas moins vrai que vous avez plongé une famille dans le désespoir en lui volant son enfant...

« Je sais bien que vous n'avez guère la bosse de la paternité, puisque vous n'avez pas hésité à abandonner votre fils...

« Au fait, parlons un peu de votre fils...

« C'est un pauvre petit être bien chétif et qui semble même bien malade.

« Mais par exemple, je serais curieux de savoir pourquoi vous avez fait imprimer sur son bras un cercle au milieu duquel on lit ces deux lettres R. F. qui sont, je le présume les initiales de son prénom.

— En effet, reconnaissait l'Américain, de plus en plus troublé... Mon fils s'appelle Robert-Franck, mais jamais, ainsi que vous le dites, je n'ai fait imprimer ce signe sur son bras.

— Si ce n'est pas vous, concédait le détective, ce sont probablement et même certainement vos beaux-parents qui, prévoyant que vous étiez parfaitement capable de remplacer cet enfant condamné à mourir par un autre bébé bien portant, ont fait pratiquer à votre insu cette marque destinée à prévenir et à démasquer votre machiavélique complot.

— C'est horrible ! balbutiait Douglas... mais non, je ne savais pas.

Remarquant l'effondrement complet de son interlocuteur, Chantecoq concluait :

— Allons, monsieur, un bon mouvement, en faveur duquel il vous sera beaucoup pardonné... Car, ainsi que je le disais tout à l'heure à votre frère, je n'ai qu'une mission : retrouver un enfant disparu et le rendre à ses parents... Le reste ne me regarde pas.

« Vous allez donc appeler immédiatement votre valet de chambre et lui ordonner de vous apporter le petit Jackie afin que vous le rendiez vous-même à son père.

— C'est inutile, monsieur Chantecoq, lançait une voix joyeuse.

C'était celle de Lachesnaye qui apparaissait, tenant son fils dans ses bras.

Météor, qui le suivait, expliquait :

— Nous l'avons trouvé, tout seul, au fond du jardin en train de dormir à l'ombre dans sa voiture.

Le jeune artiste complétait :

— Et je n'ai pu résister au désir de m'en emparer.

— Vous avez eu d'autant plus raison, approuvait Chantecoq, que personne ne songe ici à vous le disputer. N'est-ce pas, monsieur Douglas Wilbright ?

— Il ne vous reste plus qu'à me faire jeter en prison, grommelait l'Américain.

— Non, déclarait le roi des détectives, à moins que M. Lachesnaye ne l'exige, ainsi qu'il en a le droit.

— Je n'y tiens pas ! répliquait Jean. Cependant, je mets à mon silence une condition absolue.

— Laquelle ? interrogeait l'aîné des Wilbright, avec anxiété.

— C'est que, dès que votre blessure sera guérie, vous quittiez la France pour n'y plus jamais revenir.

— Et mon fils ?

— Votre fils, répliquait Chantecoq, ne vous sera pas rendu.

— Pourquoi ?

— Parce qu'il ne faut pas que vous ayez la tentation de recommencer, ce que vous avez failli réussir.

— Tout à l'heure, complétait Lachesnaye, je téléphonerai à vos beau-parents de venir le chercher... Avec de bons soins ils parviendront peut-être à le sauver et même à le guérir. C'est tout ce que je souhaite.

Battu sur toute la ligne, et souffrant, d'ailleurs de plus en plus de sa blessure, l'Américain eut un geste de découragement qui était un acquiescement définitif à ce qu'exigeaient de lui Chantecoq et Lachesnaye.

Ceux-ci allaient se retirer avec le petit Jackie lorsque la nurse apparut affolée :

— Monsieur, monsieur, fit-elle, le petit Robert n'est plus dans sa voiture.., On l'a sûrement volé pendant que j'étais rentrée dans la maison chercher des aiguilles.

— Non ma fille, rectifiait le grand limier... on l'a *repris*, ce qui n'est pas tout à fait la même chose.

Et désignant Douglas Wilbright qui, très pâle, se mordillait les lèvres, il reprit :

— Monsieur vous mettra au courant si toutefois il le juge utile.

Et laissant la nurse figée de stupeur, en face de son maître, le détective, son secrétaire et le jeune artiste, qui serrait tendrement son cher Baby contre son cœur, gagnèrent aussitôt le dehors... Ils remontèrent en voiture.

— Maintenant, déclarait Chantecoq, il ne nous reste plus qu'à préparer Mme Lachesnaye...

« C'est une formalité très délicate... Il vaut mieux en laisser le soin à Le Bosser.

« Nous allons donc nous rendre directement à Quiberon, le prendre avec nous et le ramener à Ker-Yvette.

— Entendu, acquiesçait Lachesnaye, qui, pour prendre le volant, dut passer Jackie à Météor.

Celui-ci fit, en prenant l'enfant sur ses genoux :

— Hier cuisinière, aujourd'hui nounou, je ne désespère pas d'être un jour sage-femme.

. . . .

Une heure après, le docteur Le Bosser pénétrait avec Lachesnaye dans la villa.

Ils étaient accompagnés d'une jeune femme à la figure saine et au corps robuste, qu'ils avaient été chercher au village de Masséneur.

Lachesnaye la fit entrer dans le studio avec le docteur et s'en fut chercher sa femme qui était en train de faire sa correspondance.

— Le docteur Le Bosser est en bas, dit-il, et il a besoin de te parler.

— Cela tombe fort bien, fit-elle. J'allais lui téléphoner de venir. Bébé n'est pas bien du tout. Le temps de cacheter cette enveloppe et je rejoins ce bon docteur.

Jean redescendit, se demandant comment sa femme allait supporter cette nouvelle épreuve.

Inquiet il se disait que trop de bonheur peut être aussi dangereux que trop de peine. Et ce fut le cœur battant d'anxiété qu'il pénétra dans l'atelier.

Quelques instants après, Yvette y apparaissait à son tour.

— Mon cher docteur, fit-elle, ainsi que je le disais à Jean, j'allais vous téléphoner. Baby ne va pas.

— Je sais pourquoi, répliquait aussitôt le médecin. Cela m'ennuie, car je sais que vous tenez beaucoup à Anne... mais il ne faut pas la garder... son lait ne vaut plus rien.

— Changer de nourrice... c'est très grave ce que vous me dites là.

— Très grave, en effet. Voilà pourquoi je vous ai amené tout de suite cette personne dont je réponds et qui va prendre immédiatement la place d'Anne.

— Comment vais-je lui annoncer? Elle qui nous est si dévouée, si attachée?

— Laisse-nous faire ! intervenait le jeune artiste. Elle est là-haut?

— Oui, dans la nursery.

— Pendant que tu vas t'entendre avec Rose, je vais monter arranger tout avec notre ami Le Bosser.

— C'est cela... approuvait la jeune femme... Donne-lui une bonne indemnité... Elle le mérite.

— C'est entendu.

Le peintre et le médecin s'en furent retrouver Anne qui cousait paisiblement auprès de son nourrisson.

Tout de suite Le Bosser attaquait :

— Vous êtes une gueuse et vous mériteriez cent fois d'aller en prison.

— Moi ! s'écria la Hâvraise en pâlissant. Oh ! peut-on dire !... peut-on...

Le docteur poursuivait :

— Inutile de perdre votre temps en discours. Vous avez joué ici une comédie honteuse... Vous vous êtes faite la complice d'un crime abominable... A quoi bon nier?... nous en avons la preuve absolue !... Vous allez donc déguerpir immédiatement d'ici. Le temps de faire votre paquet... Dépêchez-vous.

Anne ne se le fit pas dire deux fois... et s'en fut au grenier chercher sa malle.

Dès qu'elle fut partie, Lachesnaye s'en fut ouvrir la porte du cabinet de toilette, puis celle de sa chambre où Chantecoq attendait avec Météor, qui tenait toujours le poupon dans ses bras.

— Venez, leur dit-il.

Ils repassèrent tous dans la nursery.

— Maintenant, fit Le Bosser, vous pouvez dire à Mme Lachesnaye de monter.

Jean se précipita.

Le médecin reprenait :

— Mon cher Chantecoq, puisque vous avez retrouvé le fils de Mme Lachesnaye, c'est à vous que revient l'honneur et le plaisir de le lui rendre.

Chantecoq prit le petit Jackie que lui tendait son secrétaire...

Des pas s'élevaient dans l'escalier. La porte s'ouvrit... Yvette apparut avec son mari.

A la vue du détective qui tenait son enfant dans ses bras, elle eut un cri d'étonnement... Puis, courant vers le berceau, elle se pencha.

L'enfant de Wilbright dormait d'un sommeil fiévreux, agité...

Elle se retourna vers Chantecoq et en un admirable élan de maternité, elle s'écria :

— C'est le mien... c'est mon Jackie !

Elle le prit dans ses bras, le couvrit de baisers, puis elle fit :

— Maintenant, je me souviens... On me l'avait volé... Oui, on me l'avait volé... n'est-ce pas... Je m'en rends compte à présent... j'ai été folle.

— Non, rectifiait doucement Le Bosser... illusionnée.

Et tout en lui désignant Chantecoq, il ajouta :

— Je vous présente l'illustre détective Chantecoq, qui, grâce à un de ces prodiges dont il a le secret, a retrouvé en quarante-huit heures votre cher Baby.

— Monsieur, s'écriait Yvette, au comble de l'allégresse, je ne trouve pas les mots qu'il faudrait pour vous dire.

Des sanglots de joie l'étranglaient et elle ne put que balbutier :

— Merci ! merci !...

Le Bosser lui désignant Météor, reprenait :

— Le secrétaire de Chantecoq, lui aussi, a été épatant.

Météor gonfla ses joues... puis il fit :

— Surtout en cuisinière.

— En cuisinière, répétait Yvette qui souriait à travers ses bonnes larmes.

— Armandine ! révélait Lachesnaye... c'était lui.

— Et moi Augustin, pour vous servir... ajoutait le roi des détectives.

— Alors, je comprends tout maintenant, déclarait la jeune femme qui avait entièrement repris possession d'elle-même.

Puis, montrant le berceau où le pauvre petit Robert-Franck était couché, elle demanda :

— Et ce petit ?

Le Bosser frappant sur l'épaule de Chantecoq, s'écriait :

— Maintenant, cher ami, vous pouvez tout dire !...

ÉPILOGUE

Deux jours après, Douglas Wilbright était transporté à la clinique de Carnac.

Sa plaie avait pris un aspect épouvantable... Il était trop tard pour l'opérer... Dans la soirée il mourut de gangrène gazeuse. Et d'un !

Quant à son cadet, ainsi que le lui avait dit Lachesnaye, il portait en lui son châtiment... Trois mois après, criblé de dettes, acculé, il se logeait une balle dans la tête.

Son valet de chambre Harold était arrêté le surlendemain pour avoir voulu s'approprier, après avoir brisé les scellés, le peu d'argent qui restait dans son secrétaire.

La nourrice Anne, qui avait regagné Le Havre, honteuse et repentante, se promit bien de ne plus céder désormais à la tentation de gagner de l'argent autrement que par des moyens honnêtes.

Enfin les Colmadge, rentrés en possession de leur petit-fils eurent la joie de le voir revenir à la vie et Chantecoq, une fois de plus, eut le droit de se dire :

— Quand on viendra me raconter qu'ici bas il n'y a pas de justice, je pourrai répondre que c'est parce que ceux qui en ont besoin ne savent pas où elle est, ou que ceux qui la détiennent ignorent l'art de s'en servir.

FIN

Pour paraître dans la même collection

ROMANS CÉLÈBRES DE DRAME ET D'AMOUR

Le 22 Novembre :

LES AILES DE L'AMOUR roman par GASTON-CH. RICHARD

Le 6 Décembre :

LA DERNIÈRE AVENTURE DE CARTOUCHE roman par EDOUARD ADENIS

Le 13 Décembre :

JANE L'OBSCURE roman par RENÉ VINCY

Ouvrages parus dans la même collection :

ÉDOUARD ADENIS
Le Secret de la Flibustière.
Le Vengeance du Caïd.
L'Officier de fortune.

GABRIEL BERNARD
La Princesse inconnue.
Mademoiselle Don Juan.

ARTHUR BERNÈDE
L'Incendiaire.
Les Martyres de Paris.
Le Don Juan des Grands Bars.
Du Dancing au Trottoir.
Seule avec son Cœur.
Le Bourreau des Femmes.
Connais-tu l'Amour.
La Vierge du Moulin Rouge
Martyres de l'amour... vengez-vous !
Le Mystère du Train Bleu.
La Maison Hantée.

CHARLES CLUNY
Des Folies de son cœur.

PAUL DARCY
Quand le Cœur nous mène.
La Faute Amoureuse.
Quand tu souris, ô mon amour.

PIERRE DELCOURT
Rêves d'Amour.
Un Mariage sur l'Échafaud.

PAUL DE GARROS
L'Amour en Détresse.

LOUIS GASTINE
La Rançon du Crime.

JULES DE GASTYNE
Le Moulin d'Amour.

MARIE DE LA HIRE
Le Fiancé Fantôme.

H.-J. MAGOG
Amour de Page.
Le Beau Visage de l'Amour.

GEORGES MALDAGUE
Le Beau Voyage.

MARC MARIO
Cœur de Soldat.
Mariage Maudit.

JULES MARY
Les Pigeonnes.
Je t'aime

CH. MÉROUVEL
Le Divorce de la Comtesse.

X. DE MONTÉPIN
Fille de Courtisane.
Deux Berceaux, un Ruban Noir.

MARCEL PRIOLLET

Les Confessions d'Amour
J'ai tué mon Cœur !
Morte au Champ d'Amour
Drame d'Alcôve.
L'Épouse traquée.
Le Baiser de Carmen.
Elle aimait trop la danse.

Toute une vie de femme
Le Berceau sous l'orage.
La Loterie du Mariage.
La Bataille pour l'Enfant.

Les Braconniers du Cœur
L'Homme est un papillon.
L'Amant des Blondes.
Pour une Nuit d'Amour.
Non ! Monsieur le Maire.
La Robe d'Amour.
Le Premier Faux Pas.
La Vierge aux abois.
Le Marchand de Boniments

Les "Reines du Faubourg"
La Gosse au Cœur d'Or.
Mademoiselle Gavroche.
Mimi-Cigale

GASTON-CH. RICHARD
La Chiquita
La Jeune Fille à la Rose.
L'Ingénue de Montmartre.

LÉON SAZIE
L'Amour fait souffrir.

GEORGES SPITZMULLER
La Fleur dans les Ruines.

F. VALADE
Joli-Pinson.
Les Jeux de la vie.
Roman d'Amour, roman de mort.
L'Étang du Moine Sanglant.
Le Sorcier Noir.

CH. VAYRE & G. BERNARD
Olive Patin, Policier malgré lui.
Le Clown Rouge.
La Dame de Compagnie.
Le Bracelet de Platine.
La Belle Angèle.
Caresse troublante, parfum nouveau.

CH. VAYRE et CH. CLUNY
La Jolie Vendeuse.
Cœurs de Montmartre

VAYRE ET FLORIGNY
Fille de Bohême.

MAXIME VILLEMER
Crimes d'un Ange.

RENÉ VINCY
La Belle au Cœur dormant
Silvia la Reine.
Une Chaumière et deux Cœurs.

Chaque volume de très abondante lecture sous une splendide couverture en couleurs. *Prix :* **2 fr. 50**

En vente partout et aux Éditions JULES TALLANDIER, 75, rue Dareau, PARIS (14e)

Imp. Mauchaussat, 46, rue François-Guilbert, Paris, XVe 10 — 1928

www.ingramcontent.com/pod-product-compliance
Lightning Source LLC
LaVergne TN
LVHW020326230826
846091LV00003B/782